KB060021

바게트 소년병

오한기 소설

바게트 소년병

문학동네

차례

바게트 소년병

오상순

성공한 사람 곁에는 성공한 사람이나 성공하고 싶은 사람이 모인다. 실패한 사람 곁에는 실패한 사람이나 실패하고 싶은 사람이 모인다. 그리고 외톨이 곁에는 외톨이만 모인다. 구분하자면 나는 외톨이에 가깝다.

친구는 쓸모없는 존재다. 만날 때마다 돈이 들고 징징거리다가 헤어진다. 내 나이 서른넷. 곁에 남은 친구는 둘뿐이다. 수진과 지안. 수진은 지안을 통해 알게 된 친구이고, 지안과 나는 한때 잠깐 사귀었던 사이다. 나는 언제부턴가 지안보다 수진과 더 많은 시간을 보내게 됐다. 우리는 자주 어울렸다. 만나지 못하더라도 전화나 문자 혹은 이메일로 대화를 나누었다.

수진과 지안은 지난해 여름 결혼을 했다. 그들은 중곡동에 위치한 신축 빌라에 자리를 잡고 신혼을 보냈다. 시간이 흘러 그들이 결혼하고 맞는 첫 새해가 밝았고 조금 더 시간이 흘러 2월이 됐다. 그리고 그때서야 그들은 새해가 됐다는 것을 실감했다. 수진의 실업급여가 끊겼기 때문이었다. 수진은 지난해 가을 사 년 가까이 다니던 직장에서 정리해고를 당했다. 지안이 회사에 다니고 있었고 퇴직금도 남아 있었지만 수진은 불안했다. 다시 일자리를 알아보기 시작했지만 녹록지 않은 건 작년이나 올해나 똑같았다. 앞으로 무엇을 하며 살아야 할까? 수진은 이 말을 입에 달고 살았고, 내게 보낸 이메일에서도 비슷한 뉘앙스를 풍기며 조언을 구했다. 뭐라고 말해줘야 할까. 내가 그런 조언을 할 처지는 되나. 나는 무엇을 하며 살고 있을까. 인간은 항상 무엇을 하며 살아야 하는 걸까. 아무것도 하지 않고 살 수는 없을까. 고민에 고민을 거듭하며 답장을 미루고 또 미뤘던 게 기억난다.

2월 초입의 어느 밤이었다. 수진은 지안과 나란히 누운 채 핸드폰 앱으로 새해 운세를 봤다. 한 해 가운데 운이 나쁜 달은 세 달뿐이었고, 좋은 달은 아홉 달이나 됐다. 무려 아홉 달.

올해는 운이 좋네. 무엇이든 도전할 수 있겠어. 어쩐지 1월에 기분이 좋더라니.

수진이 말했다. 앱에 따르면 1월은 운이 좋은 달이었다. 게다가

운좋은 달이 아직 여덟 달이나 더 남아 있었다. 무려 여덟 달. 수진은 기분이 약간 좋아졌다.

무슨 소리야? 이건 내 운세야.

지안이 말했다. 수진은 가슴이 철렁했다. 지안의 말대로 운세 앱에는 지안의 생년월일이 적혀 있었다.

우리는 부부니까 네 운세가 좋으면 나에게도 영향을 끼치지 않겠어?

수진은 짐짓 아무렇지 않은 척 말했지만 내심 속상했다. 지안은 그런 수진을 가련하게 여겼는지 서둘러 수진의 생년월일을 입력했다. 운이 좋은 달은 세 달뿐이었고, 나쁜 달은 아홉 달이나 됐다. 무려 아홉 달. 더군다나 수진도 1월은 운이 좋다고 나왔으니 남은 운좋은 달은 두 달뿐이었다.

나랑 정반대네.

지안이 말했다. 수진은 긍정적으로 생각하기로 했다. 다행히 지안과 동시에 운이 나쁜 건 한 달뿐이었다. 4월. 한 달만 어떻게든 버티면 되는 것이었다.

그런데 오상순 시인이라고 알아?

그때 지안이 물었다. 수진은 그 사람이 누구냐고 물었다. 지안은 오상순 시인이 수진의 조상이라면서 핸드폰을 보여줬다. 운세 앱은 이름을 입력하면 유명한 조상을 찾아주기도 했다.

오상순: 동인 '폐허' 소속의 괴짜 시인으로 호는 공초空超.

다음날, 수진은 동네 주민센터 도서관으로 향했다. 아무리 찾아봐도 오상순의 시집은 없었다. 사서에게 물어봤더니 여기에는 없는 책이라고 했다. 사자니 왠지 돈이 아까워서 도서관에 구입 신청을 한 뒤 발걸음을 돌렸다.

귀가하던 중 수진은 길고양이와 마주쳤다. 갈색 털과 검은색 털이 얼룩덜룩한, 가끔 만난 적이 있는 고양이였다. 임신을 했는지 배가 불룩했다. 수진과 마주치자 고양이는 자리에 멈춰 선 채 경계의 눈길을 보냈다. 수진은 왠지 고양이를 부르고 싶었고, 그 자리에서 고양이의 이름을 오상순이라고 지어주었다.

오상순!

수진이 고양이를 불렀다. 오상순은 미동도 없었다.

오상순!

수진이 다시 한번 오상순을 불렀다.

야옹.

오상순이 대답했다.

너는 시인이야. 나는 시인의 후손이고. 그거 아니?

수진이 물었다.

야옹.

오상순은 수진을 빠르게 지나쳐서 다른 골목으로 사라졌다. 다음날부터 오상순이 보이지 않았다.

이봐, 공초 선생. 어디 있는 거지? 내가 당신 이름을 맞혀서 사라진 거야?

수진은 며칠 동안 오상순을 찾아 골목을 헤집고 다녔다.

샴쌍둥이

오수진: 시인의 후예.

수진은 졸지에 팔자에도 없는 시인의 후예가 됐다. 오랜만에 설레는 기분이었다고 수진이 말했다. 어쩌면 글을 쓰는 데 타고난 재능이 있을지도 모른다는 생각이 든 것이었다. 국문학을 전공으로 택한 것도, 직장에서 잘리고 여태까지 취직이 안 된 것도, 이 나이까지 별다른 꿈 없이 살아온 것도 전부 이 순간을 위해서라는 생각마저 들었다.

수진은 소설을 써보기로 결심했다. 그러나 마음먹은 대로 잘 되지 않았다. 회사에 다닐 때 국문학을 전공했다는 이유로 사내 행사의 스크립트를 쓰거나 대표이사의 신문 칼럼을 대필한 적은 있었지만, 자발적으로 글을 쓴 적은 단 한 번도 없었다.

수진은 난감한 상황이라고 토로했다. 나는 일단 첫 문장을 쓰는 게 중요하다고 조언했다. 그다음부터는 저절로 써지는 거야. 머리 말고 마음을 써. 의식 말고 무의식! 양치질이나 샤워를 할 때 벼락 같은 아이디어가 떠오를 거야. 비밀인데 나는 영감을 불러일으키기 위해 물구나무를 서거나 뒤로 걷기도 해. 이따위의 하나 마나 한 조언도 했다.

내 조언에도 불구하고 수진의 막막한 상황은 풀리지 않았다. 긴장을 풀고 자연스럽게 쓰자. 어렵다면 범위를 좁혀 지난해부터 지금까지 내게 있었던 일을 쓰자. 사실을 기반으로 쓰되 되도록 솔직한 감상을 섞어서. 수진은 몇 가지 원칙을 정했다.

그러던 어느 날이었다. 수진이 연락도 없이 나를 찾아왔다. 얼굴은 푸석푸석했고 눈 밑에는 다크서클이 진하게 드리워져 있었다. 이성적으로 생각을 해봐. 오상순의 후손이란 것을 알게 된 뒤부터 소설을 쓰고 싶어졌다는 게 말이 돼? 그걸 아는데도 나는 계속 쓰고 있다고. 그렇다고 재미를 느끼는 것도 아니야. 되레 괴로워. 잠도 안 자고 먹지도 않아. 심지어 어떤 날은 지안과 말 한마디 하지 않는다고. 나는 어느 정도 짐작할 수 있었다. 오상순은 핑계에 불과했다. 취직도 여의치 않고 자신이 한심하게 느껴지니까 집중할 무언가가 필요했겠지. 조금 낭만적으로 생각하면 스스로에게 인생을 돌아볼 기회를 주고 있는 것 아니었을까.

수진은 두어 달 만에 장편소설의 초고를 완성했다. 애초에 소설을 의도하긴 했지만, 쓰고 보니 장르를 딱 집어 말하기가 어렵다고 했다. 에세이? 소설? 일기? 이게 대체 무슨 글이람. 나는 풀이 죽은 수진에게 좋은 글과 나쁜 글이 있을 뿐이지 장르는 전혀 중요하지 않다고 거짓말을 했다.

수진은 초고를 지안에게 보여줬다. 나중에 이야기를 들어보니 지안은 회사 업무에 치여서 수진의 글을 읽는 걸 잊어버렸다고 했다. 탁월한 선택이었다. 나는 뒤늦게 수진의 글을 읽었다. 수영장을 배경으로 한 핏빛 암투를 그린 이야기로, 줄거리만 봤을 때는 할리우드 영화 같았다. 그러나 그 첫인상처럼 시간 가는 줄 모르고 읽게 되는 내용은 아니었다. 기본적으로 비문과 복문으로 얽혀 있어서 해독이 불가한데다가 서사가 더디게 진행되고 사유가 지나치게 많아서 읽는 데 인내심이 필요했다.

내가 간신히 파악한 줄거리를 설명하자면 이렇다. 주인공은 L과 D였다. 수진은 그들을 묶어서 LD라고 불렀다. 그럴 이유는 분명히 있었다. LD가 샴쌍둥이였던 것이다. LD는 수영 강사를 시작으로 하루에 한 사람씩 살해해 결국 수영장에 다니는 모든 사람을 죽였다. 마지막 대목은 배영을 하던 LD가 누운채 서로의 머리를 향해 칼을 겨누는 장면이었다. 소설은 서서히 피로 물드는 수영장을 묘사하며 막을 내렸다. 소설이 끝날 때까지 LD가 살인을 저지르는 이유는 나오지 않는다는 게 특징이라면 특징이었다. 수진의 고민은 소모적인 것이었다. 무슨 생각으로 이 글의 장르를 에세이나 일기라고 여겼는지 모르겠지만, 내 생각에 이 황당무계한 글이 소설이고 아니고는 중요한 게 아니었다. 중요한 건 수진이 시인의 후손인지는 몰라도 글쓰기에는 재능이 없다는 것이었다. 나는 속마음을 삼키느라 곤란할 지경에 이르렀다. 수진이 LD처럼 칼을 겨눌까 두려워서였다. 수진은 몇 차례 자신의 글이 어떻냐고 물었다. 내가 대답을 피하자 집까지 찾아왔다. 나는 문장력이 비범하다느니 주제의식이 탁월하다느니 두리뭉실한 평을 하며 수진을 달랬다. 신기한 일이라면, 수진의 글을 읽은 뒤 소설을 쓰고 싶어졌다는 것이었다. 바로 내가! 슬럼프에 빠져 오랫동안 쓰기를 주저하던 내가!

수영장

어느 작가든 수영을 배우기 시작하면 수영장이나 수영하는 장면을 묘사하는 글을 쓸 수밖에 없다고 누군가 말했던 게 기억난다. 이게 수진이 쓴 첫 문장이었다. 어디선가 주워들은 말로 어쭙잖은 잘난 척을 한 그 작가가 바로 나였다.

나도 그 잘난 척의 희생양이 돼버렸다. 교통사고를 당한 뒤 재활 치료를 받느라 수영을 배우고 있었는데, 소설을 쓰기 위해 노트북 앞에 앉으니 수영장에 대해 쓰고 싶은 욕구가 인 것이었다. 그런데 작가는 왜 수영장에 매혹될까. 신기한 일이다. 누군가 이 수수께끼를 풀어주었으면.

수진은 결혼하고 얼마 지나지 않아 지안과 함께 주민센터 체육관에서 수영을 배우기 시작했다. 수진은 생전 처음 배우는 것이었지만 몇 해 전에 초급반을 수료한 지안은 금세 상급반으로 올라갔다. 팔을 휘젓는 연습을 하다 힘에 부치면, 수진은 물이 허리까지밖에 오지 않는 작은 풀장에 몸을 담근 채 상급반의 드넓은 풀장에서 자유롭게 헤엄치는 지안을 바라보곤 했다. 수진은 그 시간이 행복했다고 회상했다.

물에 몸을 띄우는 게 더이상 두렵지 않아졌을 무렵 수영장은 확장 공사에 들어갔다. 레인을 몇 개 더 늘리고 온천탕과 장애인 전용 풀장도 만든다나. 아무튼 그래서 수진과 지안은 한동안 수영장에 가지 못했다. 그들은 자유형 팔동작은 어떻게 하는 건지, 발은 어떻게 차는 게 효과적인지 감각을 잊어버리지 않기 위해 침대 위에서 연습을 하며 시간을 보냈다. 그즈음이었을 것이다. 수진이 주민센터로부터 연락을 받은 것은. 주민센터 직원은 곧 캐비닛을 철거할 예정이라고 전하며 수진의 세면도구가 아직 캐비닛에 있으니 가져가라고 했다.

마침 몇 군데 회사에서 면접을 보러 오라는 연락이 왔을 때라 수진은 좀처럼 시간을 낼 여유가 없었고, 주민센터로부터 몇 번 더 재촉을 받고 난 뒤에야 수영장을 찾을 수 있었다. 수진이 도착한 건 해가 저문 뒤였다. 늦은 시간이라 주민센터는 잠겨 있었고,

수진은 주위를 어슬렁거리다가 경비와 마주쳤다. 사정을 설명했더니 경비는 귀찮다는 듯 손짓으로 비상구를 가리켰다. 그러나 비상구도 잠겨 있었다. 다시 입구로 돌아왔을 때 경비는 어디로 갔는지 보이지 않았다. 수진은 건물을 몇 바퀴 더 돈 뒤에야 뒤편 철책이 살짝 벌어진 것을 발견할 수 있었다.

철책은 수영장 뒷문으로 연결돼 있었다. 문을 열고 들어가자 수영장이 모습을 드러냈다. 수영장은 폐허였다. 하늘과 분간 못할 정도로 푸른 빛깔이었던 수영장에는 잿빛의 공사 폐기물이 나뒹굴고 있었다. 수영하는 지안을 보며 행복을 느꼈던 기억 속 공간과는 전혀 다른 이질적인 광경이었다. 놀래주기 위해 담요 속에 숨어 있는데, 지안이 알면서도 귀찮아서 모른 척하는 기분이었어. 수진은 수영장 풍경에 대해 알 수 없는 비유를 들며 끊임없이 떠들어댔다. 모르긴 몰라도 수영장의 변화에 꽤나 큰 인상을 받은 모양이었다.

전기가 끊겼는지 스위치를 눌러도 탈의실에 불이 들어오지 않았다. 수진은 손을 더듬어 자신의 캐비닛에 다다랐고, 캐비닛이 잠겨 있지 않은 것을 보고 조심스레 문을 열었다. 그뒤 수진은 놀랄 수밖에 없었다. 캐비닛 안에 작은 체구의 남자아이가 웅크리고 있었던 것이다. 아이는 잔뜩 긴장한 눈으로 수진을 바라봤다. 많아봤자 대여섯 살 같았다.

누구야?

수진은 소리를 질렀다. 그러자 아이가 수진에게 무언가를 겨누었다. 어두운 탓에 잘 보이지 않았지만 수진은 무의식적으로 그게 칼이나 총 같은 흉기라고 생각하며 뒷걸음질쳤다.

움직이지 마.

아이가 말했다. 수진은 걸음을 멈췄다.

손들어.

아이가 말을 이었다. 수진은 손을 들었다. 등에 식은땀이 흘렀고 몸이 저절로 떨렸다.

아이는 아무 말도 하지 않았다. 수진도 마찬가지였다. 그들은 그 상태로 한동안 대치했다. 수진의 눈에 다른 게 보이기 시작한 건 어둠에 눈이 익으면서였다. 아이는 흉기가 아니라 말라붙고 군데군데 곰팡이가 핀 바게트 빵을 들고 있었다.

수진이 아이를 안심시키기까지는 꽤 오랜 시간이 걸렸다. 아이가 바게트를 총으로 여기고 있다는 것을 파악하기까지도.

나는 너를 해칠 생각이 없어. 단지 두고 간 세면도구를 가지러 왔을 뿐이야. 내 소관은 아니지만 나는 네가 이 캐비닛에 있는 것에 대해 열린 태도를 지니고 있어.

수진이 자신조차 이해할 수 없는 애매모호한 말을 건넨 뒤에야 아이는 총을, 아니 바게트를 거두었다. 그리고 옆에 놓인 세면 가방을 수진에게 건넸다. 수진은 문득 아이가 불쌍하게 느껴졌다.

그런데 캐비닛이 곧 철거될 예정이라는데 어쩌니.

수진의 말을 듣고 아이는 고개를 숙였다.

이름이 뭐니? 집은 어디니? 길을 잃어버렸니? 부모님 연락처는 갖고 있니?

수진이 연달아 물었다. 아이는 대답은 않고 몸을 더욱 웅크렸다.

누나를 기다리고 있어요.

한참을 기다린 후에야 아이가 말했다.

누나는 어디 갔는데?

수진이 물었다. 아이는 대답 대신 어떤 남자의 이름을 대면서 그를 아냐고 물었다. 처음 듣는 이름이었고 수진은 모른다고 했다. 아이는 그 남자가 오랫동안 이 수영장에 다녔고, 그동안 자신과 누나를 업신여기고 괴롭혔으며, 얼마 전 중곡동을 떠나 다른 곳으로 이사를 갔다고 했다. 수진은 아이가 무슨 말을 하는 건지 짐작도 할 수 없어 머리를 굴리다가 누나의 행방과 그 남자가 관련이 있냐고 물었다.

맞아요.

아이가 말했다.

누나는 그 아저씨한테 복수하러 갔어요. 일이 잘 해결되면 오는 길에 피자를 사온다고 했어요. 그동안 수영장을 잘 지키라고 당부하면서요. 혼자 있는 게 무섭다고 하니까 이 총도 들려줬다고요.

아이가 바게트를 흔들었다. 네 손에 들린 건 총이 아니라 빵이야. 배는 채울 수 있지만 아무도 죽이지 못한다고. 수진은 진실이 때론 잔인할 수도 있다는 생각이 들어서 말을 아꼈다. 그것도 가여운 어린아이에게는 더더욱. 잠시 정적이 흘렀다. 수진은 캐비닛에 기대앉았다. 동굴. 늪지대. 사막. 악어. 낮달. 그때 머릿속에 스쳐지나간 정체불명의 단어들이 아직까지 수진의 기억에 또렷이 남아 있었다.

수진이 나쁜 사람 같진 않았는지 아이는 곧 경계를 풀었다. 수진도 마음이 조금 편해졌다. 아이는 지금까지 쭉 누나와 함께 수영장에서 살고 있다고 했다. 공사가 시작된 뒤로는 캐비닛에 숨어 있다가 인부들이 물러간 뒤에 밖으로 나왔는데, 오늘따라 깜빡 잠이 드는 바람에 본의 아니게 놀라게 했다며 미안하다고 하기도 했다. 수진은 수영장에 사는 어린 남매를 한 번도 본 적이 없었고, 이게 무슨 상징적인 이야기인가 해서 혹시 주민센터가 지어지기 전에도 여기에서 살았냐고 물었다. 무분별한 재건축 계획에 집을 빼앗긴 남매. 도시의 몰락과 재건이 반복되는 자본주의적 과정들. 수진의 머릿속에 이런 이미지들이 스쳐지나갔다.

어려운 말 하지 마세요. 저는 단지 수영장에 살고 있을 뿐이라고요.

아이가 쏘아붙였다. 수진은 속마음을 들킨 듯해서 부끄러웠다.

그러는 아저씨는 이 동네에 산 지 몇 년이나 됐는데요?

반년 정도. 결혼하면서 이사왔어.

수진이 대답했다.

용마사거리 건너 신축 빌라에 살죠?

아이가 물었고, 수진은 고개를 끄덕였다.

겁쟁이! 파시스트! 공산주의자!

아이가 소리를 꽥 질렀다. 겁쟁이라는 말은 종종 들어봤지만, 파시스트나 공산주의자는 난생처음 듣는 것이었다. 수진은 주눅이 들었다. 아이의 거처를 빼앗은 죄인이 된 것만 같았다. 그뒤 아이가 무슨 말을 했는지는 수진도 기억하지 못한다고 했다. 다만 다시 한번 바게트를 겨누던 모습과 주민센터나 경찰에 알리면 가만두지 않을 거라던 살기 어린 경고가 희미하게 떠오른다고 했다. 아이가 꾸벅꾸벅 조는 모습을 지켜보다가 조용히 캐비닛을 닫고 발걸음을 돌린 게 그날에 대한 수진의 마지막 기억이었다.

다음날 밤 수진은 수영장으로 향했다. 가는 길에 빵집에 들러 바게트도 샀다. 아이에게 줄 요량이었다. 그날도 경비는 보이지 않았다. 수진은 전날 발견한 통로를 통해 수영장으로 들어갔다. 아이는 보초를 서는 것처럼 바게트를 치켜든 채 텅 빈 수영장을 어슬렁거리고 있었다.

어이.

수진이 아이를 불렀다.

어이.

수진의 목소리가 메아리쳤다. 아이는 처음엔 경계의 눈초리를 보내더니 수진을 알아보곤 다가왔다.

누나는 돌아왔니?

수진이 물었다. 아이는 침울한 표정으로 고개를 저었다. 수진은 아이에게 바게트를 건넸다. 아이는 허겁지겁 빵을 먹고 나서 곰팡이가 핀 바게트를 들고 다시 수영장을 돌아다녔다. 수진이 되돌아갈 때까지.

그뒤로 수진은 몇 번 더 수영장에 갔지만 아이를 볼 수 없었다. 어느 날 수진은 출근 준비를 하는 지안에게 조심스럽게 바게트 소년병 이야기를 꺼냈다. 지안의 반응은 예상대로였다. 허무맹랑한 이야기는 그만하고, 얼른 취직을 하든지 달리 먹고살 수 있는 방안을 마련하라는 것 말이다.

바게트 소년병 이야기를 동화로 써보면 어떨까? 언제가 될진 모르겠지만, 우리 아이가 태어나면 그 동화를 읽어주는 거야.

수진이 말했다. 지안은 더이상 수진과 말도 섞으려 하지 않고 출근해버렸다.

시간이 흘러 3월이 됐다. 수영장 확장 공사가 끝났다. 수영장은 전에 비할 수 없이 쾌적했다. 입구에는 괴상망측한 돌고래 동상이 들어섰고 로비에 통유리가 생겨서 벤치에 앉아 헤엄치는 사람들을 볼 수 있었다. 날이 따뜻해져서 그런지 수영장은 예전보다 붐볐다. 지안도 다시 수영장에 다니기 시작했다. 수진은 왠지 아이에게 미안해서 수영을 배우고 싶은 마음이 들지 않았다. 지안이 수영을 하는 동안 수진은 로비에 앉아 통유리 너머로 수영장을 바라보곤 했다. 아무리 찾아봐도 바게트를 치든 채 방황하는 꼬마는 보이지 않았다. 수진은 지안이 수영하는 모습을 봐도 행복한 감정을 느끼지 못했다.

누나가 데려간 거지? 그 남자한테 해코지당한 건 아니지?

수진은 바게트 소년병이 떠오를 때면 돌고래 동상을 향해 중얼거렸다. 남몰래 바게트 빵을 동상 앞에 두고 오기도 했다. 그 아이는 누구일까. 그 아이가 내 인생에 나타난 건 어떤 의미일까. 수진이 내게 물었다. 당시 나는 수진의 말에 대답해줄 수 없었을뿐더러 수진의 말을 믿을 수도 없었다. 바게트 소년병이 있다는 게 말이 되나. 차라리 LD를 믿지. 이번엔 점이라도 봐봐. 허구를 상대할 수 있는 건 허구뿐이니까. 나는 비꼬듯이 말했는데, 수진은 진지하게 받아들이고 그길로 점쟁이를 찾아갔다. 며칠 뒤 수진이 흥분한 채 점괘를 설명해줬지만 귀담아듣지 않아서 지금은 기억나지 않는다.

무질서의 무질서

바게트 소년병을 만난 뒤 수진의 머릿속에는 무질서라는 단어가 맴돌기 시작했다. 모든 게 어그러져 있고 현실과 환상이 뒤섞여 있는 것처럼 느껴졌다. 무질서를 떠올린 구체적인 경위에 대해서는 알 수 없지만, 당시 수진이 질릴 만큼 무질서를 자주 언급한 건 누구보다 잘 알고 있었다. 수진이 그 이야기를 퍼부은 상대가 바로 나였기 때문이다. 나도 무질서가 정확하게 무엇을 의미하는지는 모르겠어. 문득 떠오른 단어야. 무질서. 하지만 이 뭉뚱그려진 단어만큼 내가 처한 상황을 정확히 표현하는 건 없는 것 같아. 오상순의 존재를 알게 되고 글을 쓰겠다고 했을 때부터 짐작했어야 했어. 너라면 바게트 소년병을 만났는데 혼란스럽지 않겠어? 수진은 횡설수설했다. 조깅. 옻. 제습. 배구공. 캠핑장. 수진은 무질서와 비슷한 느낌을 주는 단어들이라며 나열했는데 나는 하나도 공감하지 못했다.

얼마 지나지 않아 나는 어렴풋이 무질서에 대해 이해했다. 예상하지 못한 변화. 나는 수진에게 무질서란 예상하지 못한 변화가 아니냐고 물어봤다. 비슷해. 수진은 짧게 대답하곤 기다렸다는 듯이 무질서에 대한 궤변을 쏟아냈다. 대화의 말미에는 바게트 소년병을 만나기 전까지만 해도 이 세상이 무질서하다고 생각하지 않았다고 덧붙이기도 했다. 네 식으로 말하면 변화, 그러니까 예측 가능한 변화가 있었기 때문이야. 변화는 세상을 질서정연하게 만들어준다. 계절과 시간. 탄생과 죽음. 왜 인간은 죽음을 향해 달려가는가. 왜 높은 곳에 올라가면 오금이 저리는가. 왜 돈이 없으면 자신감이 없어지는가. 왜 대기 중 이산화탄소 농도가 증가하면 해

수면이 상승하는가. 봐라, 변화는 예상 가능하다. 그러나 무질서는 우리를 다른 세계로 이끈다. 무언가에 홀린 듯 수진의 말에 고개를 끄덕이던 내 모습이 떠오른다. 바게트 소년병의 존재를 나도 모르게 인정하기 시작한 것도 그때부터였던 것 같다.

내가 뒤늦게나마 수진에게 공감한 건 그 무렵 새로운 인생을 맞이했기 때문이었다. 무질서한 방향, 즉 전혀 예상하지 못한 방향으로. 당시 나는 예술가 노릇에 질릴 대로 질려 있었다. 작품에 아무리 공을 들여도 돈이 되지 않았고, 현실을 폭력적으로 그려서 독자들에게 불쾌감을 불러일으키는 나 자신이 너무 싫었다. 특강을 하기로 돼 있던 고등학교의 학생들이 내 소설을 읽은 뒤 단체로 경기를 일으켰고, 학부모들이 불온한 작품이라며 특강을 거부한 게 결정적 계기였다.

나는 다른 일을 찾아 나섰다. 그러던 중 우연한 기회에 가구를 수입해서 되파는 일을 하게 됐다. 어느 대기업의 인도네시아 주재관이었던 사촌의 제안으로 한두 번 하던 일이 직업이 된 것이었다. 하다보니 수입도 괜찮았고 여러 나라를 떠도는 게 적성에도 맞아서 만족스러웠다. 바게트 소년병 같은 비현실적인 존재를 목격한 건 아니었지만, 수진과 마찬가지로 나는 나름대로의 무질서를 받아들이고 있었다.

한편 수진은 무질서에 과도하게 집착했다. 무질서의 예를 찾기 위해 기억을 끊임없이 되새겼다. 수진이 언급한 무질서의 예시 중

인상 깊은 게 하나 있다. 바로 친구 미아의 죽음이었다.

미아는 수진의 고등학교 동창으로, 재작년에 산티아고로 떠났다. 고등학생 때 자신을 두고 먼저 이민을 떠난 가족들과 함께 살기 위해서였다. 미아는 그곳에서 자리를 잡은 쌍둥이 동생을 도와 액세서리 숍에서 일했다. 일과를 마친 밤에는 침대에 누워 수진에게 메시지를 보내곤 했는데, 한국에 있는 수진이 메시지를 받는 건 한낮이었다. 하루는 미아가 자신이 도청을 당하고 있다고 메시지를 보냈다.

누구한테?

수진이 물었다.

교회. 산티아고 한인 교회. 나는 산티아고의 한인들과 어울리지 않아. 구역질이 난다고. 그들은 낮에는 교회를 나가고 밤에는 스와핑을 일삼는 개자식들이야. 나는 대신 절에 다니고 있어. 한인 교회는 나를 배신자로 낙인찍고 괴롭히기 시작했지.

절? 산티아고에도 절이 있어?

그들은 나를 죽이려고 해.

미아는 수진의 질문에 아랑곳하지 않고 하고 싶은 말만 계속했다.

너를 죽이려 한다고? 협박이라도 했어?

우리집 현관문에 내 이름을 쓰고 그 위에 붉은색으로 엑스 표를 그려놓았어. 내가 지워놓으면 다음날 다시 그려서 돌아버릴 지경이야. 페인트값으로 동생에게 받은 용돈을 전부 썼다고.

미아는 현관문 사진을 보냈다. 현관문에는 미아의 칠레식 이름이 쓰여 있었고 그 위로 붉은색 엑스 표가 그려져 있었다.

수진은 미아의 이야기를 건성으로 들었다. 솔직히 말하면 그가 아직도 어린애처럼 매사에 부정적인 게 한심하게 느껴졌다. 더 솔직히 말하면 당시 수진의 머릿속에는 오로지 바게트 소년병뿐이라 다른 게 비집고 들어올 여지가 없었다.

수영장에서 바게트 소년병을 봤어.

수진이 미아의 이야기에 반응하는 대신 바게트 소년병 이야기를 꺼낸 건 어떻게 보면 당연한 결과였다.

바게트 소년병이라니?

바게트를 총처럼 들고 보초를 서는 아이 말이야.

그러니까 그 아이가 왜 수영장에서 보초를 서고 있는데?

미아가 물었다. 수진은 구체적인 정황을 적었다. 그러나 미아는 답이 없었다. 이게 그와 주고받은 마지막 메시지였다.

몇 주 뒤 새벽이었다. 수진은 미아의 동생에게서 미아가 죽었다는 메시지를 받았다.

사실 미아는 심한 우울증을 앓고 있었어. 죽음이 미아에게 행복을 선사한다면 더이상 바랄 게 없겠어. 너무 머니까 장례식에 오진 못하더라도 마음으로 애도해줘.

이어지는 메시지 뒤로 미아의 죽음과 관련된 사진들이 연달아

도착했다. 관. 운구차. 맑은 하늘. 한인 타운의 풍경. 절에서 열린 추모식. 가족들의 표정.

수진은 그날 밤 잠을 이루지 못했고, 아침이 밝아오도록 계속 미아에 대한 생각을 이어나갔다. 이상하게 눈물은 나지 않았다. 고등학교 3학년 때였나. 수진은 함께 나무를 심기 위해 미아와 식목일 아침에 만났던 일을 기억해냈다. 둘 다 묘목을 갖고 오지 않은 것을 깨닫고 햄버거를 먹은 뒤 각자의 집으로 흩어졌던 것도. 그뒤 식목일마다 미아를 떠올리곤 그에게 안부를 전했던 것도. 수진은 이제 식목일에 누구에게 안부를 물어야 될지 모르겠다며 머리를 쥐어뜯었다.

그로부터 얼마간의 시간이 흘렀다. 수진은 한 공모전을 목표로 LD와 수영장이 나오는 소설을 퇴고하는 데 전념하고 있었다. 미아의 죽음은 서서히 잊혀졌다. 그 무렵 미아의 동생에게서 메시지가 왔다.

고마워. 산티아고까지 와줄 줄이야. 미아도 좋아했을 거야. 여기까지 왔는데 나한테 연락이라도 하지 그랬어?

수진은 산티아고에 간 적이 없다고 했다.

무슨 소리야? 미아의 납골함 앞에 바게트 빵이 놓여 있었는데. 전에 미아한테 바게트 소년병 이야기를 한 적 있다며. 그날 미아가 수진이 드디어 자기처럼 미쳤다면서 얼마나 깔깔거리던지, 그 장면이 아직도 눈에 선하단 말이야.

그녀가 덧붙였다. 수진은 바게트 빵이라니 그게 무슨 소리냐고 했다. 그녀는 대답 대신 사진을 전송했다. 미아의 납골함 앞에 바게트 하나가 놓여 있었다. 수진은 그녀에게 네가 꾸민 게 아니라면 대체 어떻게 된 일인지 모르겠다고 했다.

내가 꾸몄다고? 그럼 내가 너처럼 바게트 소년병 운운하는 머저리라도 됐다는 거야?

그녀가 화를 냈다.

중곡동과 산티아고

오래전 일이라 가물가물하다. 지안과 처음 만난 건 지안이 정부의 지원을 받아 내 단편을 스페인어로 번역하면서였다. 지안은 내 소설에 대해 긍정적인 생각을 지니고 있었다. 생전 처음 들어보는 칭찬에 나는 한껏 고무됐다.

지안은 대학에서 스페인문학을 전공했다. 대학을 졸업하고 페루 비영리단체와 아르헨티나 한국 대사관에서 일하다가 한국으로 돌아온 뒤에는 스페인어 학원의 강사로 일하면서 알려지지 않은 남미 작품들을 한국어로 번역했다. 지금은 전자기기 유통회사의 해외 마케팅부에서 일하고 있다. 주로 로봇 청소기를 멕시코에 유통하는 일을 하는데, 지안은 로봇 청소기나 팔고 있을 거면 왜 스페인문학을 공부했는지 모르겠다며 종종 내게 신세한탄을 하곤 한다. 예전에는 달리 할 말이 없었지만, 반갑게도 지금은 얹을 말이 생겼다. 나야말로 가구를 팔고 있을 줄 알았다면 소설은 시작도 안 했을 텐데.

지안과의 연애를 떠올리면 보르헤스가 떠오른다. 지안은 보르헤스를 좋아했다. 당시만 해도 나는 보르헤스가 좋다는 사람은 사기꾼이라고 생각했다. 도무지 보르헤스를 이해하지 못하는 내 무지 탓이었다. 그러나 지안만은 보르헤스를 진짜로 좋아하는 것 같았다. 사랑에 빠졌기 때문이리라. 어느 날 밤 보르헤스의 단편을 지안과 번갈아가며 소리 내 읽었던 게 기억난다. 다 읽은 뒤 우리는 문학에 대한 이야기를 나눴다. 이야기의 주제는 미래로 번졌는데, 우리는 둘 다 미래를 긍정했다. 이 글의 주제와는 별 상관 없는 내용이다. 좋은 기억이라 적어둔다.

지안의 서가에는 아직 내 첫 소설집이 꽂혀 있다. 사랑하는 지안에게. 속지의 서명도 그대로다. 언젠가 수진이 말해준 것이다.

작가를 피해서 당신과 결혼했더니 당신이 작가가 되려고 하네. 내게는 당신이 바게트 소년병만큼이나 미스터리한 존재야. 당신 말마따나 정말 무질서해. 당신 때문에 내 인생이 이렇게 무질서해졌다고.

수진은 지안이 술에 취해 이렇게 화를 낸 적이 있다고 전해줬다. 아무래도 그날 같았다. 늦은 밤이었다. 자고 있는데 지안에게서 전화가 왔다. 지안은 그놈의 무질서 때문에 부부 사이가 멀어졌다고 울먹거렸다.

나는 지안과 수진의 사이가 소원해진 데 대해 약간의 죄책감을 가질 수밖에 없었다. 일이 생각보다 커지자 당황한 나머지 말할 타이밍을 놓친 채 지금까지 끌고 왔지만, 고백하자면 미아의 납골함 앞에 바게트 빵을 두고 온 건 바로 나였다. 당시 나는 의뢰를 받은 장식장을 구하기 위해 아르헨티나 멘도사로 출장을 떠나 있었다. 지금 생각해보면 미친 짓이었다. 우연히 바이어에게 산티아고가 멘도사에서 가깝다는 이야기를 들은 뒤 충동적으로 산티아고행 비행기를 탄 것이었다. 산티아고에 도착한 뒤 나는 한인 타운 인근의 납골당을 찾았고, 미아의 납골함 앞에 서서 애도를 표했다. 여기까지는 그럭저럭 이해할 수 있을 것이다. 그런데 왜 그때 바게트 소년병이 떠올랐고, 왜 시내에 다녀오는 수고를 감수하면서까지 바게트를 사와서 미아의 납골함 앞에 두었으며, 왜 그 사실을 수진에게 말하지 않은 건지는 나조차도 의문이다. 의문을 풀기 위해 나는 끊임없이 기억을 되새겼다. 되돌아보면 당시 나는 다시 무질서에 휩싸인 상태였던 것 같다. 새로운 직업에 점점 염증을 느끼고 있던 터였다. 어쩌면 이 모든 걸 무질서를 처음으로 발설한 수진의 탓으로 돌리고 싶었는지도 모른다. 이게 내가 생각해낼 수 있는 가장 그럴듯한 이유다. 이런 유치한 감정 이외의 다른 이유는 아직까지 떠오르지 않는다.

지안의 우려처럼 수진의 상태는 점점 악화됐다. 모든 경험을 무질서로 해석하기 시작한 것이었다. 어느 순간 수진은 자신을 둘러싼 공간이 낯설어지고 있다고 생각했다. 어린이대공원. 능동. 군자역. 중곡역. 용마사거리. 중곡제일시장. 용마산. 국립정신건강센터. 수진은 낯선 지명 위에 발을 디디고 있는 것 같아 두려웠다. 그렇게 좋아하던 산책도 마다할 정도였다. 중곡동은 그렇다 치더라도 내 인생의 대부분을 성남에서 살았는데, 이젠 성남도 낯선 공간이 됐어. 오랜만에 본가에 갔는데 너무 낯선 거야. 심지어 평생 함께 살았던 엄마, 아빠도! 수진의 표현을 빌리자면, 수진은 난민이 된 것 같았다.

중곡동은 수진을 더욱 혼란스럽게 했다. 지안과 대화를 나누다가 자신들이 지안의 부모가 1980년대에 살았던 신혼집과 지근거리에 살고 있다는 사실을 알게 된 것이었다. 안동 출생인 지안의 부친과 합천 출생인 지안의 모친이 부산에서 만나 결혼한 뒤 상경해서 중곡동에 자리잡은 것까지는 참을 수 있었다. 수진이 폭발한 건 지안의 부모가 이 년여간 중곡동에 살다가 지안을 낳은 뒤 구리로 이사를 갔다는 이야기를 듣고 나서였다. 얼마 전 수진과 지안이 구리 소재 아파트에 분양 신청을 했기 때문이었다. 지금은 태릉에 살고 있는 지안의 부모가 구리와 연관이 있을 줄은 꿈에도 상상하지 못했던 터였다. 수진은 괴로워하며 그 사실을 왜 이제야 말했냐고 따졌다. 지안은 황당해하며 대수롭지 않은 걸로 왜 그렇게 히스테리를 부리냐고 맞받아쳤다. 수진은 지도 앱을 열어 중곡동, 부산, 합천, 안동, 구리, 성남, 산티아고 등지를 뚫어져라 들여다봤고, 지안은 그런 수진을 보며 혀를 찼다.

중곡동과 산티아고. 나는 그 사이에서 헤매고 있어. 수진은 세상이 너무 무질서한 나머지 인생의 한가운데서 길을 잃었다고 생각했다. 그러나 무질서는 수진을 어디로도 이끌지 못했다. 수진은 여전히 인간사의 물결을 헤쳐나가기 위해 버둥대고 있었다. 어느 순간 물결에 휩쓸려서 수진 옆을 스쳐지나가는 사람 하나가 머릿속에 그려졌다. 다름 아닌 나였다.

4월

수진은 4월 내내 불안했다. 부부의 불운이 만나는 달이었다. 수진은 가슴을 졸였지만 다행히 아무 일도 일어나지 않았다. 지안과의 관계도 어느 순간부터 괜찮아졌다. 예전과 다름없는 수진을 보며 내심 실망했던 기억이 난다. 은근히 무슨 일이 생기길 기대했던 것 같다.

도리어 4월은 내게 최악이었다. 떠올리기도 싫으니 짧게 설명하겠다. 교통사고가 났으며, 사촌이 거래처에 사기를 치고 잠적해서 소송에 걸렸다. 창고에 보관돼 있던 가구들은 압류됐고, 막대한 배상금을 물어주느라 개인 회생 신청을 고민하는 지경에까지 이르렀다.

그 무렵 수진은 탈고를 눈앞에 두고 있었다. 수진은 문득 오상순 시집을 신청했던 게 떠올라 머리도 식힐 겸 밖으로 나섰다. 골목을 걷고 있는데 오상순이 보였다. 오랜만에 만나는 것이었다. 오상순은 배가 홀쭉해져 있었고, 뒤로 새끼 고양이가 따라가고 있었다.

오상순!

반가운 마음에 수진이 불렀다. 오상순은 그 자리에 멈춰 섰고 새끼는 자동차 밑으로 들어갔다. 수진은 오상순에게 가까이 다가가 손을 내밀었다. 오상순은 수진의 손을 할퀴고 쏜살같이 사라졌다.

수진은 시집을 빌린 뒤 주민센터를 나오다가 돌고래 동상 앞에 놓인 알림판을 봤다. 당분간 수영장을 폐관한다는 문구가 적혀 있었다. 수진은 직원에게 무슨 일이냐고 물었다. 직원은 오늘 새벽 수영장에서 살인사건이 벌어졌다고 했다. 최초 목격자는 경비였다. 경비는 새벽반 수업 전에 수영장 물을 소독한 뒤 아침을 먹고 왔는데, 중년남성이 피로 물든 물에 둥둥 떠 있었다고 증언했다. 피해자는 오십대 남성으로 삼 년 동안 이 수영장에 다니다가 최근 인근 묵동으로 이사를 간 뒤 발길이 끊긴 상태였다.

여기에 총을 맞았다더라고요.

직원이 목소리를 낮추며 심장 부근을 가리켰다.

그런데 왜 하필 여기까지 와서 죽었을까요?

직원이 속삭이며 덧붙였다. 대답 대신 어깨를 으쓱하는 순간, 수진의 머릿속에 남자를 향해 바게트를 겨누는 소년이 떠올랐다.

범인은 누군가요?

수진이 다급하게 물었다. 직원은 경비가 잠시 자리를 비운 시각 시시티브이에 초등학교 저학년으로 추정되는 여자아이와 그보다 어려 보이는 남자아이가 찍혔다고 했다.

얼마나 세상이 무서운지. 어린아이들이 총으로 사람을 죽이다니요. 그것도 이렇게 이른 아침에요.

잡혔나요?

아니요. 경찰도 다녀갔는데, 범인은 아직 잡히지 않았어요.

다행이야. 복수에 성공했구나.

수진은 자신도 모르게 중얼거렸다.

뭐라고요?

직원이 되물었다.

아니에요. 그나저나 어서 잡혀야 할 텐데요.

수진은 그렇게 둘러대곤 주민센터를 빠져나왔다.

그날 밤, 수진은 철책 통로를 통해 수영장에 잠입했다. 수영장에는 폴리스 라인이 쳐져 있었고, 물이 빠진 바닥에는 핏자국이 말라붙어 있었다. LD가 살인을 일삼는 장면을 수정할 때 이때의 기억을 참고했다는 수진의 이야기가 떠올라 소름이 돋는다.

어이.

수진이 외쳤다.

어이.

수진의 목소리가 수영장에 메아리쳤다. 수진은 날이 밝을 때까지 바게트 소년병을 기다렸다. 그러나 그날 바게트 소년병은 오지 않았다. 수진 역시 이 이야기를 마지막으로 한동안 연락이 되지 않았다.

지안에게서 연락이 온 건 살인사건이 나고 일주일쯤 지났을 무렵이었다. 지안은 수진이 이상한 행동을 한다며 하소연을 했다. 오상순 시집을 빌리러 가서는 바게트를 한아름 사오더니 며칠 동안 방에서 나오지 않는다는 것이었다. 걱정이 돼서 문을 열었더니 수진은 바게트 빵을 옆구리에 낀 채 광기 어린 표정으로 노트북 키보드를 두드리고 있었다고 했다. 지안이 뭐하는 거냐고 묻자 수진은 바게트 빵을 겨눴다.

꼼짝 마.

수진이 외쳤다. 지안은 깜짝 놀라서 방문을 닫고 나왔다.

그뒤로 방에 들어가지 않았어. 너희 둘은 나 모르게 대화 많이 하잖아. 뭐 아는 거 없어?

지안이 물었다. 나도 요새 연락이 안 돼서 자세한 건 모르겠지만, 수진에게 시간을 조금 주는 게 어떻겠냐고 했다. 수진은 워낙

예민한 편이잖아. 결혼, 실직, 친구의 죽음. 많은 게 변했어. 그래서 힘든 시기를 보내고 있는 걸 거야. 핸드폰 너머로 지안의 한숨이 들렸다. 지안은 그건 그렇고 정리해야 하는 살림살이가 많아서 서랍장을 구하고 싶은데 도와줄 수 있냐고 물었다. 내가 일을 그만둔 걸 수진에게서 아직 듣지 못한 모양이었다. 바쁘다는 핑계로 차일피일 미루다가 결혼 선물을 하지 못한 게 떠올라 겸사겸사 쓸 만한 걸 보내겠다고 했다.

나는 수진에게 안부 메일을 보낸 뒤 이천에 위치한 창고로 갔다. 창고 문에는 압류 딱지가 붙어 있었고, 무거워 보이는 자물쇠가 채워져 있었다. 나는 창고 뒤로 돌아갔다. 발코니 같은 곳에 탁자가 놓여 있었고 그 옆에 작은 문이 하나 있었다. 예상대로 잠겨 있지 않았다. 나는 그 문을 통해 창고 안으로 들어갔다.

전기세를 내지 않아서 불이 들어오지 않았다. 평소와 다르게 으스스했고, 아무에게도 들키면 안 된다는 생각에 긴장도 됐다. 얼마 전까지만 해도 내 소유였는데 이제 도둑처럼 몰래 들어와야 한다니. 헛웃음이 나왔다. 창고를 한 바퀴 돌아보니 값비싼 가구들은 압류당하고 없었고 고장이 난 가구들만 남겨져 있었다. 나는 지안에게 선물할 가구를 살펴보았다. 보르네오산 원목 장식장이 눈에 들어왔다. 다리 하나가 부러져 있었고 문짝도 떨어져 있었지만 조금만 손보면 그럭저럭 쓸 만할 것 같았다. 큼직한 서랍장이 두 개였고 작은 서랍장도 여러 개 달려 있어서 잡동사니를 잘 버리지 못하는 지안에게도 어울릴 것 같았다. 나는 먼지를 닦아내고 간단한 수리를 한 뒤 포장을 하기 시작했다. 그때였다. 서랍장 안에서 덜컥거리는 소리가 들렸다. 나는 첫번째 서랍장을 열었다. 아무것도 없었다. 그 순간 밑에 달린 서랍장에서 덜컥거리는 소리가 들렸다. 그 서랍장을 열었을 때 나는 눈을 의심해야 했다. 서랍장 안에는 바게트 빵을 든 소년이 웅크리고 앉아 있었다. 나는 깜짝 놀라 뒷걸음질치며 누구냐고 물었다.

손들어.

소년이 내게 바게트를 겨누었다.

25

긴 세월 야구계에 몸담아왔어. 하지만 기록 따위엔 관심 없어. 상처받기 쉽거든. 시리즈 마지막 경기에서 패하면 다들 유령 취급을 해. 우리가 이룬 게 전부 무의미해져. 오클랜드 애슬레틱스 구단주 빌리 빈이 오영을 방출하면서 말했다. 위로랍시고 한 얘기 같은데, 오영이 실제로 위로를 받았는지는 잘 모르겠다. 진지하게 생각하지 않아도 좋다. 게임 이야기니까.

오영은 이오가 만든 게임 캐릭터였다. 2013년 구글에서 개발한 메이저리그 기반의 온라인 야구 게임 '드래프트'는 보통의 스포츠 게임처럼 경기를 치르거나 구단을 운영하는 방식이 아니라, 선수를 육성하는 시뮬레이션에 가깝다. 시대, 국적, 인종, 연령 등 선택과 랜덤이 결합된 초기 설정을 하고 나면 게임은 마치 실제 인생처럼 종잡을 수 없이 확장된다. 탄생, 성장, 결혼, 죽음 같은 인간사에서부터 계약, 훈련, 데뷔, 징계, 수상, 은퇴 같은 실질적인 야구 이야기까지 광대한 서사가 구글 맵 위에 펼쳐지는 것이다. 드래프트는 야구 팬들 사이에서는 화제가 됐지만 MLB의 인기가 NBA와 NFL에 잠식된 만큼 판매량이 저조했고, 구글은 후속작 출시 없이 2023년까지만 온라인 서비스를 제공하기로 결정했다.

오영은 부산 출신으로, 2008년 경남고를 졸업한 뒤 삼백사십오만 달러의 계약금을 받고 샌디에이고 파드리스에 입단하면서 김병현의 기록을 뛰어넘었다. 그러나 한국 프로야구에 몸담지 않고 곧바로 미국으로 건너간 탓에 국내 인지도가 낮았다.

오영은 파드리스 산하 마이너리그에서 좌익수로 데뷔했다. 2010년에는 트리플에이로 승격됐고, 2011년에는 『베이스볼 아메리카』 선정 유망주 20위에 등극했다. 오영은 타율 2할 8푼, 40홈런이 기대되는 거포 유형의 유망주로 평가됐다.

한국은 여전히 오영에게 무관심했다. 오영은 병역 특혜를 위해 아시안게임 국가대표로 선발되길 간절히 바랐지만, 국가대표 감독은 본인과 연이 없는 오영을 거들떠보지도 않았다. 오영은 고국에 대한 미련을 버렸고, 입대를 최대한 미루기 위해 영주권을 취득했으며, 일본계 미국인과 결혼도 했다. 그뒤 정체기가 찾아왔고, 유망주 순위는 100위권 밖으로 밀려났다. 오영은 자연스럽게 술을 입에 댔고, 습관이 된 음주는 알코올의존증으로 이어졌다.

2013년 겨울, 오영은 음주운전으로 출장 정지 처분을 받고 한동안 야구와 멀어졌다. 가까스로 복귀한 다음해에는 성공에 대한 욕망이 들끓었지만 몸이 따라주지 않았다.

금지 약물을 복용하시겠습니까? 2015년, 더블에이와 트리플에이를 오가던 중, 에이전트를 통해 접촉해온 금지 약물 중개상 존 터투로가 물었다. 네. 오영이 대답했다. 아니, 이오가 선택했다. 달리 선택의 여지가 없었다. 오영은 이미 아이가 둘이었다. 천만 원 정도의 마이너리그 연봉으로는 살아가기 역부족이었다. 한국 프로야구팀 입단은 염두에 두기도 싫었다. 한국인들은 오영이 영주권을 취득하자 갑자기 달려들어서 병역기피자라고 비난했고, 오영은 고국에 정이 떨어진 상태였다. 약물 복용이 성공을 보장해주진 않겠지만 확률은 높여줄 것이었다. 오영은 국민 영웅이 못될 바에는 부자가 될 가능성이라도 높이는 게 낫다고 판단했다.

존 터투로가 권한 건 테스토스테론과 성장호르몬이었다. 오영은 약물을 투여받았지만 성적은 기대만큼 오르지 않았고 그래서 의심도 받지 않았다. 훈련 도중 어깨 부상을 입고 수술을 받은 건 그즈음이었다. 악재는 연달아 일어났다. 재활 훈련을 하던 중 내전근 부상도 입은 것이다. 그뒤 오영은 파드리스에서 방출됐고, 오클랜드와 마이너리그 계약을 맺었다. 얼마 지나지 않아 오클랜드는 부상의 늪에서 헤어나오지 못하는 오영을 방출했다. 오영은 은퇴를 결심했다.

이오는 오영의 인생이 어디에서부터 꼬인 건지 생각했다. 금지 약물을 선택하지 않았다면 성공할 수 있었을까. 실패의 계기가 약물이 아니라 부상인데도? 이오는 오영이 그때의 순간으로 되돌아간다 해도 같은 선택을 할 거라고 생각했다. 운동에만 전념한다? 애들까지 있는데 꿈만 바라보며? 꿈같은 일이었다.

다음 시즌도 진행하시겠습니까? 에이전트가 물었다. 고심 끝에 이오는 오영의 인생을 연장하지 않기로 결정했다. 처음엔 마음에 들지 않는 등번호를 다는 것부터 분노가 치밀어올랐는데, 점점 마음에 들지 않는 것을 받아들이는 데 익숙해져. 지금은 마음에 드는 게 하나도 없는데 아무렇지도 않아. 언젠가 마음에 드는 일이 생기면 외려 거슬리게 되겠지. 이게 오영의 마지막 대사였다.

오영은 이오가 생명 연장을 포기한 여든일곱번째 캐릭터였다. 나머지 여든여섯 명의 이름도 모두 오영이었다. 오영은 이오의 본명이기도 했다. 실제 오영의 인생 역시 게임 속 오영들의 인생과 유사하다고 이오는 생각했다.

게임 캐릭터가 아닌 실제 오영은 서울 출생의 우완 정통파 투수로 덕수상고를 졸업한 뒤 두산 베어스 입단이 거의 확정됐다가 2003년 돌연 뉴욕 양키스에 입단했다. 지금으로 따지면 오타니 쇼헤이를 연상시키는 수려한 외모에 파이팅 넘치는 화려한 퍼포먼스로 메이저리그에 데뷔도 하기 전에 예능 섭외 1순위였고 국민이 사랑하는 스포츠 스타에 선정되기도 했다. 두산 베어스와 이

중 계약 파문이 일었지만 뉴욕 양키스에 선발된 선수라는 국민적 기대 속에 유야무야 넘어갔고, 미국에서도 한국에서 온 로저 클레멘스라고 불리며 주목받다가 금지 약물 파동에 휘말리면서 야구와 멀어졌다. 이오가 드래프트를 시작한 계기는 오영의 인생을 복기하기 위해서였던 것 같다. 시작부터 잘못됐어. 너무 멀리까지 가서 야구를 했던 거야. 일흔세번째인가 일흔네번째 오영을 삭제한 뒤, 이오의 머릿속엔 이런 생각이 떠오른 적도 있었다.

금지 약물에 대해서라면 이오는 할말이 많았다. 역사에 남겠다고? 지금껏 마이너리그에서 빌빌댄 건 천재가 아니라는 증거 아니야? 금지 약물을 먹고 빅 리그에서 홈런 서른 방만 때려봐. 백만장자가 될 수 있어. 도핑이 적발되기 전에 FA 계약이라도 해두면 억만장자도 될 수 있다고. 걸리더라도 처음에는 고작 80게임 출장정지. 한 번의 기회를 더 주니까 비난을 견딜 수 있는 정신력만 있으면 돼. 야구는 멘털 스포츠거든. 그 시절 오영의 셰어 하우스 룸메이트였던 로빈슨 카노가 말했다. 자신 역시 무수한 마이너리거들처럼 스테로이드를 복용하고 있다고 고백하면서. 오영은 생각이 달랐다. IMF 때 박찬호가 그러했듯 정정당당하게 승리를 거둬서 한국인들에게 힘을 주고 싶었다. 오영은 갖은 유혹을 뿌리치며 버텼다. 그러나 시간은 오영의 편이 아니었다. 오영은 지쳐갔다. 간신히 메이저리그 등판 기회를 얻었는데 수비 실책으로 2회만에 7실점을 하고 강판됐을 때, 다시 한번 더 기회가 왔지만 훈련

도중 부상을 입어서 토미 존 수술 판정을 받았을 때, 수술 후 회복이 더디고 고국과 구단이 자신을 잊었다는 걸 느꼈을 때, 그 좌절감이란 이루 말할 수 없었다. 오영은 마음의 안정을 되찾기 위해 한인 교회에 다니기 시작했고, 한국계 재활 전문가 구진을 만나 사랑에 빠졌다. 구진은 오영이 마음을 다잡는 계기가 됐다. 그 영향인지 회복에도 속도가 붙었다.

재활이 마무리될 무렵, 조지 J. 미첼 상원 의원의 조사로 불거진 금지 약물 파동이 메이저리그를 뒤흔들었다. 이른바 미첼 리포트에는 로저 클레멘스, 제이슨 지암비, 앤디 페티트 같은 양키스의 스타들도 포함돼 있었다. 대중의 관심을 등에 업은 미첼 의원은 위원회를 조직해서 전수조사를 실시했다. 구진은 약물 공급책으로 파동의 중심에 있었던 뉴욕 메츠의 전속 트레이너 커크 라돔스키와 같은 트레이닝 센터 소속이었고, 위원회에 소환돼 오영도 금지 약물을 복용했다고 증언했다. 지터는 오영이 빅 리거가 되기도 전에 역사에 남게 됐다고 비아냥거렸다. 여기에서 지터는 뉴욕 양키스의 레전드 유격수 데릭 지터가 아니라, 오영의 안티 블로거 닉네임이다. 지터에 대해서는 잠시 뒤 자세히 이야기할 기회가 있을 것이다.

오영의 도핑 검사 결과는 양성이었다. 회복을 촉진시키고 근력과 집중력을 증강시키기 위해 사용되는 스테로이드 계열의 약물이 검출된 것이었다. 오영은 음모라고 주장했다. 자신은 아무것도 몰랐다고. 아무래도 구진이 건넨 보충제에 들어 있었던 것 같다고. 구진이 자신을 함정에 빠뜨린 거라고. 위원회는 오영의 이의 제기에 귀기울이지 않았다. 오영뿐 아니라 적발된 선수 모두가 음모라고 주장했기 때문이었다. 로빈슨 카노는 오영이 의도적으로 금지 약물을 복용했다고 여기저기에 인터뷰를 하고 다녔다. 뉴욕 양키스 주전 2루수를 꿰찬 뒤 막 존재감을 알리기 시작하던 시기였고, 혹시라도 자신까지 들킬까 두려워서 오영을 걸고넘어진 것 같았다. 그뒤 로빈슨 카노는 성공가도를 달렸다. 2014년에는 시애틀 매리너스와 십 년, 이억 사천만 달러의 메가 딜을 체결하기도 했다. 오영도 발각되지 않았다면 승승장구했을까. 아무도 모를 일이다.

한국에서 온 로저 클레멘스, 로저 클레멘스를 좇아 약쟁이가 되다. 뉴욕 타임스는 오영과의 인터뷰를 대서특필했다. 오영은 인터뷰를 통해 억울함을 피력했지만 대부분 편집됐다. 변호사는 양성 판정이 나왔는데도 무죄를 주장하는 건 법리적으로 불리하다고 조언했고, 오영은 결국 자신의 주장을 철회했다. 그 탓에 상황은 오영이 의도적으로 약물을 복용한 뒤 그 사실이 발각되자 거짓말을 한 것으로 굳어졌다. 한국인들은 기다렸다는 듯 오영을 힐난했고, 처음에는 오영을 믿어주던 지인들도 차츰 등을 돌렸다.

당시 뉴욕 한인 사회에 퍼진 소문에 의하면, 구진은 커크 라돔스키에게 돈을 받고 마이너리거 미끼를 준비하고 있었다. 스타들이 걸릴 경우를 대비해서였다. 그 미끼가 바로 오영이었다. 오영이 본인도 모르게 스테로이드를 섭취하고 있을 때, 금지 약물 구입 내역은 조작된 채 오영에게로 향하고 있었다. 미첼 리포트에 의해 전모가 드러난 뒤, 구진이 플리 바게닝*을 대가로 선수들의 금지 약물 복용과 커크 라돔스키의 범죄 행각을 입증하는 데 협조했다는 말도 돌았다. 위원회가 성과를 조금이라도 더 부풀리기 위해 구진과 짜고 미끼였던 오영을 도핑 명단에 포함시켰다는 이야기도 떠돌았다.

오영이 따질 틈도 없이 구진은 사라져버렸다. 언론에 이름이 오르내리자, 사생활 침해를 이유로 증인 보호 프로그램을 신청한 것이었다. 의회의 도움으로 프로그램은 신속하게 진행됐고, FBI는 구진에게 새 이름과 안전한 공간을 제공했다. 각종 자료와 보도기사에서도 구진이라는 이름은 삭제되거나 가명으로 대체됐다.

언론의 눈치를 살피던 뉴욕 양키스는 예상보다 일이 커지자 재기의 기회도 주지 않고 오영을 방출했다. 다른 팀들도 오영을 거들떠보지 않았다. 한국야구협회는 과거의 이중 계약 문제를 들먹이며 오영의 KBO 입단을 원천 봉쇄했다. 오영은 야구를 포기할 수밖에 없었다.

* 피고인이 자신의 유죄를 인정하거나 다른 공범에 대해 증언을 하는 대가로 형을 낮추거나 가벼운 죄목으로 다루기로 검찰과 거래하는 일.

넓은 관점에서 보면, 오영이 야구를 그만둔 건 예정된 수순이었던 것 같다고 이오는 생각했다. 약물 파동이 없었더라도 오영은 아시아 출신 유망주들이 흔히 그렇듯 실패할 확률이 높았다. 그렇게 여기자 무턱대고 구진을 원망할 일이 아니라는 생각이 뒤를 이었다. 지금껏 이오가 구진에게 궁금한 건 하나였다. 오영을 사랑하긴 했을까.

야구는 9회라는 긴 시간 동안 인간을 승패에 옭아맨 채 파멸시킨다. 인생 역시 마찬가지다. 야구와 인생의 공통점이다. 2018년 여름의 어느 날, 이오의 머릿속에 스쳐지나간 단상이었다. 야구를 그만둔 지는 십 년이 지났고, 파인클리닝에 취업한 지 반년 가까이 된 시점이었다. 이오는 파멸의 후유증에서 벗어나지 못하고 있었다.

이오의 근무지는 대전 한밭구장 인근에 위치해 있었다. 야구에서 좀처럼 벗어나질 못하는구나. 함성과 응원가 따위가 방음장치를 뚫고 야구장에서 들려올 때마다 이오는 생각했다. 언제부턴가는 야구가 유발하는 소리들이 소음으로 들리기 시작했다. 왜 선수였을 땐 몰랐을까. 야구는 그대로인데 내가 변한 건가. 아니면 야구가 변한 건가. 이오는 의문을 품었지만 답을 찾지 못했다.

홈 플레이트에 서 있으면 한밭구장 우측 외야 너머로 파인클리닝의 옥외 광고판이 보였다. 가끔 중계 화면에도 잡혔다. 김태균이 장외 홈런을 쳐서 광고판을 맞힌 적이 있었는데, 그로부터 일주일 동안 문의 전화가 폭주하기도 했다.

완벽한 세탁! 새로운 이미지! 웰컴 투 파인클리닝!
단체 및 대형 세탁 전문
무엇이든지 새 옷처럼 깨끗하게 만들어드립니다

광고문을 읽어보면 알겠지만 파인클리닝은 세탁 전문 기업이다. 대외적으론.

실상은 달랐다. 파인클리닝의 전문분야는 옷이 아니라 사람이다. 한 사람을 완전히 다른 사람으로 탈바꿈시켜주는 것이다. 신분 세탁 전문 기업 파인클리닝. 이래 봬도 절체절명의 위기에 빠진 사람에게 재기의 기회를 주려는 선한 취지를 지닌 기업이다.

아무래도 불법인지라 파인클리닝의 보안은 엄격하다. 파인클리닝이 신분 세탁을 하는 회사라고는 상상하기도 어려울 것이다. 파인클리닝은 업력 십구 년의 강소기업이고, 평생을 세탁업에 종사한 바지사장이 상주하며, 모범납세자상을 수상하기도 했다. 곤지암 소재 본사를 방문하면, 인부들이 산더미처럼 쌓여 있는 세탁물을 수십 대의 대형 세탁기에 끊임없이 집어넣는 광경을 볼 수 있다. 세탁기들은 마치 윤회하듯 삼백육십오 일 이십사 시간 멈추지 않고 돌아간다.

영영00은 파인클리닝의 창립자이자 대표이사다. 영영은 정체를 감추기 위해 고안된 일종의 코드명이다. 거창한 의미가 있는 건 아니고 직책과 입사 순으로 번호를 부여한 것이다.

영영은 젊은 시절을 북파 공작원으로 보냈다. 남한에 돌아와서는 비밀 요원의 신분을 세탁해주는 업무를 담당했는데, 퇴직한 뒤 그 경험을 살려 파인클리닝을 창업했다. 원래는 인맥과 소개를 통해서만 의뢰를 받다가 최근에는 인터넷으로까지 범위를 넓혔다. 사회적 물의를 빚고 돌연 자취를 감춘 이들은 대개 파인클리닝의 고객이라고 보면 된다. 일례로 사법 농단 수사가 본격화되면서 종적을 감춘 대법원장도 파인클리닝의 관리 아래 있다.

이오25 역시 입사한 뒤 부여받은 이름이었다. 설명한 대로 파인클리닝의 스물다섯번째 직원이라는 의미다. 이오는 파인클리닝의 직원이 된 동시에 세상으로부터 사라지고 있었다. 입사 조건이었다. 파인클리닝의 명운이 달려 있기 때문이었다. 신분 세탁 일은 범죄와 연관되기 쉽고, 자칫 사법기관에 직원의 신분이 노출됐다가는 회사 전체가 파멸에 이를 수 있었다.

대우나 복리후생은 좋았다. 위험수당이 포함돼 있어서 연봉이 높고, 무상 숙식은 물론 대외 활동을 할 수 있도록 가명과 위조된 주민등록번호도 제공했다. 일부 제약이 따랐지만, 인터넷과 대포폰도 사용 가능했다. 여가 시간에는 드래프트도 얼마든지 할 수 있었다. 이오로서는 살아가는 데 문제될 게 없었다.

규정상 모든 업무가 대외비라 임원을 제외한 직원 간 교류는 금지돼 있었다. 이오가 아는 유일한 동료는 신입 연수를 같이 받은 이육26뿐이었다. 이육은 경찰공무원 시험 장수생으로, 언제부턴가 가족들이 자신을 없는 사람 취급하자 입사를 결심했다. 이육은 이오에게 무슨 일을 하다가 왔냐고 물었고, 이오는 사법고시를 준비하다가 실패했다고 했다. 당신도 있으나 마나 한 존재였군요. 이육이 이오를 위로했다. 이오는 이육이 살인자였는지, 마약중독자였는지 알 길이 없다고 생각했다. 지나치게 쾌활한 성격으로 연수 기간 동안 헛웃음을 짓게 만들었던 입사 동기일 뿐.

파인클리닝은 물샐틈없는 신분 세탁 시스템을 자랑한다. 공문서 위조나 인터넷 기록 말소처럼 기초적인 작업은 물론, 옵션에 따라 재산 신탁, 외국어 교육, 성형수술, 반려동물 돌봄 같은 세세한 부분까지 챙긴다. 영영은 파인클리닝의 근간이 신분 세탁이라면, 미래 가치는 의뢰인 관리에 있다고 했다. 의뢰인이 새로운 신분을 취득한 뒤에도 오랫동안, 가능하면 죽을 때까지 평탄하게 생존해야 파인클리닝이 지속적으로 영위된다면서. 영영의 말마따나 의뢰인은 새로운 삶을 부여받는 동시에 정체성에 혼란을 겪을 가능성이 높았다. 파인클리닝은 혼란 완화 방안을 끊임없이 고민했다. 그래서 마련한 게 유예기간이었다. 유예기간 동안 이전 생을 정리하고 새로운 생을 맞이할 준비를 하는 것이다.

유예기간은 일 년에서 오 년. 담당 정신분석의는 일반인의 경우 일 년이면 주변 사람들에게서 잊혀진다고 했다. 인터넷에 이름이 검색될 정도면 삼 년. 뉴스에 얼굴을 비칠 정도면 오 년. 슈퍼스타나 연쇄살인범의 경우에는 파인클리닝만의 비법이 필요하다. 참고로 직원의 유예기간은 파인클리닝이 계약 해지를 원할 때까지였다. 이오는 계약이 해지되는 즉시 쥐도 새도 모르게 피살된다는 이야기를 언뜻 들은 적이 있었다.

파인클리닝은 사려 깊은 회사다. 유예기간 동안 의뢰인에게 정신분석, 심리 상담, 최면 치료, 요가, 명상처럼 실질적인 혼란 완화 프로그램은 물론 안락한 거주 공간도 제공한다. 이오의 근무지, 그러니까 한밭구장 외야 너머 옥외 광고판 아래에는 지하 오층 규모의 벙커가 있다. 그 안에는 총 서른 개의 독방이 있고, 생활에 필요한 대부분의 제반 시설과 기기가 마련돼 있다. 유예기간 동안은 지상 출입이 엄금되고 사회와 격리되기 때문에 가능한 한 모든 걸 벙커에서 해결할 수 있도록.

한밭구장 외에도 전국 각지의 스타디움과 고속도로에는 파인클리닝의 옥외 광고판이 있고 그 밑에는 벙커가 있다. 그중 부산 사직구장 벙커는 수용소 역할을 한다. 파인클리닝에 위해를 가하는 자들을 가두는. 나는 이 세상에 없는 사람이니 얼른 죽여달라. 신입 연수 때, 이오가 시시티브이를 통해 봤던 이름 모를 수감자는 전기 고문 끝에 이 말만 반복했다.

유예기간이 끝나면 결정할 기회가 주어진다. 원래 삶으로 복귀할지, 파인클리닝에서 제안하는 삶을 살지, 삶을 마무리할지. 마지막 항목은 죽음을 뜻한다. 이 경우 스위스 디그니타스에서 사용하는 약품과 동일 제품으로 안락사를 진행하며 비용이 추가된다. 복귀를 택하면 두 번 다시는 의뢰할 수 없게 되고, 파인클리닝에 대해 발설하면 목숨을 보전할 수 없다는 비밀 유지 각서에 서명해야 하며, 평생 감시당할 각오를 해야 한다.

파인클리닝은 맞춤형 삶을 제안한다. 의뢰인과의 상담과 철저한 조사를 통해 적합한 신분과 행선지를 결정하는 것이다. 최우선으로 두는 건 의뢰인의 안전이다. 그전과 성별이 다르거나 연령차가 크게 나는 신분은 적응에 실패할 확률이 높아 배제하고, 행선지의 경우 의뢰인의 인지도가 높을수록 해외, 그중에서도 한국인이 드문 국가로 제안한다. 사후 관리도 해준다. 정기적으로 방문해서 새로운 삶이 위기에 처하지 않도록 지원하는 것이다. 이오도 언젠가 이 업무를 담당할 것이다. 이오는 가끔 상상했다. 미지의 존재로 재탄생한 오영이 궁지에 몰릴 때마다 이오가 나타나서 구해주는 장면을.

2000년대가 시행착오를 거쳐 사업의 기반을 다지는 기간이었다면, 2010년대에 들어서는 매출이 서서히 상승했고, 2017년부터는 그 추이가 가팔라졌다. 조직이 확대돼 각종 부서들이 우후죽순으로 생겨났고, 이오가 입사한 뒤 직원 수도 사사44까지 늘어났다. 영영은 조직을 쇄신하는 데 힘쓰기 시작했다. 체질 개선 없이 주먹구구식으로 운영하다가는 상승세를 감당할 수 없겠다는 판단에서였다. 영영은 최우선 개선 과제로 자신의 독재 체제를 꼽았고, 대기업에서 영입한 임원진으로 견제 기구를 조직했다. 임원 회의는 안정적인 경영을 위해 무분별한 위법행위를 삼가자는 안건을 제일 먼저 통과시켰다. 부산 사직구장 벙커의 폐쇄도 논의됐다. 매출 구조 다각화 방안으로는 베트남 진출과 가족 단위로 신분을 세탁해주는 신사업이 채택됐다. 장기적으로는 신분 세탁 합법화를 계획하고 있었다.

입사 일 년 미만의 수습사원은 주로 벙커 관리를 담당했다. 이오도 마찬가지였다. 파인클리닝 외부 노출 금지. 외부인과의 교류 금지. 의뢰인 간 정보 교환 금지. 기존 소지품 반입 금지. 인터넷 및 핸드폰 사용 금지. 인체 유해물 반입 금지. 벙커 내 금지 사항이다. 의뢰인들은 관리하기 쉬운 편이었다. 자진해서 거액을 내고 온 만큼 규정을 어기는 경우는 거의 없었다. 범죄자는 특별 관리했고, 말썽이 생기면 부산 벙커에 가뒀다. 한 해에 두어 명은 자살하기도 했다. 자살 미수는 환불 없이 강제 퇴출.

벙커 곳곳에는 감시 목적의 도청 장치와 시시티브이가 설치돼 있었다. 이오는 의뢰인뿐 아니라 자신 역시 감시 대상이라는 걸 인지하고 있었지만, 딱히 부당하다는 생각은 들지 않았다. 입사 이래 이오의 일상은 지정된 시간표에서 벗어난 적이 없었다. 오전 여섯시에 기상해 순찰을 돌면서 인원을 점검하고 조식을 배급한 뒤, 지하 오층 숙소로 복귀해서 조간 보고서를 작성하는 게 일과의 시작이었다. 원래대로라면 중식 배급 전까지 보고서를 작성하는 것만으로도 빠듯했을 텐데, 입사 후 반년이 지나니 드디어 요령을 터득했는지 그날따라 여유가 생겨서 이오는 침대에 누워 방을 훑어봤다. 임대 사무실처럼 황량한, 소유자가 누구인지 증명할 게 하나도 없는 방. 트로피와 유니폼. 야구공과 글러브. 상장과 계약서. 보도 기사를 표구한 액자. 이오는 입증 자료가 가득했던 오영의 방을 떠올렸다. 이오를 증명하기 위해선 무엇을 채워넣어야 할까. 그런데 이오는 누구일까. 이오는 이런 생각을 이어가다가 눈을 감았다.

이오가 눈을 뜬 시각은 정오였다. 이오는 중식을 배급하고 끼니를 때운 뒤 물품 조달을 하러 갈 채비를 했다. 물품 조달은 말 그대로 의뢰인들이 요구하는 물품을 외부에서 조달해오는 것이다. 채비를 마쳤을 때였다. 누군가 문을 두드렸다. 이오는 문을 열었다. 지하 이층에 기거하는 au였다. 의뢰인의 이름은 연령대를 뜻하는 알파벳과 중요도를 뜻하는 알파벳을 합해 지어지는데, a는 십오 세 이하, u는 다소 중요한 의뢰인이라는 의미로 이해하면 된다. au는 유예기간이 삼백 일 정도 남은 열네 살 소년이었다. au의 부친은 대형 교회 목사로, 횡령죄로 수사를 받던 도중 살인 및 사체 유기 혐의가 밝혀지면서 도주했다. au는 교회를 이어받을 후계자였고, 재산 일부도 이미 상속받은 상태였다. au의 신분이 인터넷에 유출되자 목사는 영영에게 아들을 맡겼다. 유예기간은 삼 년이었다. 목사는 도주한 뒤 한 번도 모습을 드러내지 않았고, 그 사이 au는 삶을 거의 포기한 채 칩거했다. 물품 조달을 요청하는 법도 없었다. 그런 au가 처음으로 찾아오자 이오는 당황했다. 야구공하고 글러브 좀 부탁드려요. au가 기어들어가는 목소리로 말했다.

주말 낮이었다. 한밭구장에는 인파가 들끓었다. 옥외 광고판이 보이지 않을 만큼 미세먼지가 가득했지만 이오는 숨을 깊이 들이켰다. 계절과 시간이 체내에 들어오는 것 같았고, 동시에 계절의 변화와 시간의 흐름도 느껴졌다. 이오는 자신이 없어도 세상이 별 탈 없이 돌아간다는 걸 체감할 수 있었고, 얼마나 남았는지 헤아릴 수 없는 오영에 대한 미련도 잠시나마 떨쳐낼 수 있었다.

마트에 갔다가 돌아오는 길에 이오는 체육사에 들렀다. 글러브를 달라고 하자 사장은 저렴한 국산 제품들을 권했다. 하나같이 조악한 인조가죽이었다. 이오는 이런 글러브를 끼고 야구를 했다간 손목이 남아나지 않을 거라고 생각했다. 미도 글러브는 없나요? 물소 가죽으로 된. 이오가 물었다. 오영이 썼던 브랜드였다. 단종됐어요. 그 잘생긴 캐나다 총리 양반이 동물 보호 운운하는 바람에 망했더라고요. 그런데 미도를 다 아시고 선수 출신이신가 봐요? 이오는 질문에 대답하지 않고 천연 가죽 제품을 보여달라고 했다. 사장이 창고에 들어가서 글러브를 찾는 동안, 이오는 매대에서 야구공을 집어들고 이리저리 매만졌다. 메이저리그 공인구예요. 그사이 사장이 글러브 몇 개를 들고 나왔다. 작년에 루머가 나돌았죠. 메이저리그 사무국이 관중 감소에 위기감을 느끼고 비밀리에 공인구의 반발계수를 조작했다나. 변화구, 특히 잡아채서 횡으로 휘게 하는 슬라이더가 잘 먹히지 않아 홈런이 증가했다고 저스틴 벌랜더가 불만을 토로하기도 했죠. 무슨 말인지 알 것 같아요. 제가 이래 봬도 선수 출신이거든요. 부상을 당해 이 신세가 됐지만. 이오는 사장의 말을 흘려들으며 야구공 실밥 위에 손가락을 얹었다. 확실히 예전에 비해 미끌미끌했고 손에 감기지 않는 느낌이었다. 배부른 소리죠. 홈런이 많이 나와야 관중이 늘죠. 사장이 덧붙였다. 이오는 그럼 투수가 불리해지지 않냐고 했다. 사장이 대답했다. 투수도 야구 시장이 커져야 더 많은 연봉을 받지 않을까요?

한밭구장에 다다르자 경기가 시작됐는지 함성이 들렸다. 이오가 귀를 막으며 벙커 입구로 향하는데, 함성이 커지더니 이오 앞으로 공이 툭 떨어졌다. 더 큰 함성이 들렸다. 누군가 장외 홈런을 친 모양이었다. 이오는 공을 주웠다. 주위를 둘러보니까 아무도 없었다. 이오는 야구장을 향해 있는 힘껏 공을 던졌다. 공은 큰 포물선을 그리며 야구장 안으로 되돌아갔다. 별안간 함성이 배는 더 커졌다. 이오는 자신이 던진 공이 누구라도 맞힌 게 아닌가 싶어서 황급히 벙커로 몸을 피했다. 오랜만에 느끼는 짜릿한 감각이 이오의 손아귀에 남아 있었다.

물품과 석식을 배급하고 저녁을 먹은 뒤에는 달리 할 게 없었다. 이오는 노트북을 켜고 물품 조달 보고서를 쓰다가 드래프트를 켰다. 곧 여든여덟번째 오영을 만들기 시작했고, 이름을 기입한 뒤 잠시 화면을 바라봤다. 어떻게 설정하더라도 실패한 인생을 만들 것 같다는 예감이 들었다. 이오는 노트북을 껐다. 그때였다. 이오의 발치로 야구공이 굴러온 건. 문득 이오는 구장을 향해 던진 공이 여기까지 굴러왔나 싶어 깜짝 놀랐다. 기척이 들려서 돌아보니까 au가 문을 슬쩍 열고 서 있었다. 미안, 열려 있어서요. au가 멋쩍은 미소를 지었다. au의 손에는 글러브가 들려 있었다. 야구할 줄 알아요? au가 물었다. 이오는 고개를 저었다. au는 그럴 줄 알았다는 듯 어깨를 으쓱했다. 그럼 공이라도 받아주세요.

이오와 au는 지하 사층 공터에 거리를 두고 섰다. 이오는 글러브를 끼었다. 가짜 손 위에 진짜 손을 낀 느낌이 들었다. 준비됐어요? au가 외쳤다. 이오는 고개를 끄덕이며 포수처럼 앉았다. au는 와인드업을 한 뒤 공을 던졌다. 페드로 마르티네스를 연상시키는 우완 스리쿼터였다. 스윙 궤적은 나쁘지 않은데 허리를 제대로 활용하지 못하는 것 같았다. 이오가 au의 투구 폼을 평가하는 사이 공이 글러브에 꽂혔다. 칠십 마일, 그러니까 백 킬로미터 정도. 구위는 괜찮다. 어깨도 타고난 것 같고. 초등학교 저학년 때부터 야구를 했다면 프로 입단 가능성도 있었을 텐데. 자세 교정을 하면 구속이 오를 텐데. 이오는 자신도 모르게 이런저런 생각을 하다가 머리를 저었다. 던져볼래요? 그때 au가 물었다. 이오는 거절했다. au는 계속 던져보라고 설득했다. 이오는 못 이기는 척 au에게 글러브를 건넨 뒤 공을 던졌다. au의 감탄하는 목소리가 이오의 귓가에 들렸다. 스트라이크! 뭐야, 엄청 빠르잖아요!

그뒤 이오와 au는 종종 캐치볼을 했다. 야구 선수였죠? 이오가 공을 던지면 au는 감탄하며 장난스럽게 추궁하곤 했는데, 이오는 대답 대신 의뢰인에게 직원의 신상을 밝히면 안 된다는 내용의 사규를 읊었다. 둘은 점차 가까워졌고, 이오는 au가 파인클리닝과 유예기간이 종료된 이후의 삶에 대해 논의하고 있다는 사실을 알게 됐다. au는 얼마 전까지만 해도 벙커를 벗어나 다른 사람으로 살아갈 자신이 없었는데, 한밭구장에서 들려오는 유난히 큰 함성을 들은 뒤 초등학교 때 메이저리그 선발투수를 꿈꿨지만 목사의 반대로 포기했던 것을 떠올렸다고 고백했다. 오랜만에 공을 던져봤는데, 기도할 때와는 비교도 안 되게 행복했다는 것도. 이제 다른 인생이 기다려져요. 목사님 방해 없이 야구할 기회가 생긴 거잖아요. au는 하루하루가 즐겁다고 했다. 얼마 지나지 않아 신분과 행선지도 정했다. 지금과 비슷한 연령대의 무난한 신분이었고, 행선지는 미국 뉴저지주의 밀빌이라는, 한국인이 드문 농업 지역이었다. 시작은 늦었지만 미국 국적이면 한국에 있는 또래들보다 오히려 메이저리거가 될 가능성이 높지 않냐고 au는 말했다. 비록 밀빌은 시골이라 야구를 하기에 적합한 환경은 아니지만, 뉴욕

이나 필라델피아와 가까운 편이라며. au는 한껏 들뜬 채 이제부터 라도 영어 교육 옵션을 추가해야겠다고 했다. 이오는 회의적이었다. 설혹 au가 각고의 노력 끝에 메이저리거가 될 만한 실력을 갖춘다고 하더라도, 목사나 영영이 그렇게 미디어 노출이 심한 직업을 용인할지 의문이었다. 막연한 희망을 심어주는 것보다 현실을 직시하게 하는 편이 낫지 않냐고 영영에게 조언을 구하자 의외의 대답이 돌아왔다. 꿈꾸게 둬. 미래가 어떻게 될지는 아무도 모르는 거니까. 이오, 네가 파인클리닝 직원이 될지 누가 알았겠어? 이오가 영영의 말을 어떻게 받아들여야 할지 고민하고 있을 때, 영영은 농담이라며, au가 우울증에 시달리다가 극적으로 삶의 이유를 발견했으니 지금부터 중요한 건 삶을 이어갈 동력을 유지하는 거라고, 안락사로 방향을 틀면 안 된다고, 이대로 세상으로 나가 자연사할 때까지 다달이 관리비를 지불하며 지속적인 수익 창출원이 돼야 한다고 속내를 밝혔다. 어차피 메이저리거가 되는 건 신분 세탁 합법화보다도 어려운 거 아니었어? 이오는 영영이 잔인하다고 생각했지만, 한편으로는 사업가로서 당연한 사고방식이라고 생각했다. 대화 내용 중 이오의 뇌리에 박힌 말은 따로 있었다. 이오는 미래가 어떻게 될지는 아무도 모른다는 말에 전적으로 동의했다. 촉망받던 야구 유망주가 야구장 인근 지하 벙커의 관리자가 된 것처럼, au도 갖은 역경을 이겨내고 메이저리거가 될 수 있다고 이오는 생각했다. 어느 날, 이오는 au에게 최고의 마무리투수였던 마리아노 리베라도 파나마공화국의 어촌에서 어부의 아들로 나고 자라 au와 엇비슷한 나이에 본격적으로 야구를 시작했다는 이야기를 들려주었다. au는 그에게 동질감을 느낀 듯 기뻐했다. 며칠 뒤 영영은 au가 눈에 띄게 활력을 되찾고 있다며 이오에게 공을 돌렸다.

D-250. au의 안색이 다시 어두워졌다. 신분과 행선지를 정한 뒤 첫 면담을 진행했는데, 미성년자라 입양 가정이 필요하다는 얘기가 나왔다고 했다. au는 양부모가 목사처럼 야구를 방해하지는 않을까 걱정했다. 이오가 위로해줄 말을 찾고 있을 때였다. 제 새 아빠가 돼줄래요? au가 물었다. 진지한 표정이었다. 이오는 얼굴이 달아오른 채 어떻게 거절해야 au가 상처받지 않을지 고민했다. 농담이에요. 불가능한 거 저도 알아요. au가 피식 웃었다.

정책상 이오는 오영의 인생이 완벽하게 지워졌을 때 비로소 정직원이 될 수 있었다. 입사한 지 일 년이 되면 자동으로 정규직 전환 심사 대상자가 되는데, 보통 그전에 과거를 정리해서 대부분 정직원으로 승격됐다. 영영은 심사 일정에 맞춰 서서히 오영의 인생을 없애는 중이었다. 간혹 지난 인생을 전생이라고 칭하기도 했는데, 그럴 때마다 이오는 오영이 죽기라도 한 것 같아서 소름이 돋았다. 전생이 그리 쉽게 사라질 것 같아? 이오, 넌 일반인과 달라. 은퇴한 지 오래됐다고 방심하면 안 돼. 급하게 처리하면 오히려 티난다니까. 갑자기 몰려들어서 잊었던 기억을 끄집어내려고 난리법석을 떤다고. 영영은 다행히 이오의 전생을 무리 없이 없애는 중이라고 했다. 가장 없애기 힘들었던 건 메이저리그 공식 기록이었는데, CIA 인맥을 활용해 해결한 모양이었다. 더 자세한 건 영업 비밀이라며 영영이 너스레를 떨었다.

문제는 오영이 사라지고 있어도 정작 이오는 오영을 기억하고 있다는 것이었다. 그럼 나는 존재하지 않았던 사람을 기억하는 것인가. 어느 순간 이오는 허무해졌다. 그때 이오의 머릿속에 스쳐 지나가는 사람이 하나 있었다. 그가 있으면 오영이 쉽게 사라지지는 않을 텐데. 이오는 내심 그가 그리웠다. 이오가 그리워하는 대상이 바로 앞서 이야기했던 오영의 안티 팬 지터였다.

지터는 뉴욕 양키스와 데릭 지터의 광팬으로, 박찬호가 엘에이 다저스에서 활약하던 시절 메이저리그 해설자로 활동했다. 대학에서는 수학을 전공했는데, 선수 출신이 아니라는 이유로 업계에서 알게 모르게 무시를 당했다. 지터는 차별화 전략으로 세이버메트릭스를 통한 데이터 분석에 몰두했고, 일부 팬들은 열광했지만 더 많은 팬들은 역시 선수 출신이 아니라 경험에서 우러나오는 직관력이 부족하다고 비난했다. 박찬호가 거액의 FA 계약을 맺고 텍사스 레인저스로 이적했을 때엔 텍사스가 큰 실수를 하는 거라고, 데이터 분석 결과 박찬호는 부상 위험이 크며 기량도 무조건 하락할 거라고 주장하다가 마녀사냥을 당하기도 했다. 자의 반 타의 반으로 방송에서 물러난 뒤에는 지터라는 닉네임의 메이저리그 전문 블로거로 활동하기 시작했다. 〈야구는 9회 말 투아웃, 인생은 무사 만루 허슬 플레이〉. 이게 지터의 블로그 타이틀이었다. 지터는 그간 숫자놀음에 매몰돼 본질을 놓치고 있었다며, 이제부터라도 야구의 본질에 다가서기 위해 노력하겠다고 선언했다. 떠나간 팬들의 마음을 붙잡기 위해 엔터테인먼트화되고 있는 메이저리그를 비판하며 야구의 수호자 노릇을 자처한 것도 비슷한 맥락에서였다. 지터는 뉴욕 양키스에 입단하며 차세대 박찬호로 떠오른 오영을 제물로 삼았다. 오영의 성적을 운으로 치부하며 평가절하했고, 팬들이 열광하는 오영 특유의 쇼맨십을 상대를 존중하지 않는 태도, 계산된 열정, 팀플레이를 저해하는 독단적인 성격으로 정의하며 야구의 본질에 위배된다고 폄하했다. 오영의 팬들은 지터의 과거를 들쑤셨고, 박찬호 관련 발언이 다시 세간에 오르내렸다. 마침 박찬호가 허리 부상에 시달리며 부진을 겪던 시기였다. 박찬호를 안타까워하던 팬들은 전보다 더 발끈하며 지터의 사생활까지 파헤쳤고, 가정폭력 이력이 드러나면서 지터는 거의 매장당하다시피 했다. 지터는 불행이 다시 시작된 게 모두 오영 탓이라는 듯 보도 기사에 일일이 악플을 달며 오영을 비방하는 데 혼신의 힘을 기울였다. 오영이 야구계를 떠나자 지터는 삶의 목적을 잃은 듯 방황하다가 블로그를 닫았다. 오영과 함께 야구 인생에 종지부를 찍는 듯했다. 그뒤 지터의 행적은 어디에도 적혀 있지 않아서 알 길이 없었다.

2018년 10월, 지터는 아프리카TV 비제이로 복귀했다. 류현진의 월드 시리즈 선발 경기를 중계하면서였다. 메이저리그의 인기가 예전 같지 않았고, 더군다나 환갑을 목전에 둔 아저씨의 야구 방송 따위에는 아무도 관심을 보이지 않았다. 지터는 찬밥 취급에 분개하다가 류현진이 강판당하자 입에도 담지 못할 욕설을 퍼부었고 그길로 아프리카TV에서 퇴출당했다. 분풀이라도 하려는 듯 곧바로 블로그를 재개한 지터의 화살은 다시 오영에게 향했다. 〈미국 내 메이저리그 시청자 평균연령은 오십칠 세. 딱 내 나이다. 팬의 고령화를 메이저리그의 엄숙주의 탓으로 돌리는 의견이 많다. 9회가 길다고? 꼰대 같은 스포츠라고? NBA, NFL처럼 역동적으로 변해야 한다고? 야구는 인생이다. 인생이 즐겁기만 한가? 야구를 오락거리로 만들려는 노력이 메이저리그를 망치고 있다. 이는 오영의 영향 때문이며, 그가 사라지지 않았다는 증거다. 내 말이 틀렸다고? 내 예언대로 박찬호도 실패하지 않았던가? 오영도 금지 약물을 먹지 않았던가? 진실은 드러나기 마련이다. 물론, 오랫동안 오영을 손에서 놓고 있었던 내 과오도 있다. 더이상 피하지 않겠다. 오영의 실체를 속속들이 들춰내는 걸 죽기 전 마지막 과업으로 삼을 것이다.〉 오영 소거 작업이 거의 일단락됐을 무렵이었다. 영영은 지터가 부활한 줄도 모르고 이오를 볼 때마다 심사 통과는 따놓은 당상이라고 호언장담을 했다.

지터는 덕수상고 야구부 방문을 기점 삼아 오영의 행적을 추적하기 시작했다. 오영의 지인들을 찾아가기도 했는데, 그들은 하나같이 오영이 누구인지 모른다고 했다. 몇 명은 진짜 기억하지 못하는 것 같았고, 몇 명은 혹시 모를 소송이나 구설수를 두려워하는 것 같았다. 혹자는 파인클리닝이 그들의 기억에서 오영을 도려낸 것이라고 생각할지도 모른다. 〈어떻게 이렇게 감쪽같이 증발해버렸지? 주위를 둘러봐라. 다른 사람으로 버젓이 살고 있는 오영이 보일지도 모른다.〉 지터의 블로그는 우연히 위기관리팀 검색망에 걸렸는데, 영영은 이 정도 역경은 귀엽다는 듯 대수롭지 않게 여겼다.

지터는 오영의 부친을 수소문하기도 했다. 오영의 유일한 혈육인 그는 사업과 도박으로 오영의 계약금을 탕진한 뒤 행방불명된 상태였다. 백년을 찾아봐라. 없는 사람이 나오나. 영영은 지터를 비웃었다. 이오는 영영이 부친을 살해한 사실을 짐작하고 있었지만 모르는 척했다. 그런데 구진이라는 트레이너는 어디로 갔을까? 영영이 물었다. 한때 혈육보다 가까운 사이 아니었나? 이오는 가슴이 덜컹했다. 혹시나 해서 구진을 입에 올린 적도 없었고 영영도 이야기를 꺼내지 않아서 내심 증인 보호 프로그램에 감탄하고 있었는데, 영영은 구진을 알고 있는 것이었다. 정직원이 되는데 구진이 걸리적거리는 걸까. 구진도 아버지처럼 죽는 걸까. 이미 부산 벙커에 가둬놓은 건 아닐까. 이오는 불안했다. 언젠가 영영을 떠보자 영영은 이렇게 말했다. 찾으려고 시도는 해봤는데 아무래도 의회와 FBI가 얽혀 있어서 몸을 사리기로 했어. 트럼프 정권은 자극하면 보복하거든. 시대가 변했어. 우리는 이제 어엿한 사업체고, 여기서 더 성공하려면 눈치를 봐야 해. 우리 파인클리닝도 세탁기에 넣고 돌려야지. 그 말에 이오는 비로소 안도했다.

지터는 복병이었다. 오영을 추적하는 글을 올린 걸 시작으로 과거 포스팅을 복구하고 오영에 대한 갖가지 자료와 비판적인 코멘트를 업로드하며 인공호흡을 하듯 이오의 전생을 되살려냈다. 어느새 영영도 진지해졌다. 블로그 해킹도 모자라 미행을 붙이고 뒷조사까지 하며 과잉 조치라고 느껴질 정도로 지터를 압박했다. 지터도 만만치 않았다. 블로그를 없애고 새로 개설하길 반복하며 악착같이 생존했다. 〈블로그를 살리고 오영을 언급하니까 반응이 느껴진다. 며칠 전부터는 누군가 내 뒤를 밟는 것 같다. 오영의 짓이 분명하다. 겁쟁이처럼 꼼수를 쓰는 건 오영의 전매특허니까. 해킹까지 하는 걸 보니 정보기관의 힘을 빌린 것 같은데, 어떻게 연줄이 닿은 거지? 하긴, 실력도 없는데 메이저리그에 진출할 때부터 의심스러웠다.〉

임원진은 영영을 만류했다. 해킹이나 뒷조사 같은 영영의 독단적인 조치에 경고하며, 오영은 이미 잊힌 선수인데다가 지터도 영향력이 미미하니 방치하는 게 돈과 인력을 낭비하지 않는 길이라는 의견을 제시했다. 통계에 의하면 이런 부류는 관심을 끄면 제풀에 지쳐 나가떨어진다면서. 예전 같았으면 바로 잡아다 족치는 건데. 영영의 눈이 희번덕였다. 이오는 심려를 끼쳐서 면목이 없다고 했다. 영영은 누구나 전생의 악연은 있다며, 지터 같은 조무래기 때문에 심사에서 누락되는 경우는 드무니 기죽지 말라고 오히려 이오를 다독였다.

겨울이 지났다. 한밭구장에서 2019 시즌 개막전이 치러졌고, 이오의 귀에는 다시 소음이 들리기 시작했다. 어느덧 이오가 입사한 지 한 해가 지났고, 인사위원회는 이오의 정규직 전환 심사에 착수했다. 이오는 정직원이 되면 언젠가 미국 출장을 가서 마운드 위에 서 있는 au를 볼 수 있지 않을까 싶어 약간 설렜다. 미국에 가면 구진과 재회할 수 있지 않을까 하는 막연한 기대도 들었다. 내 이름은 이오. 예전의 내가 아니야. 이오는 구진과의 재회를 상상했다. 우리 과거를 잊고 다시 시작해볼까. 이렇게 이야기하면 구진은 어떻게 반응할까. 그런데 이오는 영영의 장담과는 달리 심사에서 탈락하고 말았다. 제풀에 나가떨어지기는커녕 지터가 활개를 치고 있었기 때문이었다.

영영은 인사위원회가 하필 올해부터 승격 기준을 까다롭게 개정했다며 이오를 위로했다. 베트남 진출이 궤도에 오르면서 지터에게 전처럼 시간을 투자할 수 없다며, 이오에게 지터의 블로그를 직접 감시하라는 지시도 내렸다. 특이 사항이 있으면 바로 보고하도록. 영영이 덧붙였다. 가을에 있을 재심사는 이오 네 손에 달렸어. 돌아가는 게 꼭 나쁜 것만은 아니야. 이왕 이렇게 된 거 훈련이라고 생각해. 이오와 오영은 다른 존재야. 타인을 보듯 객관적으로 봐야 해. 그래야 진정한 이오로 거듭날 수 있어.

이오는 틈만 나면 지터의 블로그에 접속했다. 감시를 명분 삼아 시시각각 업데이트되는 오영의 인생을 읽고 또 읽었다. 유년기에 치렀던 경기들. 봉황기 고교 야구 결승전. 뉴욕 양키스 입단 발표 기자회견. 입단식. 각종 인터뷰. 메이저리그 진출 기념 다큐멘터리. 메이저리그 첫 경기. 그중에서도 동양의 고졸 신인에게는 이례적으로 양키 스타디움에서 입단식을 열어주었던 게 인상적이었다. 입단식 영상에서 오영은 활짝 웃고 있었고, 이오는 그런 오영을 보는 게 낯설었지만 싫지는 않았다. 한국에서 온 로저 클레멘스라고 단장이 오영을 소개하자 오영은 서툰 영어로 인사를 건넸다. 하이, 아이 윌 리치 맨. 좌중이 웃음을 터뜨렸다. 이오는 오영을 따라 중얼거렸다. 하이, 아이 윌 리치 맨.

지터의 포스팅은 이오에게 영감을 주었다. 저변에 가라앉아 있던 기억들이 떠올랐다. 오영은 약물 파동이 일단락되자 조용히 귀국했다. 부친을 찾느라 시간을 허비하다가 군대에 다녀오니 서른이 됐다. 어린이 야구 교실이나 중고등학교 야구부는 오영을 벌레 보듯 피했고, 야구가 아닌 다른 일을 구하려고 해도 녹록지 않았다. 변변한 직장 하나 구하지 못한 채 삼 년이 흘러갔다. 생계도 어려워졌다. 오영은 원인 불명의 데드 암 증상을 느낀 것처럼 막막했다. 급기야 에이전트에게 연락을 취하는 데에 이르렀다. 한인 동포라는 사실에 이끌려 계약했는데, 미첼 리포트에 휘말리자 외국인보다 더 냉정하게 오영을 쳐낸 에이전트였다. 당시 오영은 계약 위반, 위약금, 소송 같은 단어들이 가득 적힌 내용 증명서를 받고 말 그대로 야반도주했다. 우려와 달리 에이전트는 옛일은 다 잊었다는 듯 태연한 태도로 영영을 소개해주었다. 평판에 악영향을 끼치니 다시는 연락하지 말라고 덧붙이며.

게임 속 오영처럼, 오영에게는 선택의 여지가 없었다. 영영을 찾아가는 수밖에. 영영은 이미 오영을 사찰한 뒤였다. 파인클리닝에 의뢰하려면 돈이 많이 필요한데. 영영의 첫마디였다. 오영은 빈털터리라고 했다. 영영은 직원이 될 생각은 없냐고, 그럼 돈 없이도 다른 사람이 될 수 있다고 제안했다. 당시 영영은 비리 국회의원의 의뢰를 받았다가 검찰 수사망에 포착됐고, 인맥을 총동원해서 수습은 했지만 영육06, 일영10, 일이12, 일구19를 동시에 잃은 상태였다. 의뢰는 끝없이 들어왔고, 믿을 만한 직원이 절실했다. 영영은 오영이 마음에 들었다. 언론 매체에서 수차례 검증했으니 신분은 확실할 테고, 은퇴한 지 오래고 외톨이라 신변 정리도 손쉬울 테고, 운동을 하던 사람이라 체력이 좋을 테고, 인생의 부침을 겪은데다 나이도 먹을 만큼 먹어서 철없는 행동은 하지 않을 테고, 부친을 처리하는 건 영영의 전문분야고. 결정적으로 오영은 보통 사람은 감당하지 못할 절망을 겪었지만 끝끝내 삶의 끈을 놓지 않은, 즉 살 수만 있다면 누구나 될 수 있는 자였다. 생각보다 당신 같은 조건은 찾기 힘들어요. 그런데 앞으로 영영 존재하지 않는 존재가 될 텐데 괜찮아요? 영영이 물었다. 오영은 따질 것도 없이 괜찮다고 했다. 이오는 입사하고 나서야 에이전시와 파인클리닝이 계약을 맺고 있었다는 사실을 눈치챘다. 에이전트가 실패하고 망가진 유망주를 알선하면, 영영은 오만 달러의 수수료를 지불하는 형태였다. 두 회사는 오영이 뉴욕 양키스에 입단하기 전부터 거래하고 있었다. 도망치듯 귀국하지 않고 에이전트에게 도움을 요청했다면, 오영은 이십대 초반의 나이에 파인클리닝의 의뢰인이 됐을지도 모른다. 이오는 가끔 젊은 오영이 벙커에 웅크린 채 야구장에서 들려오는 소음에 귀를 막는 장면을 상상했는데, 그때마다 가슴이 먹먹했다.

이오는 블로그를 통해 지터도 드래프트 플레이어라는 것을 알게 됐다. 지터는 이오가 여든세번째 오영을 없애고 여든네번째 오영을 생성하기 전에 플레이를 했고, 얼마간 접속하지 않다가 이오가 여든일곱번째 오영의 인생을 종결한 뒤 다시 시작했다. 불멸의 지터. 지터의 블로그 아이디를 검색하면 캐릭터가 나왔다. 데릭 지터처럼 뉴욕 양키스 소속의 등번호 2번을 단 유격수였다. 불멸의 지터는 오영처럼 빅 리거를 꿈꾸며 마이너리그를 전전하고 있었다. 프로필을 클릭하면 반가운 이름이 보인다. 증오하는 것:

오영.

어느 순간 이오는 정신을 차렸다. 이대로 지터의 블로그를 읽고 오영이나 되새기며 벙커 속에서 인생을 흘려보낼 수는 없다는 생각이 들었다. 어떻게 다시 얻은 삶인데. 미국에서 만나기로 au와도 약속했잖아. 이오는 마음을 다잡았고, 영영의 충고를 떠올리며 의식적으로라도 오영을 타인으로 취급하려고 노력했다. 이오는 지터를 향해 중얼거렸다. 잠시나마 당신을 그리워했던 건 실수였어. 미안하지만 오영을 잊고 다시 본인의 삶에 집중하도록 해.

지터는 멈출 생각이 없어 보였다. 한국에서 오영의 흔적을 찾는데 실패하자 미국으로 영역을 넓힌 것이었다. 지터는 메이저리그 공식 사이트에서 오영의 기록이 삭제된 것을 발견한 뒤 사무국에 이의를 제기했다. 〈전방위적 공작이다. 사무국도 공범일 줄이야. 오영의 기록은 반드시 남겨놓아야 한다. 낙오자의 기록은 후대를 위한 유산이다.〉 며칠 뒤, 사무국에서 회신이 왔다. Player Oh Young does not exist.

지터는 오영에 대한 자료를 잔뜩 싸들고 뉴욕 맨해튼에 위치한 사무국으로 향했다. 사무국은 지터를 문전박대했다. 근처에 있는 에이전시에도 방문했지만 마찬가지였다. 〈수상하다. 한인 교포라는 사실을 내세워서 한국인 유망주에게 접근한 뒤 불공정한 계약을 맺는 것으로 악명 높은 에이전시다. 오영이 활동하던 시절 내가 주목했던, 오영과 달리 근성이 있어서 응원했던 유망주 셋도 이에이전시 소속이었다. 그들은 계약금의 대부분을 에이전시에 갖다 바치고 마이너리그에서 고생만 하다가 메이저리그 데뷔도 못한 채 사라졌다. 지금 어디서 무엇을 하고 있을까. 그 검은 머리 외국인은 대한민국의 전도유망한 청년들이 꿈을 잃고 나락으로 떨어지게 만들었다.〉 지터는 유망주들을 대신해 복수라도 하듯 에이전시를 파헤치기 시작했다. 사비를 털어 IRS 출신 사립 탐정을 고용했고, 에이전시의 재무구조를 샅샅이 살펴봤다. 사립 탐정은 거래 내역을 분석한 끝에 각종 유령회사와 복잡한 수치 뒤에 가려져 있던 거래처를 하나 발견했다. 바로 파인클리닝이었다. 2000년대 초반부터 파인클리닝이라는 한국 세탁 전문 기업과 거래한 정황을 포착한 것이었다. 〈파인클리닝? 에이전시가 웬 국내 세탁 전문 기업과? 그것도 이리 은밀하게?〉 그러나 지터는 영영이 노련하게 은폐해놓은 파인클리닝의 실체에 다가가지 못했다. 귀국한 뒤 곧바로 곤지암 본사를 방문하고 뒤도 캐봤지만, 파인클리닝은 세탁 전문가가 운영하는 모범 납세 기업일 뿐이었다.

어느 순간부터 이오는 가슴이 뛰었다. 지터가 파인클리닝을 거론해서가 아니었다. 지터가 생각보다 오영의 발자취를 제대로 좇고 있다는 생각이 들었고, 혹시 지터라면, 오영을 잃은 뒤 더이상 잃을 게 없는 지터라면, 잃을 게 많은 영영과 달리 구진을 찾을 수 있지 않을까 하는 기대감이 들어서였다. 그런데 지터는 구진의 존재를 까맣게 모르고 있었다. 이오는 대타에게 역전 홈런을 기대하는 심정으로 막연히 지터를 응원하는 수밖에 없었다. 이오는 지터가 파인클리닝을 파헤치고 있다는 것을 보고하지 않았다. 혹시나 영영이 지터를 저지할까봐 두려워서였다. 이오는 문득 멀어져가던 오영이 구진의 이름을 듣고 슬금슬금 다시 자신에게로 다가오는 장면을 머릿속에 그렸다.

그러던 어느 날이었다. 이오가 지터의 블로그에 접속하니 웬 아동 학대 방지 캠페인 사이트로 연결됐다. 영영이 손을 쓴 것 같았다. 며칠 뒤 영영은 이오를 본사로 호출했다. 세탁물을 실은 트럭들이 줄지어 들어오고 있었고, 영영은 그 광경을 바라보고 있었다. 전 세계에서 신원 미상 시체들의 옷가지를 긁어모으고 있어. 자그마치 하루에 삼 톤. 매출이 급증하면서 자금세탁이 필요해졌고, CFO와 논의한 끝에 도출한 결론이야. 이게 다 파인클리닝을 보호하기 위해서야. 그런데 이오, 넌 무슨 노력을 하고 있지? 영영이 이오를 노려봤다. 지터가 미국에 갔던 건 왜 보고하지 않았지? 사무국과 에이전시까지 들쑤셨는데? 좋아, 그건 그렇다 치고 블로그에 파인클리닝 운운해놓은 건 왜 보고하지 않은 거야? 얼마 전엔 염탐까지 하고 갔다며? 영영이 다그쳤고, 이오는 고개를 숙였다. 영영의 질책이 이어졌다. 위기관리팀이 발견하고 대처했으니 망정이지. 게다가 지터를 겁박하느라 임원진의 반대를 무릅쓰고 위법행위를 강행했다고. 요새 베트남 벙커 부지를 알아보느라 정신없는 거 알면서 그래? 이럴 때일수록 직원 하나하나가 주인 의식을 갖고 분발해야지. 정규직이 될 의지가 없는 거야? 일부러 그런 건 아니지? 혹시 지터가 구진이라도 찾아주길 바라서야? 영영의 음성이 날카로워졌고, 이오는 얼굴이 달아오르는 걸 느꼈다. 영영은 한숨을 내쉬며 인부들이 세탁물 더미를 더 높은 세탁물 더미로 만드는 광경을 향해 눈길을 옮겼다. 이해 못하는 건 아니야. 심사에서 떨어지고 얼마나 낙담했겠어. 업무에 집중할 기분이 아니었겠지. 이번 건은 조치를 취해놓았으니까 신경쓰지 말고. 어차피 마음에 안 들었어, 그 양반.

〈지난밤, 서울 모처에서 정체불명의 괴한에게 습격당했다. 경찰에 신고했지만 아무런 증거도 나오지 않았다. 노련한 청부업자의 솜씨 같았다. 오영이 고용한 것인가. 해킹과 미행을 넘어 직접적인 폭력까지? 모르긴 몰라도 에이전시를 논한 게 오영을 자극한 것 같다. 내가 그깟 협박에 굴할 것 같나.〉 지터는 멍투성이가 된 본인의 얼굴과 목에 그어진 칼자국을 촬영해서 올렸다. 블로그도 해킹이 까다로운 중국 국유 플랫폼으로 옮겼다. 임원진은 지터의 관심이 파인클리닝에서 에이전시로 옮겨간 데 만족한다며, 해외 진출을 눈앞에 둔 마당에 사업 영위에 부담을 주는 위법행위는 더이상 하지 않기로 결정했다. 지터를 자극해서 괜한 부스럼을 만들 바에야 마음껏 오영을 파헤치도록 두는 게 리스크가 적다는 판단이었다.

에이전트. 그는 죽었다. 애초에 영영의 마음에 들지 않은 양반은 지터가 아니라 에이전트였다. 허술한 재무관리로 지터에게 꼬리가 잡힌 건 둘째 치고, 에이전트는 때마침 수수료를 올려주지 않으면 유착 관계를 폭로하겠다고 영영을 협박하고 있었다. 임원진은 위험 부담을 감수할 만큼 에이전트가 위협적이라고 판단한 모양이었다.

이오는 여든여덟번째 선수를 생성했다. 이름 오영. 광주 출신의 좌완 투수. 주무기는 최대 구십팔 마일에 이르는 포 심four seam과 열두시에서 여섯시 방향으로 폭포수처럼 떨어지는 커브. 오영은 세계 청소년 야구 선수권 대회에서 두각을 나타냈으며, 고등학교를 자퇴하고 혈혈단신으로 미국으로 향했다. 팀은 샌프란시스코 자이언츠. 샌프란시스코 자이언츠는 뉴욕 양키스와 마찬가지로 하나의 팀이라는 명분 아래 등번호 외에 이름을 표기하지 않는다. 이오는 이 점이 마음에 들었다. 이오처럼 존재하지 않는 자들이 모여 있는 느낌이었고, 그런 팀이 2010년대에 세 차례나 우승했기 때문이었다.

스무 살이 되던 해 7월, 트리플에이로 승격한 오영은 뉴욕으로 원정을 떠났다. 경기를 마친 뒤 오영은 구글 맵으로 한인 타운을 헤집으며 구진과의 추억이 깃든 장소를 찾아다녔다. 한인 교회. 트레이닝 센터. 셰어 하우스. 구진의 집이 있었던 32번가. 한식당. 공원과 극장. 기억과 비슷한 곳도 있었고, 다른 곳도 있었다. 구진을 아십니까? 구진을 본 적 있습니까? 구진은 어디에 있습니까? 이오는 오영의 입을 빌려 아무에게나 물었다. 구진이 누구입니까? 같은 대답이 돌아왔다. 게임 속에 구진이 있을 리 없다는 것을 알면서도 이오는 구진이 잠적했다는 사실을 새삼스럽게 실감할 때까지 질문을 멈추지 않았다.

여든여덟번째 오영의 인생을 연장할지 말지 고민하고 있던 어느 날, 지터에게서 쪽지가 왔다. 혹시 오영 선수입니까? 이오는 바로 로그아웃했고, 한동안 드래프트에 접속하지 않았다.

그뒤로 이오는 슬럼프를 겪기 시작했다. 오영이 기억나지 않는 달까. 오영의 인생 전반을 망각한 것 같았다. 지터의 블로그를 보면 희미하게 떠오르는 것이 있었지만 그마저 꿈에서 겪은 일처럼 뭐가 뭔지 불분명했다. 오영과 관련된 사람들의 면면도 떠오르지 않았다. 구진도 예외는 아니었다. 이목구비가 희미해져갔고, 몸짓과 말투도 가물가물했다. 오영일 때부터 유지해온 표정과 걸음걸이가 어색하게 느껴지기도 했다. 그렇다고 자신이 이오라는 확신도 들지 않았다. 무슨 일 있어요? 요새 왜 이렇게 공에 힘이 없나요? 다른 사람이 된 것 같아요. au도 비슷한 의견이었다. 단순히 오영과 분리된 채 보낸 물리적인 시간 때문인가. 오영과 이오 사이의 과도기인가. 이오라는 존재하지도 않는 자가 되기 위해 오영을 희생하는 게 진정 내가 원하는 건가. 이오는 머릿속이 복잡했다. 나는 오영인가, 이오인가. 둘 다 맞는가, 둘 다 아닌가. 나는 누구인가.

이오는 파인클리닝 전담 정신분석의를 찾아가서 오영이 기억나지 않는다며 펑펑 울었다. 정신분석의는 일 년 차 직원이 겪는 일반적인 증상이라고 진단했다. 의뢰인으로 따지면 혼란기죠. 이 세상이 오영을 잊고 있는데, 당신이라고 오영을 기억할 필요는 없어요. 일종의 자동 반사가 뇌에서 일어나고 있는 거죠. 직원들 대부분이 당신처럼 힘들어했어요. 현생은 전생과 밀고 당기기를 하는 와중에, 작별인사를 건넬 시간도 없이, 순식간에 발현되거든요. 거의 다 왔어요. 시간은 이오의 편입니다. 그러니 마음놓고 이오의 삶에 몰두하세요. 진정한 이오가 되면 오영은 이사온 이웃처럼 자연스럽게 당신 앞에 나타나서 악수를 청할 거예요. 처음 뵙겠습니다. 앞으로 잘 부탁드려요. 그럼 당신도 인사를 건네고, 가끔 마주치면 안부나 물으면 돼요.

영영은 정신분석의에게 보고받았다며 이오를 달래주었다. 본인도 전생에 비슷한 과정을 겪었다고. 북파 당시 신혼이었는데, 가족과 몸이 멀어진 채 위장 신분으로 살다보니까 자신을 망각했고 어느새 남편과 아이도 잊어버렸다고. 분신이나 다름없던 두 인물이 기억나지 않아 처음에는 괴로웠는데, 시간이 흐르니까 왠지 모르게 홀가분했다고. 그들이 있는 남한으로 돌아가는 게 죽기보다 싫었고, 복귀하는 즉시 이혼을 하고 남편에게 양육권을 넘겼다고. 그때부터 나는 진짜 다른 사람이 됐어. 물론 더 행복해졌지. 내가 매달 보낸 분에 넘치는 양육비 때문에 그 둘도 행복했을걸? 영영은 이오의 기분을 풀어주기 위해 과장되게 웃었지만, 이오는 무표정했다.

영영은 포수의 사인을 훔쳐보는 것처럼 이오를 예의 주시했다. 도청 장치와 시시티브이를 통해 이오의 일거수일투족을 정탐했고, 물품 조달 때도 미행이 붙었다. 〈얼마 전 드래프트를 하다가 오영이라는 캐릭터를 봤는데, 설마 그 오영은 아니겠지. 내가 오영을 찾아 헤매는 건 그를 미워해서가 아니라, 그에게 야구를 대하는 애티튜드, 즉 야구를 향한 진심어린 애정을 일깨워주고 싶어서일지도 모른다. 장충동에서 보낸 유년기는 오영이 야구를 순수하게 사랑했던 유일한 시기이리라. 당시 경기 영상을 보면 누구나 나와 동일하게 느낄 것이다. 그 시절 오영이라면 나도 오영을 응원할 생각이 있다. 나는 혹시라도 그 오영을 훼손할까봐 그간 일부러 장충동을 찾지 않았다. 그런데 오영이라면 나와 얘기가 다르다. 내가 조사한 바론 오영은 메이저리그에 진출한 이래 장충동을 찾은 적이 없다. 한시라도 빨리 오영이 장충동을 방문해 과거를 돌이켜보고 본연의 모습을 되찾길 염원한다. 비록 야구는 그만뒀지만 남은 인생을 위해서라도. 기억하라. 야구는 인생이다.〉 이오는 지터의 포스팅을 본 뒤, 조달을 나갔다가 충동적으로 상경해서 장충동을 찾았다. 지터의 말대로 십여 년 만에 찾은 고향이었다. 그런데 오히려 혼란이 가중됐다. 장충동은 이오의 기억과는 전혀 달랐다. 버스 노선이 바뀌어 있었고, 살았던 아파트도 재개발되면서 외관부터 명칭까지 모두 달라져버렸다. 야구를 시작한 초등학교에 갔더니 야구부는 해산된 지 오래였고, 운동장에선 당시엔 없었던 축구부가 훈련을 하고 있었다. 이오는 마음을 달랬다. 기억을 잃은 게 아니라, 오영, 그리고 오영과 연관된 것들이 없어지고 있는 거야. 그래서 기억을 잃은 것 같은 효과가 생긴 거야. 마치 영영이 수를 쓴 것처럼.

*

그 무렵이었던 것 같다. 내가 이오에 대해 조사하기 시작한 건. 나는 일사[14]로 인사위원회 소속 조사원이다. 잠재적 위험 요소인 문제 직원의 행적을 조사하는 게 주업무다. 오영에 관해서는 사찰 보고서와 지터의 블로그를, 이오에 관해서는 정신분석의의 상담 일지, 미행 일지, 도청 녹취록, 시시티브이를 참고했다. 전산팀의 협조로 이오가 드래프트에서 무엇을 하는지 관찰하기도 했다. 이오의 생각이나 느낌은 행동을 통해 유추하거나 축적된 데이터를 통해 추론했다. 풀리지 않는 의문이 있으면 이오의 입장에 서서 생각해보기도 하고 상상력을 동원하기도 했다. 이 글은 조사 결과를 토대로 한 일종의 보고서이며, 이오와의 계약 유지 여부를 결정하는 데 참고 자료로 활용될 예정이다. 최근 사외 이사를 선임한 인사위원회의 요청에 따라 파인클리닝과 이오(오영)에 대한 사전 정보 없이도 이해가 가능하도록 작성중이다. 공정한 심사를 위해 영영과의 교감 없이 진행하고 있으며, 이오의 입장도 최대한 반영하고 있으니 참고 바란다.

메이저리그는 무작위로 선수를 선택해서 도핑 검사를 실시한다. 로빈슨 카노는 커리어 내내 검사를 피하다가 2018 시즌에야 적발됐다. 그의 체내에서 검출된 푸로세미드는 스테로이드 성분을 빼내기 위해 사용하는 약물이었다. 명예의 전당을 예약했다는 찬사가 비난으로 급변한 순간이었다. 로빈슨 카노는 금지 약물 복용 사실을 인정했다. 음모가 도사리고 있는 것 같지만, 베테랑으로서 책임감을 느낀다는 애매한 말과 함께. 〈돈을 따라 양키스를 떠날 때부터 심상치 않았다. 약쟁이었다니. 맞다. 그러고 보니…… 오영과 친분이 있지 않나. 초록은 동색이라고 하더니 오영과 룸메이트였을 때부터 알아봤어야 했다.〉

로빈슨 카노는 징계처분을 받은 뒤 뉴욕 메츠로 트레이드됐고, 2019 시즌이 되자 언제 그랬냐는 듯 예전처럼 주전 2루수로 활약했다. 그러던 어느 날, 로빈슨 카노는 애틀랜타 브레이브스와의 홈경기가 끝난 뒤 센터필드에서 빠져나오다가 자신을 향해 다가오는 생면부지의 남자와 맞닥뜨렸다. 한달음에 뉴욕으로 날아올 만큼 오영에 미친 남자, 지터였다. 지터는 로빈슨 카노에게 다짜고짜 오영을 기억하냐고 물었다. 로빈슨 카노는 당황한 듯 뒷걸음질치며 모른다고 했다. 지터는 오영이 행방불명됐다고, 오영에 대해서라면 어떤 이야기라도 좋으니 해달라고 애원했다. 경호원들이 지터를 막아섰다. 지터는 나중에라도 생각나면 연락 달라며 메일 주소를 적어주었다. 그날 저녁, 기대도 하지 않았는데 메일이 왔다. 지터는 블로그에 번역본을 옮겨 적었다. 〈미안하다. 과잉 대응을 한 것 같다. 낮에는 진짜 기억나지 않았다. 긴장해서 그런 것 같다. 지난 시즌 불미스러운 사건이 있었고, 그 이후 누군가 다가오면 긴장부터 된다. 샤워를 하고 침대에 누웠더니 긴장이 풀렸는지 오영이 기억났다. 우리는 힘든 시간을 함께 견딘 친구였다. 그런데 그가 행방불명됐다고? 충격적인 일이다. 그럼 구진은 잘 있나?〉

지터는 구진의 이름을 접한 뒤 설레는 마음을 감출 수 없었다. 〈구진. 느낌이 좋다. 9회 말 투아웃에 역전 홈런을 친 기분이다.〉 지터는 구진이 누구냐고 물었고, 오영을 담당하던 트레이너이자 오영의 약혼자였다는 답신이 돌아왔다. 구진이 단서가 될 수도 있으니 자세하게 말해달라는 내용의 메일을 작성하고 있을 때, 로빈슨 카노에게서 불현듯 약물 파동 당시 둘이 헤어진 게 떠올랐다며, 너무 오래돼 다른 건 아무것도 기억나지 않는다는 메일이 도착했다. 〈그런데 당신의 인터뷰가 오영에게 카운터펀치를 먹인 건 기억나죠?〉 지터가 물었지만, 답장은 오지 않았다.

이오는 곧바로 보고했다. 영영은 지터가 다시 미국에 간 데 경악하며 위기관리팀에 상시 대기하라고 지시했다. 파인클리닝이 언급되지 않아 다행이긴 한데 혹시 모를 위기에 대비해야 된다며. 베트남 진출 때문에 거액을 대출받았고 그래서 리스크는 더더욱 철저하게 관리해야 한다고.

영영의 우려와 달리 지터는 파인클리닝의 파 자도 꺼내지 않았다. 구진이라는 늪에 빠진 채 사리 분별도 하지 못하는 상황이었다. 〈로빈슨 카노의 진술을 근거 삼아 트레이닝 센터를 찾아갔지만, 그 시기를 기억하는 직원은 남아 있지 않았고 과거 직원 명부에서도 구진이라는 이름은 발견할 수 없었다. 미첼 리포트. 오영의 트레이너이자 약혼자. 딱 이거다 싶었는데 아쉽다. 구진은 환상 속에 존재하는가. 누구의 환상인가. 로빈슨 카노? 오영? 아니면 나?〉 괜히 불안해했잖아. 기대할 걸 기대해야지. 구진이 증인보호 프로그램 신청한 것도 모르잖아. 그제야 영영은 한시름 놓은 듯했다. 이오도 기대를 버렸다.

그 무렵 이오는 자신이 오영이 아닐지도 모른다는, 오영은 게임 캐릭터일 뿐인데 아주 오래 플레이하는 바람에 자신이라고 착각한 것일지도 모른다는 생각을 했다. 혹시 구진도 내가 만든 게임 캐릭터인가. 이오는 이런 생각도 했다. 처음에는 허전했는데, 조금 지나니까 왠지 모르게 마음이 편해졌다.

계절이 바뀌었다. 이오는 어느 정도 슬럼프를 극복했다. 정신분석의의 처방처럼 시간이 흐르니 이오는 어렴풋이나마 자신을 온

전히 이오라고 느끼고 있었다. 언제부턴가 오영과 구진도 모습을 드러냈다. 전 같지는 않았다. 오영이 이사온 이웃이라면, 구진은 이웃의 이웃 정도 되는 것 같았다.

어느덧 au의 유예기간은 보름밖에 남아 있지 않았다. 유진이라는 새로운 이름과 입양 가정이 준비됐다. 다니게 될 학교에 다행히 야구부가 있다고 했다. 여권과 신분증까지 모든 게 빈틈없었다. 막상 떠날 날이 다가오니까 au는 심란해했다. 유진은 저를 잊게 될까요? 유진으로 살다가 무의식적으로 제가 튀어나오면요? 목사님이 유진을 찾으러 올까요? 목사님이 또 유진을 방해하면요? 고민이 많으니 au의 제구는 들쑥날쑥했다. 이오는 투수 코치처럼 au를 다독였다. 공에만 집중해. 지금 뿌릴 공에만. 그 공만 원하는 곳에 던질 수 있으면, 넌 네가 누구인지 의심하지 않아도 돼.

au가 떠나기 사흘 전, 목사의 소식으로 온 나라가 떠들썩했다. 열성 신도의 도움을 받아 리히텐슈타인으로 망명했다는 뉴스가 곳곳에서 흘러나왔고, au의 본명과 사진이 함께 보도되었다. 목사의 요청으로 영영은 au의 유예기간을 연장했다. 예상 유예기간은 오 년. au는 좌절했다. 유예기간이 늘어나서가 아니었다. 오 년이 지나면 스물. 야구를 시작하기에는 너무 늦은 나이였다. 게다가 행선지 중 한국인이 많은 미국은 제외됐다. 조지아와 콩고가 남은 선택지였다. 스무 살에 야구를 시작해서 성공한 사례가 있나요? 조지아나 콩고 출신도 있나요? au가 물었고, 이오는 고개를 저었다.

au는 안락사를 택했다. 영영이 회유했지만 au는 완강했다. 영영은 목사에게 동의를 구했고, 목사는 승인했다. 안락사 전날 밤, 이오가 야간 순찰을 하고 돌아가는 길에 무언가가 휙 날아왔다. 이오는 본능적으로 잡았는데, 보니까 야구공이었다. 공에 힘 좀 붙었죠? au가 히죽거렸다.

이오와 au는 말없이 공을 주고받았다. 맞죠? 야구 선수였죠? 어느 순간 au가 물었다. 어차피 내일이면 사라질 텐데 알려줘도 되지 않아요? au가 익살스러운 표정을 지었다. 이오는 오영에 대해 고백했다. au는 본인의 꿈이 좌절된 듯 눈물을 흘렸다. 담담한 줄 알았는데, 어느새 이오도 흐느끼고 있었다. 그뒤 이오는 au의 투구 폼을 교정해주었다. au는 구속이 빨라진 것 것 같다며 만족해 했다. 헤어지기 전, au가 선물이라며 글러브와 공을 건넸다. 다시 태어나면 야구를 잊을지도 몰라요. 그런데 교회에는 한 발짝도 딛지 않을 거예요. 절대 잊지 않을 거예요.

다음날, 석식 배급을 마친 시각이었다. 영영은 au를 직접 인도했다. au의 안락사가 진행되는 동안 이오는 한밭구장 주변을 배회했다. 한화 이글스와 키움 히어로즈의 경기가 한창이었다. 함성이 들렸고, 이오는 소리를 질렀다. 꽤 오랫동안. 잠시 뒤 구장이 고요해졌고, 이오도 소리지르는 걸 멈췄다. 이오는 au의 공을 던졌다.

야구장 안으로 au의 공이 넘어갔고, 좌절된 꿈처럼 점점 작아지다 결국에는 보이지 않았다. 함성을 기다렸지만, 들리지 않았다.

대중의 이목은 목사의 망명에서 연예인 마약 유통 사건으로 옮겨갔다. 생각보다 빠른 속도였다. 이오는 후회했다. au를 말릴걸. 관심은 금세 수그러들 테니 조금만 버티면 유예기간이 삼 년으로 줄어들지도 모른다고. 그럼 열여덟. 늦긴 해도 가능성은 있다고. 대학에서 야구를 처음 접한 뒤 드래프트에 뽑힌 경우도 봤다고. 선택지에 쿠바나 베네수엘라 같은 야구 강국이 추가될 가능성도 있다고. 미래가 어떻게 될지는 아무도 모른다고.

한편, 지터는 구진이 환상이 아니라 현실에 존재한다는 실마리를 찾았다. 한식당에 들렀다가 우연히 은퇴한 이민자들과 동석했고, 구진이 미첼 리포트 당시 커크 라돔스키와 연관돼 있었다는 이야기를 주워들은 것이었다. 〈양보전이 한창인데 양키 스타디움에 가지도 못하고, 약쟁이 뒤꽁무니나 쫓아다녀야 하다니.〉 지터는 신세를 한탄했지만 그 어느 때보다 활기차 보였다.

커크 라돔스키는 금지 약물 공급 조사 도중 자금세탁 혐의가 추가돼 이십오 년 형을 앞두고 있었으나 수사에 협조하는 대가로 오 년 형을 선고받았다. 출소한 뒤에는 은둔하다가 삼 년 전 척 사빈이라는 이름으로 개명했다. 척 사빈은 커크 라돔스키를 재료 삼아 『다시 얻은 기회』를 집필했고, 베스트셀러 작가로 다시 태어났다. 지터는 퀸스의 작은 서점에서 열리는 낭독회를 찾았고, 행사가 끝난 뒤 척 사빈에게 접근해서 구진에 대해 물었다. 구진? 나는 구진과 직장 동료였을 뿐 말 한마디 섞은 적도 없어요. 우리에 관한 소문은 익히 들어서 알고 있죠. 진원지는 금지 약물을 복용한 선수 중 하나 같은데, 정확히 누군지는 기억이 안 나네요. 당시엔 그런 자질구레한 소문까지 바로잡을 정신이 없었어요. 그는 구진이 증인 보호 프로그램을 신청했던 게 기억난다며 혀를 찼다. 좀만 참지. 그럼 숨어살지 않아도 되는데. 하물며 전과마저도 커리어가 되는 시대라니까.

〈염병할 사기꾼. 그런데 소득이 없는 건 아니었다. 증인 보호 프로그램.〉 지터는 수소문 끝에 당시 구진의 변호사를 찾았다. 변호사는 일흔이 넘은 교포로, 구진의 부모와 막역한 사이였고 구진을 친딸처럼 아꼈다. 구진이 사라진 뒤 중풍이 발병해서 십 년 넘게 뉴욕 외곽의 독신자 요양원에 누워 있는 신세였다. 이번에도 파인클리닝에서 왔어? 지터가 구진을 찾아 한국에서 왔다고 하니까 변호사가 물었다. 지터는 파인클리닝에서도 왔었냐고 되물었다. 변호사는 지난해 파인클리닝 직원이 구진을 찾으러 왔었다고 했다. 세탁 회사가 대체 왜 구진을 찾는지 도무지 모르겠다고 구시렁거리며. 변호사는 당신이 누구든 이번에도 알려주지 않을 거니까 돌아가라고 했다. 변호사씩이나 돼서 증인 보호법을 위반할 수는 없다고. 지터는 파인클리닝의 재등장이 꺼림칙했지만 구진의 행방을 알아내는 게 급선무라고 생각했고, 잘나가는 해설자에서 한날 악플러로 전락했다는 레퍼토리로 오영을 저주하기 시작했다. 구진에게 오영의 실체를 듣고 그 악마의 민낯을 만천하에 공개하겠다는 일념 하나로 머나먼 타국까지 날아왔다면서. 지터의 작전은 통했다. 〈변호사는 동조하는 기색을 보이며 목청을 높였다. 오영은 사탄이다!〉

변호사에 의하면 오영은 금지 약물 중개상의 증언으로 이미 미첼 위원회 명단에 이름을 올린 상태였다. 구진은 오영의 담당 트레이너라는 명목으로 소환됐고, 유도신문에 넘어가 오영이 다른 선수에 비해 회복이 빨랐다고 증언했지 그것이 스테로이드의 영향이라고는 하지 않았다. 위원회는 구진의 증언을 곡해해서 발표했다. 구진은 오영을 굳게 믿고 있었으며, 자신의 증언이 오영에게 악영향을 끼친 것이 아닐까 죄책감에 시달렸다. 오영에게 연락을 취하려 했지만 연락이 닿지 않았다. 구진은 도핑 검사가 오영의 무죄를 증명해줄 거라며 마음을 달랬지만, 결과는 양성이었다. 구진은 알 수 없는 배신감에 휩싸였다. 그런데 오영은 오히려 구진에게 혐의를 뒤집어씌웠고, 언론에 구진의 이름을 폭로했다. 구진이 커크 라돔스키의 하수인이라는 소문도 퍼뜨렸다. 한인 사회는 앞날이 창창한 청년의 인생을 망쳤다며 구진을 손가락질했다. 일부 극성팬은 살해 협박을 퍼붓고 스토킹을 일삼았다. 구진의 부모는 스트레스로 돌연사했으며 그 충격으로 쓰러진 변호사는 병상에 누운 채 여생을 보내고 있었다. 〈변호사의 이야기를 듣다보니 구진이 내게 토로하는 듯했다. 그가 어떤 경로로 스테로이드를 입수했는지 내막은 모르겠어요. 물론 억울한 상황이었을 수도 있겠죠. 그런데 왜 제 핑계를 댔을까요? 애초에 트레이너였던 저를 이용할 생각으로 접근했던 걸까요? 물을 수도 없었죠. 증언 이후 줄곧 저를 회피했거든요. 잠시나마 그와 함께할 미래를 그렸다는 게 후회됐어요. 딱 하나 궁금한 게 있어요. 그는 저를 사랑하긴 했을까요?〉 구진은 버티다못해 증인 보호 프로그램을 신청했다. 변호사는 오영 때문에 오랫동안 구진을 만나지 못했다고 이를 갈았다. 처음 몇 년간은 보호관찰관의 눈을 피해 연락이 왔는데, 그마저도 녹록지 않았는지 어느 순간 끊겼다고. 변호사는 구진의 주소지를 일러주곤 자신은 늙고 병들어서 찾아가지 못한다며, 자신이 죽기 전에 병문안을 오거나 여의치 않으면 장례식에는 꼭 참석해주었으면 한다는 메시지를 전해달라고 했다. 구진의 새 이름은 미아였고, 캐나다 밴쿠버 펜더가 538-516번지에서 '프레시 슬라이스'라는 피자 프랜차이즈를 운영하고 있었다. 〈오영, 이 악마! 이 글을 보고 있다면 정정당당하게 모습을 드러내라.〉

지터의 글을 읽은 뒤 이오는 오영의 기억과 구진의 기억이 완전히 다르다고 생각했다. 그들은 서로의 기억 속에서 완벽하게 다른 사람으로 살고 있었다.

〈그런데 자꾸 마음에 걸리는 게 있다. 파인클리닝.〉 다음날 밴쿠버행 항공편에 오른 지터는 창밖을 바라보며 생각에 잠겼다. 〈구진과 에이전시는 파인클리닝과 연결돼 있다. 그리고 둘과 연결돼 있는 게 또하나 있다. 바로 오영. 즉, 파인클리닝은 오영과 연관돼 있다.〉 지터는 무릎을 치며 태블릿 피시를 꺼내들었고 에이전시의 거래 내역을 재검토하기 시작했다. 잠시 후, 지터는 다시 한번 무릎을 쳤다. 앞서 언급했던 세 명의 유망주가 각각 사라진 시기와 비슷한 시점에 파인클리닝으로부터 오만 달러를 수령한 흔적을 발견한 것이었다. 지터는 최근에 에이전시 소속 유망주들이 잠적한 시기도 거래 내역과 대조했다. 전부 겹쳤다. 〈수수료였다. 이제 실마리가 풀리는 것 같다. 내가 괴한의 공격을 받은 건, 에이전시가 아니라 파인클리닝을 거론했기 때문이다. 유망주들의 실종은 파인클리닝과 관련돼 있다. 혹시 오영도? 가만, 그럼 에이전트를 살해한 것도?〉 지터가 탄 항공기가 밴쿠버공항에 다다랐을 때, 누군가 댓글을 달았다. 〈파인클리닝? 이 세탁소를 말하는가?〉 서해안고속도로에 있는 광고판 사진이 첨부돼 있었다. 뒤이어 고척돔 외야석 너머의 광고판 사진도 올라왔다.

영영은 이쯤에서 지터를 처리하는 게 좋겠다고 판단했다. 임원진도 동의했다. 영영은 북미 상주 직원과 위기관리팀을 밴쿠버로 급파했고 뒤이어 자신도 떠났다. 이오는 드래프트에 접속해 불멸의 지터에게 파인클리닝을 조심하라는 경고를 남겼다.

이오는 지터가 밴쿠버에 도착한 뒤 구진을 만났는지, 영영에게 잡혔는지, 쪽지를 확인하고 도주했는지 알 길이 없었다. 다음 소식은 올라오지 않았으니까. 오래지 않아 지터의 블로그는 접속조차 되지 않았다.

그로부터 일주일 뒤였다. 영영이 이오의 숙소로 찾아왔다. 지터는 부산에 있어. 누가 경고했는지 허겁지겁 달아나는 중이더군. 영영은 이오를 노려봤다. 전생에 집착하는 이들하고 엮이면 항상 꼬인다니까. 이오, 내가 널 너무 믿었나? 영영은 이렇게 쏘아붙이며, 징계위원회가 영업 기밀 유출로 이오에게 무기한 근신 처분을 내렸다고, 근신이 풀릴 때까지 숙소에 머물면서 자신을 돌아보는 시간을 가지라고 덧붙였다. 이오는 멍하니 영영을 바라봤다. 영영이 이오의 어깨를 두드리며 뒤돌아섰다. 그때 이오가 영영의 팔을 붙잡았다. 영영의 눈빛이 흔들렸다. 이오는 구진을 만나고 싶다고 했다. 한 번만. 이오는 마지막으로 확인할 게 있다고 했다. 그걸 끝으로 오영과 영원히 작별하겠다고 했다. 왜? 구진의 기억처럼 오영이 약쟁이에 쓰레기일까봐? 사실이면 또 이상한 소문을 내서 구진을 쫓아버리게? 밴쿠버에서 또 어디로? 영영이 비아냥거렸다. 이오는 정신이 나가 있었던 것 같다. 영영에게 욕설을 퍼부었으니. 그래도 지터 덕분에 그녀가 어디 있는지 알았네. 근성 하난 인정해줘야겠어. 그 노망난 변호사, 우리한텐 가르쳐주지도 않더니. 우리도 오영의 실체를 낱낱이 까발리겠다고 할걸. 영영이 희미하게 웃었다. 미아, 결혼도 했고 준이라는 딸도 있더군. 요리에는 젬병이었는데 피자가게도 차리고 말이야. 아예 다른 사람이 됐어. 참, 왜 밴쿠버까지 가서 사는지 알아? 캐나다는 아이스하키의 나라거든. 야구하는 소리만 들리면 발작한다더라고. 정신과 진단서와 소견서를 제출하자 FBI가 받아들인 거지. 임원 회의 끝에 미아를 건들지 않기로 결정했어. 위험 요소가 없더군. 오영을 기억에서 완전히 지우고 싶어하니까. 오영과 재회하고 싶었다면 모든 걸 바꿨을까? 착각하지 마. 미아는 구진이 아니야. 이오가 오영이 아닌 것처럼. 오영이고 구진이어봤자 서로 완전히 다르게 기억하고 있잖아. 이오, 너만 가만히 있으면 돼. 안 그러면 구진, 아니, 미아도 죽일 수밖에 없어. 이오는 영영의 멱살을 잡았다. 나한테 이오라고 하지 마. 난 이오가 아니야! 영영이 이오의 뺨을 후려쳤다. 그다음엔? 구진을 만난 다음에 다시 오영이라도 될 것인가? 다시 구진의 인생을 망치고 싶은 건가? 미아의 인생마저 갉아먹을 건가? 이 세상은 파인클리닝하고 똑같아. 이번이 마지막 기회야. 다신 사라질 기회조차 주어지지 않는다고. 이오는 정신이 번뜩 들었다. 영영은 이오의 심리를 눈치챈 듯 씩 웃었다. 다음엔 계약 해지야. 주의해.

*

이오는 여든여덟번째 오영을 삭제한 뒤 여든아홉번째 오영을 생성했다. 오영은 대구 출신으로, 오영의 부친은 삼성 라이온즈 2군에서 선수생활을 하다가 은퇴하고 체육사를 운영하며 오영을 길렀다. 오영은 경북고를 졸업한 뒤 한양대에 진학, 3루수로 활약했다. 2010년 광저우 아시안게임 대표팀 발탁을 계기로 주가를 높였으며 금메달을 딴 뒤 병역 혜택을 받았고 시애틀 매리너스와 계약을 체결했다.

오영은 경기나 훈련이 없는 날이면 차로 다섯 시간가량 걸리는 밴쿠버로 향했다. 구글 맵에 오류가 있는지 펜더가 538-516번지는 피자가게가 아니라 카페였다. 미아 있습니까? 오영은 점원에게 으레 묻곤 했다. 미아가 누구죠? 점원은 항상 같은 대답을 했다.

2014년, 오영은 『베이스볼 아메리카』 선정 유망주 11위에 등극했다. 다른 팀들이 오영을 탐냈다. 엘에이 에인절스에서 영입을 제안합니다. 접촉하시겠습니까? 에이전트가 물었다. 아니요. 오영이 대답했다. 시카고 화이트삭스에서 영입을 제안합니다. 접촉하시겠습니까? 아니요. 오영이 대답했다. 야구 연고지 중 밴쿠버와 지리적으로 가장 가까운 곳은 시애틀이며, 오영은 시애틀에서 심리적 안정을 느끼고 있었다.

2016년, 오영은 메이저리그 로스터에 들었고, 플래툰 타자로 스무 개가 넘는 홈런을 쳤다. 장기 계약 논의가 흘러나왔고, 형편이 나아졌으며, 세이프코 필드 인근에 집도 마련했다. 한국계 미국인 아동을 입양했으며 이름을 유진이라고 지었다. 유진은 오영의 영향으로 야구 선수가 되고 싶어했다. 오영의 인생은 계획대로 흘러갔다. 미아만 찾는다면.

오영은 광기로 느껴질 만큼 미아에게 집착했다. 휴일뿐만 아니라 경기가 끝난 뒤에도 잠을 아껴가며 국경을 넘나들 정도였다. 그러던 어느 날, 운전 도중 졸음이 쏟아졌다. 오영은 각성제를 마시며 운전을 강행하다 환각 증세로 인해 교통사고를 냈다. 오영은 두려운 나머지 달아났고, 국경에 다다라서 체포됐다. 뺑소니였고 각성제의 영향으로 도핑 검사 결과도 양성이었다. 오영은 보석금을 내느라 남은 재산을 탕진했고, 시애틀은 오영을 방출했으며, 아동보호국은 유진을 빼앗아갔다. 엎친 데 덮친 격으로 직장을 잃은 전과자 오영은 비자 갱신에 실패했다. 한국으로 되돌아가야 할지도 몰랐다. 오영은 아직 미아를 찾지 못했고, 유진도 데려와야 했다. 이대로 귀국한다면 부친은 말도 못하게 실망할 것이었다. 그런데 에인절스도 화이트삭스도 이제 오영을 원하지 않았다. 이오는 오영을 그곳에 남게 하기 위해서는 무엇이든 하겠다고 생각했고, 에이전트까지 교체해가며 가까스로 미네소타 트윈스와 마이너리그 이 년 계약을 맺었다. 한 해가 성과 없이 지나갔고, 이대로 가다간 미네소타 역시 오영을 방출할 것으로 예상됐다. 오영은 에이전트에게 무슨 수를 써서라도 미국에 머물 방법을 고안하라고 엄포를 놓았다.

면허가 취소되고 거리가 멀어지면서 운전을 하는 대신 항공기를 타야 했지만, 오영은 여전히 휴일이면 펜더가 538-516번지로 향했다. 여전히 피자가게가 아니라 카페였다. 미아 있습니까? 여전히 오영이 물었다. 미아가 누구죠? 여전히 점원이 대답했다. 어느 날, 오영은 점원과의 의례적인 질의응답을 마치고 커피를 주문한 뒤 자리에 앉았다. 오영 선수죠? 잠시 뒤 오영의 맞은편에 누군가 앉았다. 존 터투로라는 금지 약물 중개상이었다. 그는 에이전트에게 듣고 왔다며, 성공을 도와주겠으니 향후 십 년 동안 연봉의 삼 퍼센트를 달라고 했다. 오영은 답을 유보했다. 금지 약물을 복용하시겠습니까? 잠시 뒤, 존 터투로가 물었다. 네. 오영이 대답했다. 아니, 이오가 선택했다.

팽 사부와 거북이 진진

우영빌라 임대인은 재작년 외동아들이 교통사고로 사망한 뒤 거북이를 기르기 시작했다. 특별할 것 없는 손바닥만한 반려 거북이를 상상하면 된다. 동물 임상 연구원이었던 아들의 전공이 거북이였다나. 꼭 아들처럼 애지중지하는 게 우스꽝스러워 보이기도 했고 짠해 보이기도 했다. 이름을 아들의 어린 시절 애칭으로 지었다고 했는데, 몇 번 들었지만 지금은 기억에 남아 있지 않다.

오 년 전, 임대인은 우영빌라를 갭 투자로 매수했다. 우영빌라는 1991년 공릉동에 지어진 오층짜리 다세대주택이다. 한 층에 두 세대씩 총 열 세대가 거주 가능하며, 전세는 보증금 이억, 월세는 오천에 사십만원으로 타지역에 비해 저렴한 편이다. 낡고 협소하지만 남향이라 난방비가 절감되고, 화랑대역과 지근거리여서 출퇴근이 용이하며, 인근에 서울여대와 서울과기대가 있어서 맛집도 많다. 여러모로 부담 없이 새로운 인생을 시작하기 좋은 조건이었다.

나 역시 독립이라는 새로운 인생을 우영빌라 401호에서 시작했다. 비록 그 시작은 크나큰 상처로 귀결됐지만. 전세 만기를 앞두고 임대인으로부터 보증금을 돌려줄 수 없다는 통보를 받은 것이었다. 그 무렵이었던 것 같다. 옥상에 드나들기 시작한 건. 옥상에서 바라보면 사방에 우영빌라와 흡사한 빌라들이 늘어서 있었다. 나는 그 풍경을 보면서 저 많은 세입자들 중에는 분명 나보다 더 딱한 세입자도 있으리라 생각하며 삶의 의욕을 애써 충전하곤 했다.

본격적인 이야기에 들어가기 앞서 보증금을 돌려받는 걸 단념하기까지의 과정이 지난했다는 걸 짚고 넘어가고 싶다. 보증금을 돌려받는 데 얼마나 걸리냐는 물음에 서울시 전월세 보증금 지원센터는 일 년, 법률구조공단은 일 년 육 개월을 예상했다. 그나마 보증금을 돌려받은 임차인, 그러니까 전세 사기 피해자 중 삼십 퍼센트에 한한 통계에 따른 것이었다. 보증금 반환 소송, 강제경매 따위의 지리멸렬한 과정들은 악몽과도 같아서 다시 떠올리는 것만으로도 정신건강에 해로우니 생략하겠다. 마지막으로 한마디만 더 하자면, 전세 사기를 당할 경우 괜한 호승심을 부리기보다는 원만한 합의를 추천한다.

나와 달리 임대인은 태평했다. 임대인은 민주당 지역 지부장을 연상시키는 호방한 외모의 육십대 남성으로 501호에 기거하고 있었다. 생김새에서 짐작할 수 있듯 능글맞았는데, 갭 투자를 하느라 목돈이 없다며 새로운 세입자를 구할 때까지 돈을 주지 못하겠다고 말할 때도 당당하기 그지없었다. 내용 증명서를 보내자 기가 차게도 도올의 잠언이나 안도현의 시구를 적어 회신했고, 소송, 통장 압류, 강제경매를 할 때는 피해자로서 합리적인 조치라며 고개를 주억거렸다. 사람 좋게 웃으며 순리, 도리 같은 말로 때우거나 시간이 약이다, 따위의 조언을 해주기도 했다. 처음에는 적반하장 격으로 나오지 않는 게 어디냐 싶었지만, 시간이 흐르자 그 태연자약한 태도에 오히려 약이 올라 미칠 지경이었다.

더군다나 보증금에는 근본적인 문제가 있었다. 보증금은 내 돈이 아니었다. 목돈이 없어서 약혼자에게 빌린 것이었다. 여기까진 괜찮았다. 진짜 문제는 다음이었다. 약혼자가 결혼 날짜도 잡기 전에 부동산 투자를 한다며 신혼집을 덜컥 계약했고, 중도금 치를 시기를 우영빌라 전세 만기에 맞춰서 잡은 것이었다. 우리가 보증금 때문에 트러블을 겪은 건 말할 필요도 없을 것이다.

불행히도 집을 보러 오는 이는 좀처럼 없었다. 부동산을 몇 군데 돌아보니, 인근에 대규모 청년 임대 주택 단지가 들어서는 바람에 수요가 줄어든데다가 임대인이 지나치게 높은 전세가를 고집하는 게 원인이라고 했다. 전세가를 왜 내리지 않냐고 따지자 임대인은 자신의 권리를 침해하지 말라고 점잖게 타일렀는데, 딱히 반박할 논리를 찾지 못했다.

기다리다못해 직접 세입자를 찾아나서기도 했다. 전세 중개 앱을 활용한 것이었다. 보증금 반환이 불확실한 매물을 소개한다는 게 양심에 걸리긴 했지만 나부터 살고 봐야 했다. 장점을 쥐어짜내며 홍보에 공을 들였고, 복비는 내가 부담한다는 혜택도 제공했다. 수차례 문의와 응답 끝에 성사 직전까지 간 적도 있었다. 마침내 나와 입주 희망자와 임대인이 부동산에 모였다.

관상이 별론데?

계약서에 서명을 앞두고 있을 때 임대인이 입주 희망자에게 눈길을 던졌다.

집을 더럽게 쓸 것 같단 말이야.

임대인은 이렇게 투덜거리며 계약을 무르자고 했다. 입주 희망자는 욕설을 내뱉으며 돌아섰고, 나는 뒷모습을 향해 고개를 조아리며 사과해야 했다.

성질머리하고는. 예전 202호랑 닮지 않았어? 그 인간 이사갈 때 장판 밑에서 구더기도 나왔다니까. 어디에서 저런 작자를 구해왔어?

임대인이 혀를 찼다. 나는 돈 줄 생각이 있긴 한 거냐고 따졌다.

그 요새 유명한 영화가 뭐였더라.

임대인이 말을 돌렸다.

그 상 많이 탄 영화 말이야. 감독 성이 특이했는데. 괴물 나오는 영화도 만들고.

아, 봉준호. 〈기생충〉이요?

나는 임대인이 무슨 꿍꿍이인지 알아내려고 머리를 굴리다가 포기하고 대답했다.

맞아. 〈기생충〉! 하도 좋다길래 엊그제 봤는데 송강호네 가족 보니까 우리 세입자들이 생각나더라고. 호의가 계속되면 권리인 줄 안다니까. 없는 사정 가엽게 여겨서 집을 저렴하게 빌려줬더니 배은망덕한 놈들. 저열한 것들이 인내심도 없어. 기를 쓰고 권리만 주장하고. 돈 며칠 늦게 받는다고 죽어? 그런데 왜 그런 찝찝한 영화가 상을 타고 그러지?

임대인은 껄껄 웃으며 떠나갔다.

그날 나는 전세 중개 앱에 장점을 하나 더 추가했다. 문화적 소양과 유머 감각이 있는 임대인.

다시 옥상 이야기로 돌아가겠다. 단지 남과의 비교우위를 따지기 위해 옥상에 올라간 것만은 아니었다. 나름대로 실리를 취하기 위해서였다. 옥상에는 상추, 고추, 블루베리 따위의 작물을 가꾸는 임대인의 텃밭이 있었는데, 이자를 받는 셈 치고 작물을 슬쩍하곤 했다.

그러던 어느 날이었다. 어둑해질 무렵 옥상에 올라갔다가 텃밭을 서성거리는 또다른 사람과 마주쳤다.

401호죠?

그가 물었다. 도둑질을 들킨 것처럼 심장이 덜컹거렸다.

보증금 못 받았죠? 보증금 반환 청구 소송에서 승소하셨을 테니 보증금 이억에 대한 법정이자 오 퍼센트, 그러니까 한 달에 대략 팔십만원. 이자 대신 텃밭 털러 왔죠? 상추를 예로 들어볼까요? 상추는 한 묶음에 시가 이천원 정도 하니 매일 텃밭에 있는 걸 다 뽑아도 모자랄 겁니다. 그것도 삼백육십오 일 텃밭에 상추가 가득하다는 가정하에 말이죠. 그래도 해볼 때까진 해봐야죠. 원금 받기도 힘든 마당에 이자 받긴 더 힘들 테니. 아주 잘하고 계신 겁니다. 임차권 등기 명령 신청을 하고 이사를 가면 십이 퍼센트까지 이자를 받을 수 있는데, 보아하니 다른 집 구할 돈은 없어 보이네요.

그가 부동산 전문 변호사처럼 지식을 늘어놓았다. 나는 정신을 바로잡고 어떻게 알았냐고 물었다. 그는 자신도 보증금을 못 받았다면서, 401호처럼 설치면 서로 고달파지니까 순리대로 합시다! 라고 임대인 성대모사를 하며 실없이 웃었다. 전세 사기 피해자였다니. 마음이 조금 놓였다. 그러고 보니 낯이 익었다. 302호 세입자. 오며 가며 마주쳤던 것 같았다. 그뒤 나는 302호와 띄엄띄엄 말을 섞으며 작물을 수확했다.

그런데 시간이 흐르자 302호가 석연치 않게 느껴졌다. 당연히 나처럼 상추 같은 걸 따는 거겠거니 했는데, 자세히 보니 그는 작물에 무언가를 바르고 있었던 것이었다. 나는 302호에게 뭐하는 거냐고 물었다.

투명 매니큐어를 칠하고 있어요.

302호가 대답했다. 나는 매니큐어는 왜 칠하냐고 물었다.

디부틸 프탈레이트, 톨루엔, 포름알데히드. 매니큐어에 포함된 독성 물질들이에요. 이렇게라도 해야 분이 풀리죠.

그가 고추에 매니큐어를 바르며 대답했다. 나는 그날부로 텃밭 서리를 중단했다.

우리는 대동소이한 처지였다. 무엇보다 적이 같았다. 임대인 욕을 하고 임대차법을 비판하는 것만으로도 가까워지기에 충분했다. 이름이 가물가물해서 뭐라고 부를까 고민하다가 최근 쓰고 있는 작품 속 인물을 따서 그냥 진진이라고 칭하도록 하겠다. 직업은 프리랜서 웹 디자이너. 동갑인데다가 그리 다가가기 힘든 타입이 아니어서 금세 말을 트고 지냈다. 유일한 재산은 살구색 소형차. 진진 역시 보증금이 묶여서 곤란에 처해 있었는데, 가업과 관련된 대출이자 문제가 있었던 걸로 기억한다.

우리는 합심했다. 주로 내가 아이디어를 냈고 진진이 실행했다. 특별한 이유는 없었다. 상대적으로 내가 상상력이 좋다면 진진은 행동파였고 우리는 서로의 장점을 활용했을 뿐이다. 진진은 내 아이디어에 따라 임대인의 우편물에 손을 대거나 임대인의 차를 긁었고 임대인의 창문에 돌을 던졌다. 엘리베이터에 낙서를 하거나 계단, 복도, 주차장 등지에 오물을 뿌리기도 했다. 그나마 집을 보러 왔던 이들은 악취 나고 너저분한 빌라를 보곤 발길을 돌렸다. 그때는 그게 왜 그리 통쾌했는지 모르겠다. 전세가 안 빠지면 누가 봐도 내 손해였는데. 흐지부지되긴 했지만, 내 전공이 문예창작이고 진진의 전공이 서양화라는 사실을 알게 된 뒤 웹툰을 같이 그리려고도 했다. 비리비리한 세입자가 임대인을 숙주로 삼은 외계인을 무찌르는 내용이었다. 그 무렵, 나는 홍보 글에 장점을 하나 더 추가했다. 이웃 사이가 돈독함.

어느 순간 나는 진진이 단순한 행동파가 아니라는 것을 깨달았다. 말하자면 진진은 초현실적인 행동파였다. 고추에 매니큐어를 칠할 때부터 알아봤어야 했다. 언젠가 보여줄 게 있다고 해서 옥상에 올라갔더니 진진은 부적처럼 보이는 종이를 텃밭에 묻고 있었다. 흰 바탕에 붉은색으로 처음 보는 한자가 쓰여 있는 부적이었다. 나는 무슨 한자냐고 물었다.

팽!

진진이 부적을 넣은 구덩이에 흙을 쓸어 담으며 내뱉었다. 대답인지 혼잣말인지 구분이 되지 않았다.

뭐라고?

팽이라고. 팽이라고 쓰여 있어.

진진이 대답했다.

무슨 뜻인데?

우리는 자본주의 시대에 살고 있어. 모든 걸 돈과 관련지을 수밖에 없지. 저주도 마찬가지야. 과장되면 안 돼. 적정한 값어치가 책정돼야 한다고.

진진이 동문서답으로 말을 받았다. 무슨 뜻인지 짐작도 할 수 없었다. 나는 나도 모르게 고개를 절레절레 흔들었다.

고개를 내두르는 게 마땅해. 무슨 말인지 모를 테니까. 일례로 자녀를 유괴당한 고통을 돈으로 환산하면 십삼만 달러라는 FBI 연구 결과가 있어. 그러니까 그 부모가 이 부적을 사용하면 유괴범에게 십삼만 달러, 한화로 일억 육천만원가량의 저주를 내리는 셈이지. 이제 내 말을 이해하겠어?

진진이 히죽거렸다.

방법은 간단해. 이 요물을 적이 가장 소중히 여기는 대상에 붙이거나 넣어두면 그만이야. 알아서 가격을 측정해준다니까. 우리는 더 간단하지. 이억원이라는 피해 금액이 주어져 있으니. 그나저나 아들이 죽은 이상 임대인은 이 빌라를 가장 소중하게 여기겠지?

진진은 쉴새없이 입을 놀렸다. 이미 주차장에도 부적을 붙였고 건물 측면의 화단에도 묻었고 이 텃밭이 마지막이라면서.

어디 이억짜리 고통을 한번 맛보시죠.

진진이 쿠엔틴 타란티노 영화에 나오는 악당처럼 흙을 꾹 눌러 밟으며 위악적으로 웃었다. 그때까지만 해도 나는 팽이라는 글자를 대수롭지 않게 여겼다. 솔직히 말하면 어떤 돌팔이무당에게 속아서 산 부적이겠거니 속으로 비웃기도 했다. 한편으로는 이억원어치의 고통이 대체 무얼까 궁금하기도 했다. 가능만 하다면 임대인에게 그 고통이 생기길 바라면서 말이다. 나중에 알게 된 건데, 그 한자는 삶을 팽烹 자였다. 삶아서 죽인다, 삶아서 죽이는 형벌, 이라는 뜻도 있다며 으스스한 미소를 짓던 진진이 떠올라서 아직도 몸서리가 쳐진다.

진진이 부적을 묻는 걸 목격하고 며칠이 지난 뒤였다. 진진은 뜬금없이 모임에 같이 나가자고 했다. 부적을 계기로 내게 부쩍 친밀함을 느끼는 듯했다. 나는 어떤 모임이냐고 물었다.

전두엽.

진진이 말했다. 나는 보증금을 돌려주지 않는 임대인을 납치해 머리를 드릴로 뚫고 전두엽을 파헤치는 집단인가 싶어서 무의식적으로 머리 위에 손을 얹었다. 진진은 피식 웃으며 진짜 전두엽이 아니라 '전세보증금을 반환하지 않는 임대인에게 두려움을 선사하는 임차인 연합'의 약칭이라고 말했다. 그뒤 진진은 근엄한 표정으로 돌변하더니 전두엽에 대해 떠벌렸다. 불현듯 '전세보증금을 반환하지 않는 임대인에게 두려움을 선사하는 임차인 연합' 중 엽에 해당하는 단어가 없다는 생각이 들었고, 따라서 전두엽은 착오에 의해 탄생된, 무언가 근본부터 잘못된 조직 같다는 생각도 들었지만 말을 아껴야 했다. 왠지 디테일에 함몰되지 말고 큰 숲을 보라는 호통을 들을 것 같아서였다. 그만큼 진진은 진중했다.

진진의 설명에 따르면 전두엽은 전세 사기 가해자와 보증금 반환 방해 세력을 처단하는 일종의 자경단이었다. 가해자에 대한 복수는 물론 재판에 뜸을 들이는 판사나 불친절한 법원 사무관의 신상을 털어서 인터넷에 올리기도 했고, 국토부 장관의 출몰 지역을 쫓아다니며 계란을 던지기도 했으며, 미국 대사관에 장난전화를 걸어 나는 소련 스파이다, 따위의 말을 하기도 했다. 여기까지 숨쉴 틈도 없이 늘어놓은 뒤 진진은 숨을 고르며 질문 없냐고 물었다.

그런데 미국 대사관은 전세 사기와 무슨 상관이지?

나는 조심스럽게 물었다. 진진은 숨을 깊이 들이마신 뒤 미국 서브프라임 모기지 사태와 한국 갭 투자 폭증의 연관성에 대해 설명하기 시작했다. 어느 순간 나는 무언가에 홀린 듯 고개를 끄덕이며 진진의 제안을 받아들였다. 어쩌다 내가 그 이상한 자경단 모임에 참석하기로 했는지, 박근혜 탄핵 시위에조차 나간 적이 없는 내 성향을 돌이켜봤을 때 지금도 이해되지 않는다. 아마 권리를 되찾기 위해 끊임없이 투쟁하는 진진에게 자극을 받았던 것 같다. 무엇보다 심신이 지친 상황이었다는 걸 참작해주길 바란다.

머지않아 회동 일자가 잡혔다. 진진이 이끈 곳은 빌라 주차장에 있는 본인의 차였다. 진진은 운전석에 나는 조수석에 올라탔다. 어디론가 가겠지 했는데 진진은 시동도 걸지 않았다.

왜 안 가?

내가 물었다.

여긴데 어딜 가?

어디가 여긴데?

말을 섞다보니 무언가 핀트가 어긋나 있다는 게 느껴졌다. 때마침 약속 시간이 됐고, 진진은 손바닥 위에 핸드폰을 올려놓은 뒤 축성을 드리듯 조심스럽게 치켜들었다.

팽!

뒤이어 텃밭에서 들었던 단어가 진진의 입에서 흘러나왔다. 전보다 선명한 발음이 귀에 꽂혔다.

팽!

진진이 다시 외쳤다. 나는 진진을 바라봤다. 진진의 눈은 형형했다. 무슨 말이라도 하고 싶었지만 섬뜩해서 입이 떨어지지 않았다. 그때 진진의 핸드폰이 울렸다.

왔다! 왔어!

진진이 들뜬 음성으로 말했다. 나는 누가 왔다는 건가 싶어서 창밖을 기웃거렸다. 그런데 아무도 없었다.

아니, 여기.

진진이 고갯짓으로 핸드폰을 가리켰다. 나는 핸드폰을 들여다봤다. 문자 한 통이 와 있었다.

새로운 멤버인가?

메시지 창 위에는 발신자 정보 없음이라는 문구가 떠 있었다.

말씀드렸던 401호입니다.

진진이 대답했다.

동갑이라고 했었나? 올해는 85년생이 삼재니까 둘 다 몸을 사리도록.

이어서 문자가 왔다. 그뒤 진진은 금주 활동에 대해 보고했고, 익명의 발신자는 대안을 제시하거나 조언을 했다. 나는 넋을 놓고 그 모습을 바라보았다. 핸드폰 속 정체불명의 존재가 진진의 음성을 이해하고 문자로 반응한다니. 초능력 같기도 했고 AI 같기도 했다. 그리고 그게 무엇이든 실로 황홀한 광경이었다.

부적 효과는 있나?

또다른 문자가 왔다.

노력은 하고 있습니다만……

진진이 말끝을 흐렸다.

그럼 이 부적을 써보도록.

익명의 발신자가 이미지를 보냈다. 이전에 본 것보다 더 크고 진하고 화려한 필체로 팽이 쓰여 있었다. 그럼 이 작자가 부적을 써준 돌팔이무당? 그런데 무당이 왜 전두엽에? 혹시 무당도 전세사기를 당한 건가? 발신자의 정체에 대해 생각하고 있을 때였다. 진진이 내 손을 매만졌다. 그뒤 뭐가 어떻게 된 건지는 기억나지 않는다. 의식을 되찾고 보니 나는 진진과 함께 핸드폰에 손을 포

갠 채 눈을 감고 있었다. 지금도 생생하다. 상서로운 기운이 손으로 흘러드는 듯했고, 전기뱀장어에게 물린 상상이라도 한 것처럼 온몸이 찌릿찌릿했다.

팽의 내부에 정당한 복수와 합당한 저주가 깃들어 있나니.

어느 순간 귓가에 생전 처음 듣는 기괴한 음성이 쩌렁쩌렁 울려 퍼졌다. 인간의 음성도 기계음도 아닌, 미지의 세계에서 들려오는 인식 불가능한 데시벨의 음성 같았다.

팽!

귀가 찢어질 듯한 외침이 이어졌다. 정신이 번뜩 들면서 눈이 저절로 떠졌다. 나는 핸드폰에서 서둘러 손을 뗐다. 홀로그램처럼 잡힐 듯 잡히지 않는 존재감의 무언가가 손아귀에 남아 있는 것 같았다.

이게 뭐야? 대체 누군데?

내 목소리는 부들부들 떨리고 있었다.

팽 사부님.

진진이 핸드폰을 끈 뒤 차분하게 대답했다.

그게 누군데?

팽 사부님이라니까.

그러니까 팽 사부님이 누구냐고.

거듭해 묻자 진진은 그때서야 정신을 차린 듯 아, 나만 알고 있었구나, 라고 중얼거리며 설명을 시작했다.

팽 사부는 일제강점기 충북 제천에서 이름을 날리던 무당이었다. 본명 민활성. 코를 푸는 듯 내지르는 특유의 주문과 팽 자가 쓰인 부적으로 유명해서 본명보다는 팽 사부로 불렸다. 팽 사부는 대쪽 같은 성품을 지녔고, 부적 또한 팽 사부를 닮아서 정당한 복수에만 합당한 저주를 내린다고 알려졌다. 당시 팽 사부는 비밀리에 독립군을 지원하고 있었다. 독립군이 거사를 치르기 전 부적을 만들어준 것이었다. 1933년 3월, 제천 출신 독립군 이용준은 상하이 홍커우에서 주중 일본 공사 아리요시 아키라의 암살을 시도했다. 암살은 실패했고, 팽 사부의 부적이 천황에게 하사받은 아리요시 아키라의 칼집에서 나왔다. 수개월 뒤 팽 사부는 시체로 발견됐다.

쉽게 말하면 진진은 팽 사부와 현재를 연결하는 영매였다. 진진은 전세 사기를 당한 뒤 좀처럼 일이 풀리지 않자 신점을 봤고, 자신의 몸에 팽 사부가 깃들었다는 것을 알게 됐다. 그뒤 팽 사부가 떡하니 부적을 문자로 보내면서 둘의 관계가 시작됐다. 핸드폰이 그들을 잇는 매개체라면, 팽이라는 외침은 팽 사부와 소통을 하거나 저주를 불러내기 위한 주문이었다. 정신을 차리고 보니, 라고 진진은 표현했다. 정신을 차리고 보니 진진은 팽 사부와 협심해서 전세 사기라는 범죄에 맞서고 있었다.

팽이라고 외치면 핸드폰을 통해 영혼과 대화를 나눌 수 있다고? 좋아. 그렇다 치자고. 그런데 팽 사부가 왜 네 몸에 깃든 거지? 그러니까 왜 전세 사기에 원한을 품은 건데? 독립운동을 하다 죽은 점쟁이 아니야?

내가 물었다. 목소리를 들은 이상 팽 사부의 존재를 무턱대고 부정할 수만은 없었다. 다만 혼란을 이겨내고 싶은 무의식이 발동해 계속 따져 물었던 것 같다.

이제 그 시대처럼 나라를 빼앗길 일은 없을 테니까, 팽 사부님의 원혼은 복수 대상을 물색하다가 일제의 식민 지배와 현대 전세 사기의 공통점을 발견한 거지. 군국주의와 자본주의. 식민 지배와 전세 사기. 팽 사부님에게 전세 사기는, 즉 자본의 식민화를 뜻하는 거야. 더군다나 자본주의는 정당한 복수에 합당한 저주를 내린다는 팽 사부님의 철학에 부합한다고. 이제 이해할 수 있겠어?

진진이 얼핏 맞는 것 같지만 세세하게 따지면 모순투성이인 의견을 개진했다.

결합.

진진의 주장을 곱씹고 있을 때, 진진의 목소리가 들렸다. 나는 진진을 바라봤다.

과거와 현재의 결합. 미래로 나가는 길.

진진이 키오스크 음성처럼 무감정하게 읊조렸다.

과거와 현재의 결합. 미래로 나가는 길.

순간 진진의 목소리에 이어 또하나의 목소리가 들려왔다. 바로 팽 사부의 음성이었다.

자네도 미래에 합류하겠는가?

그뒤 핸드폰이 켜졌고 이런 문자가 도착했다. 이상하게도 더이상 겁나지 않았던 것 같다. 내 곁엔 팽 사부보다 훨씬 더 공포스러운 현실이 도사리고 있었으니까. 이억이 없는 내 삶은 어쩌면 아무것도 아닐지 모른다는 잔혹한 현실. 이 감당할 수 없는 현실에 둘러싸인 채 삶이라는 바람 빠진 구명보트에 올라타기 위해 허우적거리는 비리비리한 세입자가 떠올라서 울적하다.

나는 팽 사부와 진진의 미래에 합류하기로 했다. 전두엽 회원이 된 것이었다. 팽 사부를 경험한 건 사실인데다가, 백번 양보해서 보증금을 받지 못한 충격에 헤까닥했다 치더라도 진진이 누군가와 짜고 나를 놀려서 얻을 이득은 전무하다는 판단이 들어서였다. 무엇보다 내게 중요한 건 팽 사부의 실존 여부 따위가 아니었다. 나는 내게 해를 가한 자들에게 어떻게든 벌을 주고 싶었다. 팽 사부의 힘을 빌려서라도.

그뒤로 나는 회동 때마다 팽 사부를 알현했고 진진과 함께 갖가지 소동극을 벌였다. 개인적인 복수도 시도했다. 임대인은 진진이 전담하고 있으니 제외하고라도 기필코 복수하고 싶은 두 명이 있었다. 임대인에게 보증금을 반환할 능력이 없다는 사실을 알고 있었으면서도 어수룩해 보이는 내게 이 빌라를 적극 추천한 공인중개사. 수수료는 수수료대로 받아놓고 젊은 세대를 탓하며 은근슬쩍 나를 꾸짖던 법무사. 나는 진진에게 받은 부적 이미지를 프린

트한 뒤 부동산에 잠입해서 중개인의 가족사진 액자에 꽂아놨고, 상담을 받는 척하며 법무사의 사무실 구석구석에 부착했다. 그리고 나지막하게 외쳤다. 팽!

더 늦기 전에 개인적인 이야기를 하고 넘어가겠다. 아빠 이야기부터 하는 게 낫겠다. 아빠는 매년 생명을 조금씩 연장하고 있었다. 알코올중독으로 응급실 신세를 지고 다리를 절기 시작하더니 이듬해 위암으로 위 전절제 수술을 받았고 지난해에는 식도암 발병으로 국립암센터를 오가며 양성자 치료를 받았다. 거동과 소화에 제약이 따랐지만 아빠는 삶이 지속되는 데 만족하는 것 같았다.

고백하자면 숨이 막혔다. 간병에 지쳤고 언제 닥칠지 모를 죽음의 실체가 두려웠다. 나는 아빠가 위 전절제 수술을 받고 어느 정도 회복했을 즈음 간병인을 구한 뒤 무작정 독립해서 우영빌라에 자리를 잡았다. 간병인을 통해 아빠 소식을 접하니까 마음이 한결 편했다. 간병인은 다정다감한 성품을 지니고 있었다. 내가 처지를 비관하며 징징거릴 때마다 따뜻한 위로를 건네곤 했다. 어느 순간부터는 간병인이 가족처럼 느껴졌고, 아빠는 간병인의 인스타그램 팔로어처럼 느껴졌다.

나는 암에 걸리지 않았는데도 삶에 만족하지 못했다. 위대한 작가가 되고 싶어서 직장을 나왔지만 공모전에 얽매인 신세로 전락했고, 돈이 궁해서 다시 직장을 알아보고 있자니 인생이 한심하게 여겨졌다. 나는 취직 준비를 하면서 신분 세탁 회사에 입사한 공시생을 다룬 시나리오를 써서 공모전에 냈고, 둘 다 신경쓰느라 어느 쪽도 성과를 거두지 못했다. 공모전 심사위원이 대표로 있는 제작사에서 관심을 표해 잠시 희망을 품었지만 더이상의 연락이 없는 것으로 희망의 막은 내렸다.

간신히 대학 선배의 소개로 직장을 구할 수 있었다. OTT 사업을 하는 스타트업이었다. 나는 콘텐츠팀에 소속됐는데, 플랫폼에 업로드할 콘텐츠의 줄거리를 요약하고 시청자가 참고할 만한 리뷰를 남기거나 자체 제작 콘텐츠의 시나리오를 검토하는 업무를 담당했다. 팀원은 나 포함 셋이었다. 하나는 영화평론가 하나는 독립영화 감독 출신이었는데, 초반에는 함께 흥행 영화를 기획하자며 의기투합했지만 관계가 소원해지는 바람에 유야무야됐다.

회사로 들어오는 콘텐츠나 시나리오는 엇비슷했다. 〈비밀의 숲〉류의 정치 범죄 스릴러. 북한과 협력해서 일본을 제압하는 스파이물. 일제강점기가 배경인 오컬트물. 최근엔 부동산 소재 드라마가 압도적으로 많이 들어왔다. 향후에는 코로나 바이러스가 주 소재가 될 것이다. 에이즈와 사스가 결합된 중국발 생체 무기라는 음모론. 방역 팀장이 신천지 신자였다는 반전도 추가.

글만 쓰면 되는 일이 아니었다. 겪고 보니 내 직무는 일종의 서비스직이었다. 작품의 완성도 같은 건 중요하지 않았다. 임원은 광고주나 제작사 대표의 입맛에 맞게 리뷰를 써주길 원했다. 톱스타의 캐스팅 여부에 따라 걸작과 졸작으로 나누어 제작 여부를 판가름하기도 했다. 어느 순간 나는 양심을 지키려고 노력해봤자 퇴근만 늦어진다는 것을 알아차렸다. 나는 누군가의 의지대로 움직이기 시작했고, 언제부턴가는 그걸 내 의지라고 믿는 데 이르렀다.

예상외로 나는 직장 체질이었다. 비록 작가로는 성공하지 못하지만 직장에 붙어 있으면 승진 수가 따른다는 사주는 정확했다. 자체 제작한 콘텐츠 시리즈가 대박을 치면서 매출이 늘었고 인정을 받아 승진을 한 것이었다. 그뿐인가. 예술가라는 자의식은 바닥에 내버린 지 오래였고, 다시는 줍지 않는 게 인생살이에 유용하다는 것도 깨달아버렸다.

직장에서는 승승장구했지만 종종 처참한 기분에 휩싸이곤 했다. 임원이나 광고주가 방향을 설정해주지 않으니 내 작품을 쓰지 못하는 지경에 처한 것이었다. 퇴근한 뒤 노트북 앞에 앉은 채 절망하다가 콘텐츠를 검토하듯 인생이 왜 이렇게 됐는지 되새겨보기 일쑤였다. 나를 주제 삼은 리뷰의 결론은 언제나 하나였다. 자기혐오라고 해도 상관없다. 나에 대한 리뷰는 늘 처참했으니까.

해가 바뀌었다. 〈기생충〉은 아카데미를 휩쓸었고, 아빠는 죽기 전에 한국 영화가 아카데미상을 타는 걸 보다니! 라고 간병인을 통해 전했으며, 임대인은 드디어 봉준호라는 이름을 외웠다고 떠들어댔다.

약혼자와는 채권자와 채무자 관계가 됐다. 우리는 틈만 나면 전화를 붙들고 공방을 벌였다. 약혼자는 신혼집 중도금을 치르기 위해 대출을 끌어오느라 만신창이가 됐다. 이자만 해도 만만치 않았다. 나 역시 월급의 대부분을 이자 갚는 데 쓰고 있는 실정이었다. 약혼자는 걸핏하면 원금을 갚으라고 짜증을 냈고, 나는 신혼집을 서둘러 구하자고 고집을 피운 건 너라고 받아쳤다. 약혼자의 울분을 이해하지 못하는 것은 아니었지만, 내 사정을 이해해주지 못하는 약혼자에게 나도 나름대로 섭섭한 마음이 들었다. 둘 다 입 밖으로 꺼내진 않았지만 결혼이 기약 없이 미뤄진 건 의심할 여지가 없었다.

전두엽도 시들해졌다. 잡범 취급도 받지 못할 만한 소동극을 연출한다는 게 유치하게 느껴졌달까. 회동 때마다 팽 사부에게 새로운 부적을 받았지만 저주가 좀처럼 실현되지 않자 의심이 가기도 했다. 사적인 복수도 이루어지지 않았다. 부적 위치를 옮겨봐도 마찬가지였다. 공인중개사의 카톡 프로필에는 행복해 보이는 가족사진이 수시로 업데이트됐고, 법무사는 사옥을 사들여서 신입사원을 대거 채용했다. 팽이라는 주문이 잔기침보다 더 보잘것없게 여겨지는 건 당연한 결과였다.

나는 회사가 바쁘다는 핑계로 더이상 아이디어를 내지 않았다.

진진은 참지 못하고 직접 아이디어를 냈다. 선을 지키지 못한달까. 초현실적인 행동파답게 모조리 상식을 뛰어넘는 아이디어들이었다. 하이라이트는 죽은 아들의 이름으로 임대인을 원망하는 편지를 써서 우편함에 넣어둔 것이었다. 아빠가 증오스러운 나머지 달리는 차에 뛰어들어 자결했다는 내용의 편지를 말이다. 나도 내심 임대인의 아킬레스건을 건드려서 그가 무너져내리는 꼴을 보고 싶었던 것 같다. 진진의 계획을 듣고 가만히 고개만 끄덕였으니.

머지않아 임대인이 넋이 나간 채 빌라를 배회하는 모습을 볼 수 있었다.

아들이 살아 있었어. 내가 개새끼래.

나와 마주치자 임대인이 울먹거렸다.

내가 그렇게 개새끼야?

임대인이 물었다.

됐어. 자네는 당연히 그렇게 생각하겠지.

임대인은 내가 대답하기도 전에 자리를 떴다. 그 능글맞던 임대인이 쩔쩔매는 꼴을 보는 게 통쾌하긴 했지만 왠지 마음 한구석이 불편했다. 잠시 뒤, 집에 들어왔는데 진진이 찾아왔다.

우는 꼴 봤어? 본인이 개새끼인지 이제 깨달았나봐?

진진이 키득거렸다. 그때였던 것 같다. 진진과 결별해야겠다는 다짐을 한 건.

아니나다를까 진진은 사고를 쳤다. 아들의 편지를 근거로 귀신이 나오는 건물이라며 우영빌라를 한 퇴마 유튜버에게 제보한 것이었다. 유튜버는 우영빌라에 실제로 귀신이 있는 것처럼 연출해서 방송을 했고, 그 탓에 만기를 앞둔 다른 세입자들도 보증금을 받지 못할 위기에 처했다. 집을 보러 오는 사람이 씨가 마른 것이었다. 세입자들은 진진에게 항의했다. 진진 때문에 전세금을 제때 주지 못하는 거라며 임대인을 동정하기도 했다. 진진은 진진대로 내게 세입자들이 주제 파악을 못하는 것 같다고 불만을 토로했다. 나는 동조하는 척하며 은근히 비꼬았지만 진진은 알아듣지 못하는 눈치였다. 임대인의 조언처럼 순리대로만 했어도 진작 이 빌라에서 탈출했을지 몰라. 어쩌다가 진진과 어울려서. 당시 내 머릿속은 후회로 가득차 있었다.

나는 전두엽 활동을 중단했다. 진진과 팽 사부에게 해코지라도 당할까봐 공식적으로 말하지는 못했지만 되도록 진진을 피해다녔고 회동에도 발길을 끊었다. 그들과 거리를 두자 팽 사부의 존재가 꿈결처럼 느껴졌고, 내 광기에 진진의 광기가 더해져서 보인 환각이라는 생각도 들었다.

거북이가 결정타였다. 진진과 완전히 갈라서게 된 계기 말이다. 어느 날, 쓰레기를 버리러 나갔다가 현관문 앞에서 버티고 서 있는 진진과 맞닥뜨렸다. 진진은 요새 내가 자신을 피하는 것 같다며 시니컬하게 말을 건넸다. 회사일로 바빴다는 핑계를 대자 진진은 통명스럽게 상의할 게 있다고 했다. 부적을 계속 바꾸는데도 저주가 발현되지 않는다는 것이었다.

그 부적에 효능이 있다는 걸 전제한다면, 잘못된 건 단 하나. 임대인이 가장 소중하게 여기는 것. 그러니까 임대인이 이 빌라보다 더 사랑하는 무언가가 있는 것 같은데? 그런 건 위대한 팽 사부님께서 안 가르쳐주디?

내가 비아냥거렸다.

그래, 그거야. 내가 왜 그 생각을 못했지? 알고 있었으면 진작 말해주지 그랬어?

진진은 내 의도와 달리 진지하게 맞장구를 쳤다.

그럼 임대인이 제일 아끼는 게 뭘까?

진진이 비밀을 누설하듯 속삭였다.

글쎄, 아들 아닐까?

나는 아들의 편지를 받고 울먹이던 임대인을 떠올리며 답했다. 무엇보다 아무렇게나 대답하고 빨리 이 영양가 없는 만남을 끝내고 싶었다.

무슨 소리야. 아들은 죽었잖아.

진진이 고개를 갸웃했다.

아들의 애칭을 붙인 거북이라도 납치하든가.

나는 또 비아냥거렸다. 이번에도 의도와 다르게 진진은 확신에 찬 표정으로 돌변했다. 맞다. 단초는 내가 제공했다. 진진은 그날 곧바로 거북이 납치를 감행했다.

성공! 성공! 거북이를 납치했어!

진진이 밤새 문을 두드리는 통에 숨죽이고 있느라 고생했던 게 떠오른다.

다음날부터 임대인은 미친듯이 거북이를 찾으러 다녔다. 기다란 막대를 든 채 온 동네를 들쑤셨고, 전신주마다 거북이를 찾는다는 전단지를 붙였다. 집집마다 벨을 누르며 거북이가 있는지 살펴보게 해달라고 애원하기도 했다.

그로부터 사흘 뒤였다. 출근길에 진진이 따라와서 인사를 건넸다. 내가 별다른 반응을 보이지 않으니까 진진은 다급하게 어제 전두엽 회동을 했는데 팽 사부가 내 칭찬을 했다고 전했다. 나는 진진을 얼른 떼어내기 위해 무슨 칭찬이냐고 물었다.

서당개 삼 년이면 풍월을 읊는다더니, 그 친구 드디어 영적 동지로 성장했군.

진진이 팽 사부를 흉내내면서 임대인과 거북이를 엮은 건 탁월한 직관이라는 말도 했다고 덧붙였다. 한 번에 이해가 되지 않아서 서당개, 풍월, 영적 동지, 직관 같은 단어들을 머릿속에서 꿰맞추는 동안, 진진이 팽 사부가 생각지도 못한 제안을 했다는 얘기를 꺼냈다.

핵심은 저주의 이식이야.

의미심장한 말투였다.

저주의 이식?

내가 되물었다. 아무리 냉담하게 대하려 해도 저주의 이식이라는 표현은 궁금증을 자극하기에 충분했다. 진진은 관심을 보일 줄 알았다는 듯 내 어깨에 팔을 두르며 말을 이었다.

부적은 전근대적이야. 나는 시대착오적이고. 회동중 팽 사부님이 갑작스럽게 말씀하셨어. 내 핸드폰을 통해 인터넷에 접속했다가 우연히 트랜스휴먼이 제작되는 과정, 그러니까 인체에 바이오칩을 삽입하는 동영상을 보고 충격을 받았다고 하셨지. 팽 사부님은 고심 끝에 부적이라는 물성에 얽매일 필요가 없다는 결론을 내리셨어. 즉, 거북이 자체가 부적이 되는 거지. 장기적인 관점에서 바라보면, 거북이를 테스트 삼아 향후에도 저주의 이식을 적극적으로 도모할 예정이야. 그 나이에도 끊임없이 배움을 갈구하고 변화를 꾀하다니 존경스러운 분이라니까.

내 관심에서 멀어질까봐 두렵기라도 한 듯 진진은 빠르게 말을 쏟아냈다.

봐봐. 이게 바로 저주의 이식이야.

진진이 어깨에 메고 있던 가방을 열어 보였다. 안에서 거북이 한 마리가 버둥거리고 있었다. 다름 아닌 임대인의 거북이였다. 등껍질에는 붉은색으로 팽 자가 쓰여 있었다. 거북이는 구조를 바라는 듯 나를 애처롭게 바라봤고, 진진은 칭찬을 해달라는 듯 입술을 앙다물고 야무진 표정을 지었다. 눈살이 저절로 찌푸려지는 동시에 불쾌감이 느껴졌다.

그리고 이건 내 아이디어인데 말이야.

진진이 말을 이었다. 들어보니 진진의 아이디어라는 건, 임대인의 거북이와 같은 종의 거북이를 여러 마리 구해서 등껍질에 팽 자를 새긴 뒤 빌라에 풀어놓는 것이었다.

설혹 거북이를 부적으로 삼는다는 판단이 틀리더라도 임대인에게 혼란을 가할 수 있지. 감히 우리 보증금을 떼먹다니. 이런 게 진짜 복수지, 안 그래?

진진이 으스스한 미소를 지으며 덧붙였다. 나는 진진의 가방을 빼앗으려 들며 왜 애꿎은 거북이한테 화풀이를 하냐고, 동물 보호 단체에 신고하기 전에 얼른 놓아주라고, 유치하게 굴지 말고 어른스러운 방법을 찾아보라고 했다. 진진은 거칠게 내 팔을 뿌리치며 신나서 동참할 땐 언제고 이제 와서 비겁하게 내빼는 거냐고 소리를 높였다. 내가 다시 덤벼들자 진진은 나를 밀쳤다. 나는 엉덩방아를 찧으며 나뒹굴었다.

팽 사부님이 굳이 트랜스휴먼을 연구할 필요가 있을까? 본인이 이미 포스트휴먼인데. 인간이 아니라 귀신이잖아? 하는 김에 네 얼굴에도 팽 자를 그려놓고 테스트해보지 그래? 아, 널 좋아하는 사람은 없을 테니 적합하지 않으려나?

더이상 참을 수 없었다. 일순간 진진의 표정이 굳었다. 진진은 다시 한번 말해보라고 노기 띤 음성으로 말했다. 나는 흥분한 채 자리에서 벌떡 일어서서 너는 소시오패스일지도 모르니 정신감정이나 받아보라고 쏘아붙였다. 진진은 나를 잠시 꼬나보곤 침을 퉤 뱉으며 지나쳐갔다.

그날 퇴근한 뒤였다. 나는 어김없이 노트북 앞에 앉아 있었다. 시나리오를 구상하던 중 책상 위로 거북이 한 마리가 느릿느릿 지나가는 게 보였다. 거북이 등껍질에는 부적처럼 붉은색으로 팽 자가 쓰여 있었다. 불현듯 눈앞에서 벌어지고 있는 이 상황이 방금 끄적인 시퀀스보다도 허구적으로 느껴졌다.

드디어 나타나셨군요, 아드님.

나는 거북이를 불렀다. 거북이는 나를 외면한 채 기어나갔다.

어떻게 들어오셨나요? 배수관을 타고? 문이 열린 틈을 타서? 아니면 진진이 문을 따고 넣어줬나요?

나는 계속 귀찮게 굴었다. 그동안 거북이는 책상 끝에 도착했고, 뒤로 돌아 책상의 다른 끝을 향해 걷기 시작했다.

아드님이 아니라면 아드님께 전해주세요. 아버님이 기다리고 계신다고.

나는 거북이에게 얼굴을 붙인 채 속삭였다. 마침내 거북이가 고개를 늘어뜨리고 나를 바라봤다. 인간사와는 동떨어져 있는 듯한, 그 좁쌀만한 검은자위를 바라보고 있으니 나도 모르게 등줄기에 식은땀이 흘렀다. 동시에 눈앞에서 벌어지고 있는 상황이 시나리오가 아니라 현실이라는 자각이 들었다. 곧 모종의 공포가 밀려

왔다. 그러자 팽 사부의 음산한 기운이 401호에 깃드는 것 같았고 숨이 턱 막히는 기분이 들었다. 나는 노트북을 덮고 거실로 나왔다. 거실에는 팽을 이식받은 거북이가 다섯 마리나 더 있었다. 소파에 두 마리. 텔레비전에 한 마리. 싱크대에 한 마리. 아일랜드 식탁 위에 한 마리. 나는 비명을 질렀다. 비명을 지른 건 나뿐만이 아니었다. 나와 닮은 비명이 층간 소음처럼 아래위에서 울려퍼지고 있었다.

어느덧 우영빌라는 거북이들에게 점령당했다. 거북이들은 워낙 생명력이 강했다. 보이는 대로 먹어치웠고, 순간 이동이라도 하듯이 집에서 저 집으로 드나들었으며, 실내뿐만 아니라 주차장에서도, 복도에서도, 계단에서도, 엘리베이터에서도, 옥상에서도 발견됐다.

거북이 등껍질에 이식된 부적은 임대인뿐만 아니라 세입자에게도 영향을 끼치는 것 같았다. 세입자들은 마주치기만 하면 거북이를 화제로 삼았다. 101호는 민물동물 특유의 물비린내가 몸에 뱄다고 불평했다. 201호가 거북이에게 물려서 살점이 떨어져나가는 바람에 응급실에 다녀왔다고 하니까 301호가 다큐멘터리에서 봤는데 거북이에게는 이빨 대신 단단하고 날카로운 부리가 있다며, 자칫 잘못하면 치명상을 입을 수도 있으니 조심하라고 했다. 나름대로 팽을 해석하기도 했다. 402호는 삶을 팽 자인 걸 보니 거북이를 섬기는 사이비 교도가 우리를 삶아서 교주에게 바칠 계획인 것 같다고 했다. 502호는 가문의 원수를 갚기 위해 거북이로 환생한 팽 도령이라고 주장하기도 했다. 거북이 유포범은 내가 굳이 말하지 않아도 오래지 않아 밝혀졌다. 진진이 거북이들을 빌라 곳곳에 갖다놓는 장면이 시시티브이에 고스란히 찍혔던 것이다.

입주자 회의가 소집됐다. 의제는 두 가지였다. 임대인의 거북이를 찾는 것. 그리고 진진을 벌하는 것. 우리는 임대인의 집에 모였다. 거북이들을 모아놓고 보니 서른 마리 정도 되는 것 같았다. 거북이들의 움직임에 맞춰 바글거리는 팽들을 보고 있자니 멀미가 날 지경이었다. 임대인은 단숨에 거북이 하나를 골라 들었다.

아빠는 언제 어디서나 너를 알아볼 수 있단다. 우리 애기 아빠 품으로 오렴.

임대인이 아무리 봐도 다른 거북이들과 구분되지 않는 거북이에게 입맞춤을 퍼부었다. 거북이는 등껍질 속으로 숨었고, 임대인은 등껍질에 얼굴을 비볐다.

이놈이 이렇게 부끄럼이 많다니까.

임대인이 호탕하게 웃었다.

이걸 입히면 더 잘 보일 거예요. 다시는 아드님을 잃어버리지 마세요.

세입자 중 누군가가 이렇게 말하며 노란색 거북용 등 싸개를 선물했다. 임대인은 그 자리에서 거북이에게 등 싸개를 씌웠다. 박수와 환호성이 이어졌다.

임대인이 마련한 다과로 요기를 한 뒤 다음 안건이 입에 올랐다. 세입자들은 진진을 상대로 소송을 걸자고 했고, 임대인은 이번 사건으로 느낀 게 많다면서 이게 다 보증금을 제때 돌려주지 못한 본인의 업보라고 선처를 호소했다. 이어서 내게 사과도 했다. 보라, 저 훌륭한 인품을! 임대인 역시 피해자다. 세입자 사이에 이런 공감대가 생겼고, 나 역시 그렇게 생각하는 척해야 했다. 전세 만기가 도래한 세입자들은 임대인의 사정을 고려해서 새로운 세입자가 들어올 때까지 기다려주기로 합의했다. 나도 얼떨결에 통장 압류를 풀고 강제경매를 취하하기로 약속했다. 회의 말미에 누군가 내게 진진과 어울리지 않았냐고 물었다. 나는 진진이 먼저 접근했는데 즉시 이상한 사람인 걸 눈치채고 멀리했다고 변명했다. 의심을 완전히 피하기 위해 사람이 먼저지 돈이 먼저냐며, 임대인을 이렇게까지 희롱하는 건 사람이 아니라는 증거라고 비판도 서슴지 않았다.

회의가 끝난 뒤 우리는 단체로 302호에 찾아갔다. 예상외로 진진은 입을 다문 채 비난을 받아들였다. 어딘지 찜찜하긴 했지만 한편으로는 고맙기도 했다. 무슨 꿍꿍인지는 몰라도 나를 공범, 아니 영적 동지로 지목하지 않아줬으니.

세입자들은 남은 거북이들을 방생했다. 그러나 시간이 흐르자 거북이들이 슬며시 모습을 드러냈다. 어디에서 나타났는지 짐작도 되지 않았다. 이전보다 배는 불어난 것 같은데 정확한 수를 가늠할 엄두가 나지 않았다. 거북이들을 보고 있으면 붉은색 팽 자가 점점 선명하고 진해지는 것 같아 부지불식간에 불안해졌다. 진진이 거북이는 시작에 불과하다며 선전포고하는 장면이 저절로 그려졌다. 배신한 사실을 공공연하게 드러냈으니 상상만으로 끝나지 않을지도 몰랐다. 진진의 지시를 받은 거북이들이 등에 둘러멘 팽을 사방에 옮겨놓을 것만 같았다. 나는 하루가 멀다 하고 집을 헤집었지만 팽은 어디에서도 나오지 않았다.

어느 날, 유독 진한 팽이 새겨진 거북이가 눈에 띄었다. 문득 이 모든 게 팽 사부의 머릿속에서 시작됐다는 사실이 떠올랐다. 그 이름도 거창한 저주의 이식 말이다. 나는 약이 올랐다.

팽!

나는 핸드폰에 대고 주문을 외웠다. 핸드폰은 고요했다.

여러분을 배신한 대가는 뭔가요?

내가 물었다. 팽 사부는 여전히 묵묵부답이었다.

진진과만 이야기한다 이건가요? 그 돌팔이 영매랑? 빌어먹을, 내 죄는 얼마짜리냐고! 팽! 팽!

나는 고래고래 소리를 질렀다. 거북이가 슬금슬금 자리를 피하기 시작했다.

거북이들과의 동거에 익숙해지고 저주의 공포에도 둔감해졌을 무렵 기다리던 소식이 들렸다. 임대인이 친척에게 돈을 빌리기로 했으니 두 달만 시간을 달라고 한 것이었다. 약혼자에게 소식을 전하자 관계가 회복됐고, 결혼 이야기도 다시 오갔다.

나는 진진과 교류를 아예 끊었다. 돈을 받기로 한 마당에 진진과 엮인 게 드러나면 여러모로 불리할 것 같아서였다. 한편으로는 그동안 진진을 이용한 것 같아서 미안하기도 했다. 나는 진진과 되도록 마주치지 않기 위해 숨어다녔고 가끔 만나더라도 외면했다. 진진 역시 나를 본체만체했다.

그러던 어느 날이었다. 약혼자와 통화도 할 겸 바람도 쐴 겸 옥상에 올라갔는데 진진이 텃밭에 주저앉아 있었다. 내가 들어온 줄도 모른 채 핸드폰을 응시하며 입술을 달싹이고 있었다. 팽 사부와 대화를 나누고 있는 것 같기도 했다.

팽 사부님은 잘 계시지?

내가 말을 걸었다. 사이가 틀어지고 난 뒤 이렇게까지 가까이에서 마주친 적은 처음이었고, 어색함을 떨치기 위해 나도 모르게 튀어나온 말이었던 것 같다. 진진이 나를 봤다. 진진은 지금의 내가 아니라 내 전생을 들여다보는 듯 공허한 표정을 짓고 있었다. 나는 미안하다, 그날 세입자들과 몰려가서 널 비난한 건 본심이 아니었다, 사실 임대인에게 돈을 받기로 했다, 너도 조금 양보하고 협의해봐라, 어쨌든 우리 목표는 보증금이지 않냐, 따위의 말을 늘어놓았다. 그때였다. 진진이 일어나서 다가왔다. 위압감이 느껴졌고, 나는 뒷걸음질을 쳤다. 그러나 진진은 나를 그냥 지나쳐갔다.

팽.

내 귓가에 이 한 글자를 남긴 채.

팽이었다. 약혼자와 통화를 한 뒤 집에 돌아왔는데 노트북 위에 붉은 팽이 적혀 있었다. 뭐로 썼는지 세정제, 아세톤, 왁스를 총동원해도 잘 지워지지 않았다. 옥상에 올라가기 전까지만 해도 분명 없었는데, 통화를 하는 그 짧은 순간 진진이 들어와서 그려놨다고 생각하니 오싹했다. 그때였다. 언젠가 진진이 내게 목숨과도 바꿀 수 있는 게 있냐고 물었던 게 떠올랐다. 노트북에 내 모든 게 들어 있다고 대답했던 기억도 머릿속에 스쳐지나갔다.

다른 세입자들도 사정이 비슷했다. 아내와 주고받았던 연애편지에. 만기를 앞둔 적금 통장에. 딸이 처음 그린 그림에. 돌아가신 부모님 사진에. 승진한 직책이 새겨진 명함에. 명품 코트 내피에. 갓난아기 배냇저고리에. 기하급수적으로 늘어난 팽은 집안 곳곳에서 발견됐다. 세입자들은 집에 잠입한 것도 그렇지만 의미 있는 물품에 불길한 문양을 새겨놓은 것이 소름 끼치도록 꺼림칙하다고 했다. 굳이 말하지 않아도 모두 진진을 의심하고 있었다. 팽에 미친 작자는 진진뿐이었으니까.

진진은 일주일 넘게 모습을 드러내지 않았다. 세입자들은 진진을 더욱 수상하게 여겼고 결국 경찰에 신고했다. 경찰 조사 결과 진진이 부산 본가에 내려가 있다는 게 밝혀졌다. 진진은 범행 일체를 강하게 부인했다고 전해졌다. 시시티브이와 블랙박스를 모조리 살펴봤지만 진진은커녕 의심할 만한 용의자는 없었다. 혹시나 해서 내 노트북에 팽이 쓰여진 것으로 추정되는 시각의 시시티브이도 확인했지만 진진이 옥상에서 삼층으로 내려가는 장면만 녹화돼 있었다. 경찰은 물증이 없으니 도리가 없다는 말을 남기고 돌아갔다.

사실 나는 유력한 용의자를 하나 더 알고 있었다. 바로 팽 사부였다. 진진이 아니라면 부적을 새길 만한 위인은 팽 사부뿐이었다. 더군다나 팽 사부라면 어디나 자유롭게 드나들 수 있고 시시티브이 같은 데 찍힐 리도 없었다. 나는 고개를 가로저었다. 이 말을 꺼냈다가는 도리어 나를 수상하게 여길지도 몰랐다. 그때부터였던 것 같다. 어쩌면, 아주 어쩌면 팽 사부가 실재할지도 모른다는 생각을 한 건.

통계는 정확했다. 과연 보증금을 받는 건 녹록지 않았다. 임대인이 살해된 것이었다. 기억이 맞는다면, 보증금 반환 사흘 전에 벌어진 일이었다. 세입자 몇몇은 진진을 의심했지만, 경찰에 따르면 진진은 부산에 내려간 이후 한 번도 그곳을 벗어나지 않았다.

범인은 곧 밝혀졌다. 바로 임대인의 최측근이었다. 다름 아닌 거북이 말이다. 임대인의 목에는 거북이에게 물린 자국이 나 있었다. 열댓 마리의 거북이가 사건 현장을 기어다니고 있었는데, 그 중 노란 등 싸개를 입은 거북이의 주둥이에서 임대인의 혈흔이 검출됐다. 팽 사부의 저주가 분명했다. 내 예상대로 임대인이 사랑해 마지않는 존재는 거북이가 맞았다.

이억원 상당의 저주는 참혹했다. 사랑하는 대상에게 살해되는 건 동서고금을 막론하고 인간이 상상할 수 있는 최대치의 저주이리라. 이억원 이상의 저주를 떠올리려고 노력해봤지만 감히 상상할 수도 없었다. 비로소 내 몫의 저주도 정체를 드러낸 것 같았다. 그때까지만 해도 내게 할당된 저주는 임대인의 죽음 그 자체라고 여겼던 것 같다. 그것도 돈을 되돌려받기 직전에 그랬으니 말이다.

세입자들에게 배당된 저주는 우영빌라였다. 우영빌라는 처치곤란한 대상이 되었다. 임대인에게는 사망한 아들을 제외하곤 직계 자녀가 없었고, 친척들도 상속세를 내는 것도 모자라 보증금까지 떠맡아야 한다고 하니까 상속을 거부했다. 우영빌라는 경매에 넘어갔다. 보증금이 잔뜩 껴 있는데다 퇴마 방송 출연에 더해 살인까지 벌어진 빌라가 낙찰될 리 만무했다. 우영빌라는 연거푸 유찰됐다. 세입자들은 보증금 대신 우영빌라를 받는 수밖에 없다고, 아파트 붐으로 빌라의 가치가 낮아져서 되판다 한들 본전도 못 건질 거라고 한숨을 쉬었다.

세입자들은 폭음을 했고 가정불화를 겪었으며 공황장애나 우울증을 잃았다. 반면 나는 보증금을 받을 가능성이 아예 사라졌다는 판단이 들자 금세 미련을 접었다. 냉정하게 들리겠지만 따지고 보면 보증금은 약혼자의 돈이었다. 임대인이 죽지 않아서 보증금을 받는다고 가정해도 그건 약혼자의 돈이었고 우리 사이가 어떻게 될지는 아무도 모를 일이었다. 한마디로 나는 잃은 게 없었다. 아무리 생각해봐도 보증금은 내 몫의 저주가 아닌 것 같았다. 진진이 번지수를 잘못 짚은 건가? 그렇다면 노트북에 저장된 작품들은 내게 중요하지 않다는 건가? 그럼 내게 중요한 건 대체 무엇일까? 확실한 건 단 하나였다. 이대로 포기할 진진이 아니라는 것.

날이 갈수록 불안은 증폭됐다. 나는 반쯤 미쳐 어디에서든 강박적으로 팽을 찾아다녔다. 약혼자는 내 행태를 못마땅해하며 약속일이 지났는데 대체 보증금은 언제 받는 거냐고 캐물었고, 나는 임대인이 거북이에게 살해당해서 보증금을 돌려받지 못할 것 같다고 고백했다. 약혼자는 당연히 내 말을 믿지 않았다. 관계는 최악으로 치달았고 돈을 갚는다 해서 회복될 것 같지도 않았다. 혹시 진진의 노림수가 이게 아닌가 싶기도 했다.

진진은 어디로 갔니?

참다못해 집안을 배회하던 거북이에게 물은 적도 있었다.

차라리 눈앞에 있었으면 좋겠어. 그럼 덜 불안할 테니.

나는 중얼거렸다. 거북이가 못 들은 척하며 발을 놀렸다. 내 투정을 피해 달아나려는 듯했다. 나는 거북이를 움켜잡았다. 거북이가 버둥거렸다. 그때 좋은 생각이 떠올랐다.

그냥 네가 진진 할래?

내가 물었다. 거북이는 묵비권이라도 행사하는 것처럼 요지부동이었다.

긍정의 의미로 받아들이지. 진진, 포위됐으니 사실대로 부는 게 좋을 거야. 팽을 어디에 숨겨놨지?

나는 거북이를 심문했다. 진진이 손바닥 안에 있다고 생각하니 안정감이 느껴졌다. 나는 거북이를 협탁 위에 올려놓고 손에 힘을 뺐다. 거북이가 내 손아귀를 벗어나 협탁 위를 뱅글뱅글 돌았다. 탈출구를 찾는 듯했다.

거북이가 재산을 노리고 임대인을 살해했다는 소문이 파다했다. 501호에 거북이가 살림을 꾸렸다는 이야기도 나돌았다. 우영빌라 임대인이 거북이라는 우스갯소리도 퍼졌다. 특히 괴상한 문양을 짊어진 거북이가 전염병을 옮긴다는 유언비어는 우영빌라를 기피 대상으로 만들었다. 공인중개사들은 복비를 배로 준다고 해도 우영빌라를 알선하지 않았다. 형편이 되는 세입자들은 집을 비워둔 채 우영빌라를 떠났다. 남은 세입자들은 거북이 사냥에 나섰다. 덫도 놓았고 방역도 했고 용봉탕 업자도 불렀다. 사라지는 기색이 보이나 싶다가도 잠시였다. 거북이들은 다시 나타났다. 등에 팽을 새긴 거북이도 있었고 아닌 거북이도 있었다. 종도 다양해진 것 같았다. 새끼 거북이들이 보이는 걸 보니 번식한 것 같기도 했다. 별수없었다. 거북이를 임대인 삼아 살아가는 수밖에.

그즈음 진진에게서 연락이 왔다. 거북이가 아니라 인간 진진에게서 말이다. 진진은 나를 주차장으로 불러냈다. 우리는 진진의 차 안에서 근황을 주고받았다. 진진은 그동안 가업을 돕고 있었다면서, 멀리 떨어져서 객관적으로 돌이켜보니 자기 분풀이에 내 상황을 이용한 것 같다고 사과하며 머리를 숙였다. 보증금을 받을 수 있었는데 이제 어떻게 하냐며 걱정을 해주기도 했다. 세입자 모두에게 사과하고 싶지만 면목이 없다고도 했다. 임대인이 죽은 건 고의가 아니었으며 그런 건 바라지도 않았다고 흐느끼기도 했다. 나는 거북이가 임대인을 문 건 네 의도가 아니었으며, 그게 죄라면 나도 한몫했으니 혼자 죄책감을 느끼지 말라고 했다. 나는 알고 있었다. 진진은 죄가 없었다. 초현실보다 더 초현실 같은 현실을 상대로 고군분투했을 뿐.

그뒤 우리는 미래에 대해 이야기했다. 나는 당분간 직장에 다닐 거라고 했고, 진진은 짐을 챙기러 왔다며 302호를 비워둔 채 다시 본가로 내려갈 거라고 했다. 대화는 흐지부지됐던 웹툰으로 옮겨갔고, 나는 나중에 시나리오를 써서 우리 회사로 가져오라고 너스레를 떨었다.

헤어질 무렵, 나는 나를 비롯한 세입자들의 집이 팽투성이가 된 이야기를 꺼냈다. 진진은 경찰에도 진술했듯 영문을 모르겠다고 했다. 나는 시시티브이에 아무도 찍히지 않아서 모두 겁을 먹었다고 했다.

팽이 살아 움직이는 것 같았다니까. 그런데 진짜 네가 아니야?

내가 떠봤다. 진진은 아니라고 정색했다.

내 노트북에 팽을 새긴 것도?

내가 또 물었다. 진진은 이 마당에 왜 거짓말을 하겠냐고 얼굴을 붉혔다. 나는 농담이라고 진진을 달래며 혹시 네 집에도 팽이 침입했었냐고 물었다. 그 질문에 진진이 뭐라고 답했는지는 기억나지 않는다. 슬픈 표정을 짓는 진진을 보며 연신 고개를 주억거리던 내 모습만 어렴풋이 떠오를 뿐이다.

혹시 팽 사부 아닐까?

아무튼 그뒤 나는 진짜 묻고 싶었던 질문을 던졌다. 진진은 정신없이 일만 하니까 오히려 머리가 맑아진다면서 예전엔 보증금에 혈안이 돼서 미쳤던 것 같다고, 팽 사부 같은 건 애초에 존재하지 않았다고 딴사람처럼 이야기했다.

그런데 분명 나도 팽 사부를 같이 봤잖아?

내가 물었다. 진진은 어깨를 으쓱하며 팽 사부 타령은 그만하라고 핀잔했다.

그렇지? 아니지?

나는 내심 안심했다.

얘기 나온 김에 마지막으로 전두엽 모임이나 할까?

진진이 실실대며 핸드폰을 내밀었다. 나는 분위기에 취해 핸드폰에 손을 대고 눈을 감았다.

팽!

진진의 목소리가 들렸다. 이후는 잘 기억나지 않는다. 정신을 차리고 보니 진진은 사라지고 없었다. 핸드폰에 닿았던 손이 화상을 입은 것처럼 뜨거웠다. 들여다보니 손바닥에 팽 자가 선명하게 쓰여 있었다. 달군 쇠로 지진 것 같은 자국이었다.

팽은 희미해지다가 하루가 지나니까 사라졌다. 그러나 각막에 각인되기라도 한 듯 눈앞에 계속 어른거렸다. 마치 나라는 인간 자체에 새겨지기라도 한 것처럼. 그러고 보니 내게 가장 소중한 건 나일지도 모른다는 생각이 들었다. 끊임없이 나에 대해 리뷰하는 것도, 아빠에게서 탈출한 것도, 나를 방어하기 급급하다가 약혼자와의 관계가 틀어진 것도, 전부 자기애가 지나치게 강하기 때문이라는 생각이 들었다. 참고로 지금도 팽이 흐릿하게 보이는 것 같다.

불길한 예감대로 내 삶은 균열이 가기 시작했다. 우선 아빠의 상태가 악화됐다. 입원. 항암. 전이. 여명. 이런 단어가 간병인의 입에서 흘러나왔다. 약혼자에게는 고소를 당했다. 고소장이 도착했고, 급여 통장이 압류됐으며, 약혼자의 변호사는 가압류를 통보했다. 끝이 아니었다. 어떤 제작사에서 영화 하나를 크랭크업 했다는 소식을 접했다. 맞다. 내 시나리오에 관심을 표해 연락을 기다리게 했던 그 제작사 말이다. 한 다리 건너 알아보니 그 영화의 내용은 내 시나리오와 흡사했다. 주인공이 신분 세탁 회사에 취직한 낙오자라는 설정이 같았다. 직업만 경찰공무원 시험 장수생에서 승부 조작에 연루된 야구 유망주로 바뀌었을 뿐. 피디에게 따지자 제작사 법무팀에서 연락이 왔다. 법무 팀장은 표절이 아닌 이유를 조목조목 들었다. 내가 인정하지 못하겠다고 하니까 내용증명서를 보낼 테니 법적으로 해결하자고 했다. 나는 더이상 법적으로 무언가를 할 기운이 없었다. 대신 피디에게 크레디트에 이름을 올려달라고 호소했고, 피디는 검토해본다고 했다. 이중 무엇이 진짜 저주인지는 불분명하다. 단, 증명된 게 하나 있긴 하다. 역시 보증금은 내게 내린 저주가 아니라는 것 말이다.

마침내 나도 우울증 상담을 받기 시작했다. 의사는 감정을 표출하라고 조언했다. 분노를 풀 대상이 필요했다. 임대인은 죽었고, 제작사는 부담스러웠으며, 진진은 그날 이후 연락이 되지 않았다. 그러니 애꿎은 거북이를 진진이라고 부르며 괴롭히는 수밖에. 돌이켜보면 거북이에게 미안할 따름이다.

그러는 사이 문제의 영화가 개봉했다. 유명 배우가 캐스팅되지는 않았지만 젊은 비평가들을 중심으로 호평이 퍼지고 있었다. 나는 한달음에 달려가서 영화를 봤다. 인정한다. 신분 세탁 회사라는 설정만 따왔을 뿐 아예 다른 각본이었다. 당연히 엔딩 크레디트에는 내 이름이 없었다. 나는 귀가한 뒤 노트북 앞에 앉아서 생각에 잠겼다. 오늘 본 영화는 대체 누가 쓴 거란 말인가. 내 작품은 어디로 사라진 것인가. 노트북에 저장된 작품은 허상이란 말인가. 모든 게 손바닥에 새겨진 팽 때문이다. 팽 때문이라니. 이게 대체 무슨 말인지 아무도 이해할 수 없을 것이다. 이쯤 되면 모든 걸 내 탓으로 돌리는 게 편하다는 생각이 들었다. 그렇다. 모두 내 탓이었다. 그렇게 낙담과 좌절에 빠진 채 나를 리뷰하고 있을 때였다. 간병인에게서 전화가 왔다.

아버님이 거북이를 기르기 시작했어요. 며칠 됐어요. 어디로 들어왔는지 모르겠는데 웬 거북이 한 마리가 아버님 주변을 맴돌고 있더라고요.

간병인의 목소리가 들떠 있었다. 나는 깜짝 놀랐다. 거북이라니. 설마 거기까지 기어갔단 말인가.

거북이요?

내가 물었다.

네. 엉금엉금 거북이. 거북이를 키우면서 아버님이 삶의 희망을 되찾은 것 같아요.

간병인이 대답했다. 거북이 때문인지는 몰라도 어쨌든 눈에 띄게 밝아졌다나. 방금 검진 결과를 들으러 병원에 다녀왔는데 암 수치가 좋아졌고 종양 크기도 줄어들었다고 했다.

혹시 거북이 등껍질에 무슨 글자가 쓰여 있지 않나요?

내가 물었다. 간병인은 자세히 안 봐서 잘 모르겠다며 그 질문은 왜 하냐고 했다. 나는 별일 아니라고 했다.

그런데 목소리가 왜 이렇게 안 좋아요?

간병인이 물었다. 그 말을 듣자 코끝이 찡해졌고 눈물이 흘러내렸다. 간병인은 내가 눈물을 그칠 때까지 잠자코 기다려주었다. 잠시 뒤 나는 아무것도 아니라고, 심려를 끼쳐 죄송하다고 했다. 간병인은 사정은 잘 모르겠지만 암환자들을 돌보며 느낀 건데, 어쨌든 죽지 않은 걸 행운으로 여기라고, 그리고 이왕 이렇게 된 거 모든 걸 내려놓은 뒤 새 출발을 하라고 했다. 아버님은 이미 새로운 삶을 시작한 것 같다면서.

거북이 덕분이에요. 어때요? 아버님 걱정은 덜었죠?

간병인이 쾌활하게 말했다. 나는 전화를 끊고 조금 더 울었다. 그때 거북이가 눈앞을 지나쳐갔다. 등껍질 위의 팽은 군데군데 지워져서 다른 글자처럼 보였다.

진진!

내가 부르자 거북이가 나를 바라봤다.

이제 분이 좀 풀렸니?

내가 물었다. 거북이는 고개를 왼편으로 기울이면서 입을 오물거렸다. 팽이라고 중얼거리는 것 같았다.

사랑하는 토끼 머리에게

나는 사람이다. 성별 남자. 나이 서른넷. 머리 하나. 눈 둘. 코 하나. 귀 둘. 입 하나. 특히 입술이 립글로스를 바른 것처럼 빨갛고 반들반들해서 예쁘다는 말도 많이 들었지. 키도 한국 남자 평균보다 크고, 팔도 두 개, 다리도 두 개다. 한국에서 태어나고 자라서 대학교까지 졸업한 한국인답게 한국어도 유창하다. 허리도 곧고 걸음걸이도 멋있지만 아무도 알아채지 못했거나 알아챘더라도 나에게 말해준 적은 없다. 잔병치레가 많긴 하지만 아직까지 건강에 큰 문제는 없다. 여기까지. 이 글로 인해 불이익이 생기거나 신변에 위협이 가해지면 안 되기 때문에 나에 대한 구체적인 정보는 더이상 밝힐 수 없다. 어쨌거나 말했다시피 나는 버젓한 사람이다. 그것도 여러분 주위에 있는 사람 중 하나일지 모르니 잘 살펴보시길. 나는 언제나 당신을 보고 있으니까.

다만 내겐 특별한 게 하나 있다. 바로 별명이다. 당연히 다른 사람이 지어주었고, 당연히 나는 원하지도 않았는데 그 별명을 얻었다. 별명이란 게 원래 그렇듯이 여러분도 자신의 별명이 특별하다고 여기겠지만, 모든 걸 감안하더라도 내 별명에는 다른 별명들과 다른 점이 있다. 그렇다. 지금부터 할 이야기는 내 별명과 관련이 있다. 별명 이야기를 할 때면 금세 흥분하고 말지만, 최대한 이성적으로 말하도록 노력하겠다. 그러니 조금 흥분해서 거친 말을 하더라도 이해해주시길.

토끼 머리. 어쩌면 이미 알고 있을 수도 있지만 이게 내 별명이다. 어릴 때부터 외삼촌은 나를 토끼 머리라고 불렀다. 그렇게 나는 토끼 머리가 됐다. 토끼 머리를 지닌 인간. 반인반수半人半獸. 평생 독신으로 살았던 외삼촌은 엄마가 죽은 뒤 내가 사람 노릇을 할 때까지 돌봐준 고마운 분이다. 그러나 이 괴상한 별명 때문에 나는 외삼촌을 증오할 수밖에 없었다.

토끼 머리의 기원은 나도 짐작할 수 없다. 몇 번 물어봤지만 외삼촌도 기억하지 못했다. 내가 기억하는 첫 순간부터 아는 사람도, 모르는 사람도 최면에 걸린 것처럼 모두 나를 토끼 머리라고 불렀다. 심지어 커다란 개들은 나를 볼 때마다 먹잇감을 보듯 으르렁거렸다. 무서워서 동물원 맹수 우리 근처에는 가본 적도 없다.

다른 건 몰라도 이거 하나만은 확실하게 말할 수 있다. 이 세상에서 나만큼 토끼 머리에 대해 깊이 생각해본 사람은 없을 것이다.

토끼 머리=토끼의 머리

그러나 아무리 거울을 들여다봐도 나와 토끼 머리의 공통점은 찾을 수 없었다.

내가 어딜 봐서 토끼 머리야. 내 눈은 빨갛기는커녕 잠을 하도 많이 자서 항상 맑아. 귀는 머리 양옆에 딱 붙어 있다고. 앞니가 살짝 돌출되긴 했지만 놀림받을 정도는 아니야. 심지어 나는 게을러서 느릿느릿 걸어다니지. 그런데 토끼 머리라니. 송아지, 강아지, 고양이, 이런 귀여운 별명도 많은데. 아니, 그냥 토끼만 돼도 좋단 말이야. 그런데 하필 괴상망측한 토끼 머리라니! 토끼 머리는 아무도 귀여워하지 않잖아. 사지가 잘린 채 돌아다니는 괴물 같단 말이야. 나를 뭘로 보고 재수없게 그런 불경한 단어를!

한때 나는 하루종일 얼굴을 뜯어보며 이렇게 중얼거리곤 했다. 어느 순간부터는 모든 게 허무해졌다. 이미 토끼 머리로 불리는 이상 내게 왜 그런 별명이 붙었는지 비밀을 파헤치는 건 시간 낭비라는 생각이 들어서였다. 나는 토끼 머리에 얽힌 수수께끼를 푸는 걸 포기했다.

언제부턴가는 영화나 텔레비전에서 교수형 장면이 나오면 헛구역질을 했는데, 내가 교수형을 당한 뒤 사형집행인이 용수를 벗기면 토끼 머리가 드러나는 장면이 나도 모르게 상상됐기 때문이었다. 밧줄에 목이 걸린 채 다리가 덜렁거리는 토끼 머리! 죽음이 아니라 행복한 삶을 토끼 머리에게!

물론 나쁜 기억만 있는 건 아니었다. 그래도 초등학교에 입학하기 전까지는 괜찮았다.

토끼 머리, 안녕!

토끼 머리, 많이 자랐구나.

우리 토끼 머리, 잘 자렴.

어쩜 세상에 이렇게 깜찍한 토끼 머리가 있을까!

어릴 땐 이렇게 나를 귀여워하는 사람들이 많았으니까. 그들은 내 머리를 쓰다듬어주고 따뜻하게 안아주었다. 사탕도 사주고 용돈도 쥐여주었다. 토끼 머리라는 별명은 애칭이었다. 그들이 부르면 나는 토끼처럼 앞니를 내밀고 손으로 토끼 귀 모양을 만들어서 깡충깡충 뛰며 노래를 불렀다. 산토끼 토끼야 어디를 가느냐, 깡충깡충 뛰면서 어디를 가느냐. 그렇게 하면 더 많은 사랑을 받을 수 있었다. 나는 영악한 아이, 아니 토끼 머리였다.

사춘기가 되자 상황은 달라졌다. 나는 날이 갈수록 어른처럼 변했고, 거울을 볼 때마다 나조차도 내 모습이 징그러워서 눈을 돌렸다. 심할 때는 몸을 보기가 겁나서 한 달 넘게 목욕을 하지 않은 적도 있었다. 나는 더이상 캐리커처가 아니라 정밀하게 그린 초상화였다.

사춘기가 지나자 사람들은 기다렸다는 듯이 내가 토끼 머리라는 이유로 나를 비난하기 시작했다. 토끼 머리가 아닌 척도 해보고 숨어다녀도 봤지만 사람들은 기막히게 나를 찾아냈다. 그 무렵부터 토끼를 싫어하게 된 건 당연한 결과였다. 심지어 풀밭을 뛰어다니는 토끼를 떠오르게 하는 풀, 나무, 숲 같은 것들도 싫어하게 됐는데, 취직한 뒤엔 벌목을 지지하는 극우 단체에 일 년 가까이 후원을 하기도 했다. 지금은 아예 초록색이라면 질색을 한다.

싫어하는 것: 시금치, 테니스, 개구리, 네잎클로버, 스타벅스

대학교를 졸업한 뒤에도 사람들은 어떻게 알았는지 나를 토끼 머리라고 불렀다.

토끼 머리씨, 토끼 머리를 달고 있는데 왜 토끼처럼 영리하고 빠르게 행동하지 못해?

직장 상사들은 나를 꾸짖었다.

토끼 머리에게는 대출이 불가능합니다. 머리가 토끼인 고객은 신용등급 자체가 없단 말입니다. 그런데 주민등록증은 있긴 한가요?

은행 대출 창구에서도 나를 몰아붙였다.

이게 다 네가 토끼 머리이기 때문이잖아!

나쁜 일이 생기면 모두 나를 탓했다. 남들보다 더 열심히 일을 해서 뛰어난 성과를 거두어도, 강박이 느껴질 정도로 친절하게 굴어도, 법규와 규율을 철저하게 지켜도 어쩔 수 없었다. 사람들에게 나는 한낱 토끼 머리에 불과했다.

그 조악한 가면 뒤에 숨는다고 네가 사람처럼 보일 거 같아?

놀림받는 게 싫어서 사람 얼굴 가면을 쓰고 다닌 적도 있었는데, 그땐 이런 말까지 들었다.

내가 왜 토끼 머리야?

그럴 때마다 나는 이 질문을 속으로 삼켰다. 입 밖으로 꺼내면 내가 진짜 토끼 머리가 될까봐 겁이 났기 때문이었다.

그럼 토끼 머리가 스스로를 토끼 머리라고 하겠냐?

내 속마음을 어떻게 알았는지 사람들은 이렇게 되받아쳤다. 그러니 토끼 머리가 아니라고 해봤자 소용없었다. 그래, 너희들 말대로 토끼 머리라고 치자. 토끼 머리를 지닌 게 죄란 말인가. 토끼 머리가 대체 무슨 죄가 있냐고, 이 호래자식들아!

거봐, 토끼 머리가 맞으니까 아무 말도 못하잖아.

지쳐서 가만히 있으면 이렇게 말했으니 나는 가만히 있을 수도 가만히 있지 않을 수도 없었다. 이게 내 이름인지 별명인지 헷갈릴 지경이었다.

당시 나는 온갖 피해 의식에 사로잡혀 있었다. 토끼라는 단어를 없애기로 마음먹기도 했다. 머리라는 단어를 없앨 수도 있었지만, 그럼 전 세계 칠십구억 명의 머리를 뭐라고 불러야 할지 대책이 안 섰기 때문이었다. 게다가 토끼라는 단어가 사라지면 진정한 사람이 될 수 있을지도 몰라. 토끼를 지칭하는 언어가 사라지니까. 나는 광기에 휩싸인 채 어리석은 꿈을 키워나갔다.

나는 언어학자들을 찾아다니기 시작했다.

토끼라는 단어를 없애주세요. 이건 불공정합니다. 그 단어 때문에 제가 한평생 극심한 피해를 봤다고요.

처음엔 점잖게 요청했다. 학자들은 내 사연을 잘 들어주었다. 흥미를 보이는 것처럼 고개를 끄덕이기도 했다.

그럼 대체 토끼를 뭐라고 불러야 합니까?

그들이 물었다.

깡충이? 긴 귀? 둥근 꼬리? 빨간 눈도 괜찮겠네요. 어떻습니까?

내가 대안을 제시하자 그들은 처음에는 웃어넘기더니 내가 계속 찾아가니까 나중에는 상대도 해주지 않고 피해다녔다.

초등 교육과정부터 고쳐야 합니다. 어린아이들에게 토끼라는 단어를 강요하면 안 됩니다. 차별적인 언어를 교육하면 아이들의 무의식에는 폭력성이 자리잡고 맙니다. 자, 이건 혁명입니다. 우리나라부터 시작해 전 세계로 확대해야 합니다. 제 꼴을 한번 보십시오. 토끼는 모든 악의 근원입니다.

나는 열변을 토하며 그들을 따라다녔다. 강의실, 연구실, 집까지. 그랬더니 그들은 겁 많은 산토끼처럼 하얗게 질렸다. 이름은 밝힐 수 없지만 텔레비전에도 자주 나오는 한 국립대 교수는 이제부터 토끼라는 단어를 사용하지 않을 테니 제발 자신을 따라다니지 말라고 애걸복걸하기도 했다. 어떤 학자는 자신에겐 아무 죄가 없다고, 죄가 있다면 세종대왕에게 있으니 능에 가서 따지라고 울먹거리기도 했다. 다른 학자들도 비슷한 처지였다. 그들에게는 세상을 바꿀 능력이 없었다. 모든 게 그들의 무능력 탓인 것 같았다. 나는 그들에게 토끼 머리를 하나씩 보냈다. 어이, 학자 양반들. 세종대왕릉 유적 관리소에도 잊지 않고 보냈으니 억울해하지들 마시길.

토끼 머리씨, 왜 그들에게 토끼 머리를 보냈습니까? 좋아요, 백번 양보해서 사람이라면 그럴 수 있습니다. 사람이란 존재는 가끔 비이성적이고 잔인해지는 법이거든요. 그런데 토끼 머리가 토끼 머리를 자르다니요. 이건 중죄입니다. 당신은 파렴치범이라고요. 왜 그렇게 잔인한 행동을 했습니까?

신고를 받고 나를 체포한 경찰이 캐물었다. 그때 내가 뭐라고 대답했는지는 잘 기억나지 않는다. 다만 잘못했다고 고개를 조아리며 눈물을 흘리던 토끼 머리가 떠올라서 울컥할 뿐이다.

그뒤에도 나는 불쑥불쑥 화가 치솟으면 서점을 돌아다니며 사전에서 토끼라고 적힌 페이지를 찾아 찢어버리거나 포털사이트 사전에 등록돼 있는 토끼를 삭제해달라고 항의 메일을 보냈다. 지금 보니 하나같이 감정적이고 유치한 행동이라 당시를 떠올리면 토끼 굴이라도 파서 숨고 싶은 심정이 된다.

당연히 토끼는 사라지지 않았다. 모르긴 몰라도 지구가 멸망할 때까지 토끼는 인류와 함께할 게 분명했다. 나는 마음을 비웠다. 달리 방법이 있겠는가. 다른 사람들이 부르는 대로 토끼 머리의 인생을 사는 수밖에.

그 무렵 외삼촌은 요양병원으로 거처를 옮겼다. 성인이 되어 독립한 뒤로는 연락을 끊고 살았는데, 몇 년 전부터 건강이 좋지 않다는 소식은 들어 알고 있었다. 외삼촌은 요양병원에 들어가기 전에 잠깐이라도 만나자고 했지만 나는 거절했다.

사랑하는 토끼 머리에게

가끔 외삼촌에게서 이렇게 시작하는 편지가 왔다. 별다른 내용은 없이 징징거리며 신세한탄을 하는 편지였다. 나는 단 한 번도 답장을 하지 않았다. 이 빌어먹을 별명을 지어준 당사자에게 편지 같은 건 하고 싶지 않았다.

묘하게도 몇 번 편지를 받은 뒤 나는 외삼촌 생각을 자주 하게 됐다. 외삼촌이 토끼이고, 외삼촌이 잘라놓은 머리가 바로 나라는 생각이었다. 내가 봐도 터무니없는 망상이라서 그런 생각이 떠오를 때마다 머리를 저었다. 그 이후로는 머리를 젓기만 해도 요양병원 독방에 갇힌 머리 없는 토끼가 떠올랐다.

그렇다고 외삼촌을 영영 만나지 않은 건 아니었다. 언젠가 외삼촌이 위독하다는 연락을 받고 면회를 간 적이 있었다.

한여름으로 기억한다. 외삼촌은 침대 위에 죽은듯이 잠들어 있었다. 나는 외삼촌을 물끄러미 바라봤다. 외삼촌은 머리 없는 토끼가 아니었다. 사람의 머리에 사람의 육신을 지닌 채 사람의 시간에 따라 죽어가는 늙은이였다.

시간이 흘러도 외삼촌은 좀처럼 눈을 뜨지 않았다. 내가 할일이라곤 가만히 앉아서 창밖을 내다보는 것밖에 없었다. 창밖으로 뜨거운 햇볕 아래 울창한 나무들이 보였다. 햇빛은 이파리의 녹색을 더 선명하게 만들었고, 나는 그 끔찍한 광경을 피하기 위해 눈을 감았다. 그때였다. 분명히 눈을 감고 있었는데 보였다. 날개 달린 토끼들이 나뭇가지 위에 떼 지어 앉아 있는 광경이. 머리가 비정상적으로 큰 토끼들이었다. 토끼들은 날개를 퍼드덕대며 나뭇잎을 뜯어먹고 있었다.

저리 꺼져, 이 괴물들아!

내가 외쳤다. 그러자 그들은 나를 일제히 노려보며 괴상한 소리로 울기 시작했다.

네 자리를 남겨뒀으니 언제든지 여기로 오렴.

그들 중 하나가 입을 오물거렸는데, 이런 음성이 들리는 것 같았다. 잠시 후 토끼들이 뒤뚱거리며 움직였다. 금세 토끼들 한가운데에 공간이 만들어졌다. 내가 들어가면 딱 들어맞을 크기의 구멍이었다. 누가 잡아주지 않으면 블랙홀에 빨려들어가듯 그 공간이 나를 끌어당길 것만 같았다.

다행히 얼마 지나지 않아 의사가 들어왔다. 나는 눈을 떴다. 온몸에 식은땀이 흐르고 있었다. 의사는 내게 안색이 좋지 않은데 어디 아픈 건 아니냐고 물었다. 나는 괜찮다고 하며 외삼촌이 많이 위독하냐고 물었다. 의사는 고비는 넘겼지만 신경계 퇴행으로 인해 뇌기능이 서서히 마비되고 있다고, 오래지 않아 치매와 비슷한 증세가 나타나고 결국에는 손쓰기 어려울 거라며 마음의 준비를 하는 게 좋을 거라고 했다.

치매에 걸리면 저를 잊을 수도 있나요?

내가 물었다.

슬픈 일이지만, 그렇습니다.

의사가 대답했다.

완전히 잊을 수 있는 거죠?

시간이 조금 더 흐르면요.

의사가 침울한 표정으로 고개를 끄덕였다. 되돌아보면 당시 나는 별명을 지은 당사자인 외삼촌이 나를 잊는다면 왠지 다른 사람들도 나를 잊을 수 있을 거라고 여겼던 것 같다. 나를 잊을 수 있다는 의사의 대답에 약간 설렜으니 말이다. 그때 외삼촌이 천천히 눈을 떴다. 우리는 눈을 마주보았다.

귀여운 우리 토끼 머리, 얼마나 보고 싶었다고.

외삼촌이 마른 입술을 달싹이며 말했다.

내 곁으로 오렴.

외삼촌이 손을 뻗었지만 나는 몸을 피했다. 의사가 이상한 눈으로 나를 바라봤다.

이분은 제 외삼촌이 아닙니다. 제 외삼촌은 머리가 없는 토끼입니다.

나는 이렇게 말한 뒤 뒤도 돌아보지 않고 요양병원을 벗어났다. 요양병원을 빠져나오는 내내 나무 위에 앉아 있던 토끼 괴물들이 날개를 펼치고 나를 따라 날아왔다. 그 장면이 아직도 생생해서 소름이 돋는다.

그뒤 나는 마음을 굳게 먹었다. 이왕 토끼 머리라는 사실을 부정할 수 없다면 진짜 토끼가 되어보기로 한 것이다. 달리 다른 방법은 떠오르지 않았다. 진짜 토끼가 된다면 사람들이 나를 토끼 머리라고 부르는 것도 이해할 수 있을 것 같았다. 게다가 괴물 같은 토끼 머리보다 토끼가 낫지 않은가. 모두 토끼를 좋아하잖아. 까짓것 토끼를 연기하면 되지. 백칠십팔 센티미터의 인간 토끼. 앵무새처럼 사람 말을 흉내내는 토끼. 김치찌개를 좋아하는 토끼. 혹시라도 비겁하다고 비난할 생각은 하지 말길. 어차피 토끼 머리로 불리며 살아가게 된 이상 내 인생은 꼬일 대로 꼬여버렸는데 토끼가 되는 게 어때서 그래.

토끼를 연기하기 위해선 토끼를 관찰해야 했다. 나는 집토끼 두 마리를 인터넷을 통해 구입했다. 암수 한 쌍으로 한 마리에 삼만 원 정도였다. 암컷은 검은색과 흰색 털이 듬성듬성 섞여 있는 점박이였고, 수컷은 연한 갈색이었다. 이름도 지어줬는데 이제는 기억나지 않는다.

다른 건 몰라도 이거 하나는 자신 있게 말할 수 있다. 나는 진심을 다해 그들을 길렀다. 가장 좋은 사료를 먹이고 스트레스를 받지 않도록 자유롭게 집안에 풀어놓았다. 그래도 토끼들이 답답해하는 것 같으면 공원으로 데리고 나가 산책도 시켜줬다.

걱정 마. 너희들을 이해하는 유일한 사람은 바로 나야.

외롭지 않도록 말도 많이 걸어주었다.

토끼 기르기에 어느 정도 적응됐을 때 나는 토끼를 따라 하기 시작했다. 토끼처럼 뭐든지 갉아먹었다. 깡충깡충 뛰어다니는 연습도 했다. 눈이 빨개지도록 시도 때도 없이 눈을 비볐고 귀를 길게 늘이기 위해 틈만 나면 위로 잡아당겼다.

그러나 토끼의 세계에서도 행복의 유효기간은 짧았다. 토끼들은 조금 자라자 제멋대로 교미를 했고, 곧 새끼 토끼들이 태어났다. 새끼 토끼들은 금세 자라서 또 교미를 했고, 여러 마리의 새끼 토끼들을 낳았다. 언제부턴가 토끼들이 몇 마리인지 짐작조차 할 수 없게 됐다. 집안 곳곳에 토끼들이 숨어 있었고, 나는 무언가를 갉아먹는 소리 때문에 잠을 잘 이루지 못했다.

그러던 어느 날이었다. 그날도 토끼들이 내는 소리 때문에 밤새 뒤척이다가 간신히 잠에 들었다. 얼마나 지났을까. 쿵 하고 무언가가 떨어지는 소리에 눈을 떴다. 침대가 기울어져 있었다. 밑을 내려다보니 수십 마리의 토끼들이 침대를 갉아먹고 있었다. 입에서 저절로 비명이 새어나왔다. 토끼들이 일제히 침대 위로 기어올라왔다. 나는 그길로 짐을 싸서 집을 빠져나왔다. 마침 전세 계약이 끝나갈 무렵이었다. 주인에게 별다른 말을 못 들었으니 어쩌면 토끼들은 잘 지내고 있는지도 모르겠다. 아직도 그 집에 토끼들이 숨어 있다면 행운을 빈다.

나는 토끼를 따라 하는 걸 포기하지 않았다. 토끼 귀가 달린 털모자를 쓰고 다녔고, 토끼털 목도리나 코트에서 뽑아낸 털을 모아 살갗에 접착제로 붙이기도 했다. 급기야 놀이동산에서나 볼 수 있는 거대한 토끼 탈을 뒤집어쓰고 다니기도 했다. 그런데 사람들은 내게 무관심했다. 아예 무시하는 것 같았다. 나는 내가 아직도 토끼 머리로 보이는지, 그게 아니면 무엇으로 보이는지 확인하고 싶었다. 어쩌면 내가 원했던 건 무엇으로 보이느냐가 아니라 작은 관심이었는지도 모른다. 아무리 무시를 당해도 인파가 몰리는 장소를 일부러 찾아다녔으니 말이다.

그날도 나는 퇴근 시간에 맞춰 지하철을 탔다. 붐비는 사람들 사이를 비집고 들어갔다. 사람들이 나를 흘깃거리더니 금세 흩어졌다. 어느덧 내 곁에는 빈 공간이 생겼다. 토끼 탈은 언제나 활짝 웃고 있었지만, 나는 토끼 탈 뒤에서 우울해졌다. 어쩌면 모든 토끼가 그런지도 몰라. 신나서 깡충깡충 뛰는 게 아니라고.

엄마, 토끼 머리가 토끼인 척하고 다녀요.

그때 내 앞쪽에 앉아 있던 아이가 엄마에게 속삭이는 말이 들렸다. 나는 아이에게 다가갔다.

내가 무엇으로 보인다고?

아이에게 물었다. 아이는 사색이 된 채 입을 열지 못했다.

내가 뭘로 보인다고?

나는 아이에게 얼굴을 드밀고 다시 한번 물었다.

토끼 머리다! 괴물이다!

아이가 이렇게 외치며 울기 시작했다. 아이의 엄마가 도움을 요청하자 사람들이 몰려들어 나를 밀어냈다. 사진도 찍고 동영상도 찍었다. 다음 역에서 지하철이 멈추자 경찰이 와서 나를 붙잡아갔다. SNS에 내 신상이 공개됐고, 인터넷 신문에 자그맣게 기사도 났다. 그나마 남아 있던 지인들과 연락이 끊겼고 직장도 그만둬야 했다.

그뒤 나는 집에 누워만 있었다. 그 기간 동안 하나 깨달은 게 있었다. 진짜 토끼가 되기 위해서는 토끼 몸통을 구해야 한다.

토끼 머리가 토끼 몸통을 구합니다

나는 인터넷 게시판을 돌아다니며 글을 올렸다. 당시 기분으로는 토끼 몸통만 구한다면, 바늘로 꿰매든 접착체를 쓰든 어떤 방법으로든 몸에 붙여서 완벽한 토끼가 될 수 있을 것 같았다.

며칠 뒤 누군가에게서 연락이 왔다. 그는 자신이 바로 토끼 몸통이라며 오랫동안 토끼 머리를 찾고 있었다고 했다. 알고 보니 그는 이름만 대면 누구나 알 만한 대기업의 임원이었다. 그는 나를 만나보고 싶다며 자신의 집으로 초대했다. 그의 집은 한강이 내려다보이는 고급 아파트였다. 대리석 바닥에 고풍스러운 가구들이 들어차 있었다. 언뜻 보면 세련됐지만 잠시만 있어보면 지루하기 그지없는 인테리어였다. 한눈에 보기에도 토끼 굴이 아니라 대기업 임원의 집이었다.

오셨군요, 토끼 머리님.

그가 정중하게 인사를 건넸다. 그는 쉰 살쯤 돼 보였는데, 백발에 값비싼 정장을 입고 있어서 리처드 기어 같은 중년 배우를 떠올리게 했다. 정장 안쪽에 토끼의 몸을 지니고 있다는 게 도무지 믿기지 않았다.

그런데 당신은 사람 아닌가요?

내가 물었다.

사람이라뇨. 저는 흰토끼예요.

그가 말했다. 나는 그럼 증명해보라고 했다. 그가 천천히 옷을 벗었다. 그의 알몸에는 흰 털이 수북했다. 나는 탄성을 내뱉었다.

그러고도 그는 부족하다고 여겼는지 토끼처럼 집안을 뛰어다니기 시작했다. 힘을 모아 앞으로 튀어나가는 데 집중하는 그의 뒷다리를 바라보면 경이롭기까지 했다. 무엇보다 그가 작고 둥근 똥을 쌌을 때 나는 완전히 그를 믿어버렸다. 그러자 그는 눈물을 보이며 긴 세월 동안 토끼 몸을 숨기고 살아오느라 얼마나 힘들었는지 아느냐고, 자신이 어떤 역경을 이기고 이 자리까지 온 줄 아느냐고 하소연을 했다. 나 역시 살아온 이야기를 하며 눈물을 흘렸다.

토끼에 대한 이야기는 언제나 슬프군요.

그가 나를 꽉 안아주었다. 그리고 우리가 하나가 되려면 교합을 해야 한다고 했다. 당시 내가 심리적으로 불안정한 상태였던 걸 미리 밝혀둔다. 그 미친 짓에 합의했으니 말이다. 나는 옷을 벗었고, 그는 내게 키스를 퍼부었다.

참으로 근사한 토끼 머리구나. 이렇게 완벽한 토끼 머리를 본 건 처음이야. 내가 나머지를 채워줄게.

그가 침대 위에서 내 얼굴을 쓰다듬으며 중얼거렸다. 나도 그를 꽉 안고 보송보송한 털로 뒤덮인 몸을 어루만졌다. 토끼가 되고 싶은 간절한 심정으로. 그때였다. 내가 속았다는 걸 인지한 건. 그의 엉덩이를 더듬었을 때 꼬리가 없다는 걸 알게 된 것이었다. 나는 도망치듯 그의 품에서 벗어났다.

다음날, 그의 아이디로 인터넷에 새로운 글이 올라왔다.

결국 나는 이 나라를 떠나기로 했다. 머리도 식히고 생각도 정리할 겸 얼마간 유럽으로 여행을 가기로 한 것이었다. 다른 이유는 없었다. 내가 토끼 머리라는 걸 아는 사람이 아무도 없는 곳에서 새로운 인생을 시작하고 싶었다.

한동안은 꽤 만족스러웠다. 게스트 하우스에서 외국인 친구도 사귀었고, 거리 곳곳에 단골 빵집도 만들었다. 그곳의 모두가 관광객에게 한없이 친절했고, 무엇보다도 나를 사람 취급해주었다. 그들에겐 외국인이나 토끼 머리나 낯설긴 마찬가지여서 내가 누구인지 분간하지 못하는 모양이었다. 더군다나 나는 외국에서 온 토끼 머리 아닌가. 가끔 한국인 관광객들이 알아보고 수군거렸지만 한국에서처럼 호들갑을 떨지 못했다.

나는 점점 과감해졌다. 나는 새로운 세계에 있었고, 누군가 나를 알아본대도 또다른 새로운 세계로 옮겨가면 그만이었다. 나는 밤늦게까지 거리를 활보했으며, 하룻밤이지만 사랑에도 빠졌다. 고성이나 미술관처럼 관광객이 많은 곳도 두렵지 않았다. 겁도 없이 다른 토끼 머리들을 만나 대화를 나눈 적도 있었다. 업신여김을 받으며 세계 곳곳에 숨어사는 토끼 머리들. 그들에 대해선 여기까지만 말하겠다. 약속한 대로 당신들의 정체는 아무에게도 말하지 않았으니 안심하시길.

그러던 어느 날, 스페인 중부지방에 머물고 있을 때였다. 나는 하루종일 거리를 쏘다니다가 저녁을 먹기 위해 레스토랑에 들어갔다. 메뉴를 죽 훑어보던 중 토끼 요리가 눈에 들어왔다.

토끼 머리가 토끼 고기를 먹는다니. 예전이라면 상상할 수나 있었겠나.

나는 이렇게 중얼거리며 히죽 웃었다. 어릴 때 하천에서 몰래 불장난을 했던 것처럼 들떴고 한편으로는 긴장됐다. 대체 무엇을 확인해보고 싶었던 것인지는 지금도 모르겠다.

나는 토끼 요리를 주문했다. 웨이터는 무언가 이상하다는 듯 고개를 갸웃하더니 주문을 받고 돌아갔다. 잠시 후 토끼 찜이 나왔다. 나는 나이프로 토끼 고기를 썰었다. 다리 부분을 썰 때는 왠지 내 다리가 저릿한 느낌이 들기도 했다. 토끼 고기를 입에 넣기 전에는 잠시 망설였다. 주위를 두리번거리며 다른 사람을 의식하기도 했다. 바보 같은 짓이었다. 아무도 나를 신경쓰지 않았다. 나는 토끼 고기를 입에 넣었다. 소고기와 비슷한 맛인데다 와인으로 만든 달콤한 소스에 조려져 생각보다 입에 맞았다. 모든 공포와 수치심을 극복한 듯한 기분마저 들었다. 웨이터가 조심스럽게 다가온 건 그때였다.

그런데 당신은 토끼 머리 아닙니까?

웨이터가 물었다. 나는 깜짝 놀라 고개를 들었다. 그는 나를 보고 식인종 보듯 인상을 찌푸렸다.

토끼 머리가 토끼 고기를 먹는다!

웨이터가 외쳤다. 레스토랑에 있던 사람들의 시선이 일제히 내게 쏠렸다.

소문은 무섭게 퍼져나갔다. 나는 다시 도망자가 돼 유럽을 떠돌아야 했다.

재수없는 토끼 머리, 너희 나라로 제발 꺼져.

가는 곳마다 다양한 인종의 사람들이 욕설을 내뱉었다. 그 무렵 외삼촌이 죽었다는 소식을 들었다. 한동안 모른 척했지만, 요양병원에서는 외삼촌의 시체를 하루빨리 인계해가라고 재촉했다.

인간으로서의 도리도 지키지 않는 것 봐. 어쩐지 토끼 머리가 사람인 척한다 했어.

어딜 가든지 이 환청이 나를 따라다녔다. 나는 예정보다 이르게 귀국해야만 했다.

비행기에서도 나를 알아보는 사람을 만났다. 로마에서 출발해 모스크바에서 환승했는데, 옆자리에 한국인 노인이 앉은 것이었다. 족히 일흔 살은 되어 보였고, 선글라스를 끼고 있었다. 처음에 그는 한국인답지 않게 나를 알아채지 못했는데, 자세히 보니 앞을 보지 못하는 것 같았다.

자네 한국인이지?

이륙을 기다리고 있는데 그가 말을 걸었다. 그는 자신이 눈이 보이지 않아서 그러니 안전벨트 매는 것을 좀 도와달라고 했다.

나는 그를 도와주었다.

자네는 평생 쫓기며 사는 운명이야. 어디로 가든 어차피 도망칠 수 없다고.

그는 고맙다는 말 대신 알 수 없는 소리를 했다. 나는 그게 무슨 말이냐고 물었다. 그는 다른 설명 없이 자신이 점쟁이라고 했다. 나는 으스스해졌다. 점쟁이는 내 얼굴을 뚫어져라 바라보며 내 앞에 죽음의 그림자가 드리워져 있다고 했다.

누가 죽었지?

네, 외삼촌이 돌아가셨습니다.

내가 주저하다가 말했다. 그는 자신의 말이 맞는 것을 보라는 듯 고개를 세차게 흔들었다.

자네는 완전한 존재가 아니야, 그렇지?

그가 이어서 물었다.

걱정 마. 외삼촌의 죽음 뒤엔 완전함이 기다리고 있으니까. 자네는 곧 완전한 존재가 될 거야.

점쟁이가 말을 이었다. 그리고 명령하듯 눈을 감아보라고 말했다. 그의 말에는 거부하지 못할 힘이 서려 있었다. 나는 미래에 대한 불안 앞에서 한없이 약해졌고, 그의 말대로 눈을 감았다.

뭐가 보이지?

잠시 후 그가 물었다. 그러자 신기하게도 무언가 보이기 시작했다. 나는 커다란 접시 위에 놓여 있는 토끼 통구이 요리를 앞에 두고 있었다. 가만히 집중해보니 나는 하나가 아니라 둘이었다. 접시 위에 있는 토끼 통구이도 바로 나였던 것이다. 나는 온몸이 불에 그을린 채 접시 위에 엎드려 있었다. 테이블 앞에 앉아 있는 내가 나이프를 들고 접시 위에 있는 나의 목을 썰기 시작했다. 마침내 나는 목이 잘려나갔고, 토끼 머리는 몸통과 분리돼 테이블을 제멋대로 굴러다녔다. 나는 피 묻은 나이프를 든 채 나를 내려다보며 입맛을 다시고 있었다. 토끼 머리는 울고 있었다. 아니, 웃고 있었나. 더이상 기억나지 않는다.

무엇이 보이지?

점쟁이가 또 한번 물었다.

토끼가 보입니다. 난도질당하고 있는 토끼요.

내가 더듬더듬 말을 이었다.

달아나!

별안간 점쟁이가 외쳤다. 그 말과 함께 접시 위에 누워 있던 머리 없는 토끼가 달아나기 시작했다. 나는 소스라치게 놀라서 눈을 떴다. 점쟁이는 옆에서 벌벌 떨고 있었다. 나는 무슨 일이냐고 했다. 점쟁이는 비명을 질렀다. 승객들이 우리 쪽을 바라보며 웅성거렸다.

자네 사람이 아니지?

점쟁이가 떨리는 목소리로 말했다. 나는 조용히 하라고 속삭였다. 점쟁이는 공포에 질린 표정으로 숨을 몰아쉬다가 끝내는 입에 거품을 물었다. 내가 어쩔 줄 몰라하고 있는 사이 승무원이 달려왔다. 점쟁이는 입에 거품을 문 채 비명을 지르며 자리를 옮겨달라고 했다. 승무원이 그를 부축해가며 내게 원망스러운 눈길을 보냈다.

결과적으로 점쟁이의 점괘는 맞았다. 새로운 인생이 시작되기는커녕 내 운명은 여전히 내가 선택할 수 있는 게 아니었다. 내 인생은 외삼촌이 지어준 별명으로도 모자라 점쟁이의 점괘에 몸을 맡긴 채 알 수 없는 곳으로 흘러가고 있었다. 완전함이 기다리고 있다던 점괘대로 나는 귀국하고 얼마 지나지 않아 마시마로를 만나서 완전한 존재, 아니 완전한 토끼가 됐다.

마음대로 부르세요.

이름을 묻자 마시마로가 말했다. 그는 레슬링 선수처럼 키가 작았지만 몸집이 단단했다. 그가 옷을 벗자 갈색 털로 뒤덮인 몸이 드러났다. 누가 봐도 순도 일백 퍼센트의 토끼털이었다. 나는 어느새 마시마로의 몸에 매혹되고 말았다. 마시마로 캐릭터를 떠올리게 하는 둥글고 귀여운 몸이었다. 나는 그때부터 그를 마시마로라고 부르기 시작했다.

만져볼래요?

내가 의심하는 것처럼 보였는지 마시마로가 말했다. 나는 조심스럽게 그의 몸으로 손을 가져갔다. 전에 기르던 토끼들과 꼭 같은 촉감이 느껴졌다. 심지어 그는 앙증맞은 꼬리도 갖고 있었다.

마시마로와의 첫 만남은 아직도 생생하다. 그 이야기를 하려면 외삼촌의 차를 찾기 위해 주차장에 갔던 때로 거슬러올라가야 한다.

외삼촌은 내게 전 재산을 물려주었다. 그의 유일한 재산은 자동차였다. 나는 귀국해서 외삼촌의 장례를 치른 뒤 외삼촌의 차를 찾으러 갔다. 차는 유료 주차장에 보관돼 있었다. 나는 외삼촌을 다시 원망할 만큼의 돈을 지불하고 나서야 차를 찾을 수 있었다.

경계심이 들었다. 무턱대고 차문을 열었다가는 토끼떼가 튀어나와 덮칠 것만 같았다. 나는 한동안 차 주변을 빙빙 돌며 서성였다. 차는 생각보다 멀쩡했다. 앙고라토끼처럼 길쭉하고 매끈한 중형차였다. 오래돼봤자 구입한 지 삼 년 정도밖에 되지 않은 것 같았다.

나는 차창으로 안을 들여다봤다. 차 안은 너저분했다. 앞좌석에는 각종 쓰레기들이 널브러져 있었고, 뒷좌석에는 옷가지들이 가득했다. 더 자세히 보기 위해 차창에 눈을 붙였을 때였다. 옷가지 속에 파묻혀 있던 마시마로와 눈이 마주친 것은. 그는 눈길을 피하지 않은 채 꿈쩍도 않았다.

누구십니까?

내가 창문을 두드리며 외쳤다. 마시마로는 눈만 끔뻑끔뻑할 뿐 여전히 움직이지 않았다. 내가 몇 번 더 창문을 두드리자 그제야 그는 자리에서 일어나 앉았다. 그리고 기지개를 켜며 나를 꼬나보았다. 우리는 차창을 사이에 둔 채 당신은 누구인데 여기에 왔냐는 듯 물끄러미 서로를 바라봤다. 어느 순간 나는 내게 열쇠가 있다는 사실을 깨닫고 천천히 문을 열었다. 마시마로는 나올 생각이 없다는 듯 몸을 다시 웅크렸다.

누구세요?

내가 물었다. 마시마로는 나를 지그시 바라봤다. 그의 눈동자는 유난히 까맸고 촉촉했다. 아무런 관념도 깃들어 있지 않은 짐승의 눈을 보는 듯해서 살짝 겁이 났다.

어떻게 여기 들어왔어요?

내가 재차 묻자 마시마로는 지루한 듯 하품을 했다.

아저씨 차인가보죠?

잠시 뒤 그가 물었다. 내가 주거침입이라도 한 것처럼 나를 아래위로 훑어보기도 했다.

듣던 대로 완벽한 토끼 머리군요.

마시마로가 말을 이었다. 그리고 차 밖으로 나와서 내 앞에 섰다.

아직도 토끼 몸을 지닌 사람에게 관심이 있나요?

그가 물었다. 나는 이제 그런 덴 관심이 없다고 했다.

제 몸을 보면 생각이 바뀔걸요?

그가 이렇게 덧붙이며 옷을 벗기 시작했다. 내 눈은 나도 모르게 그의 몸으로 향했다. 그 완벽한 토끼의 몸으로.

그뒤 넋을 잃은 채 마시마로를 바라보던 내 모습이 떠오른다.

복슬복슬한 털의 감촉도 잊을 수 없다. 영원히 이 순간이 지속됐으면 하고 염원했던 것도. 꼬리를 흔들며 나를 유혹하던 마시마로. 인간을 피해 외삼촌의 차에 숨어살던 마시마로. 마시마로 역시 대부분의 토끼 인간처럼 고난이 가득한 인생을 살아왔고, 사람들을 증오했으며, 이 세상에서 벗어나고 싶어했다. 그러나 그는 주눅들지 않고 당당했다. 자신은 아무런 잘못이 없고 떳떳하다는 듯이. 돌이켜보면 나는 토끼 몸을 지닌 채 살아온 것답지 않은 마시마로의 당찬 태도가 마음에 들었던 것 같다.

그때부터였다. 우리가 하나가 된 것은. 우리는 잘 어울리는 한 쌍의 토끼, 아니 하나의 토끼가 됐다.

마시마로는 머리를 얹어놓듯 나를 업고 다녔다. 나를 업은 채로 외삼촌의 차를 운전했고, 식당이나 카페에 갔다. 영화관에도 가고 야구장에도 갔다. 사람들은 우리에게 관심을 갖기 시작했다. 예전처럼 괴물 취급하는 게 아니라 호의적인 관심을 보였다. 특히 어린아이들이 우리를 좋아했다. 말도 걸고 먹을 것도 주었다. 함께 사진도 찍었다. 마시마로는 귀찮다고 투덜거렸지만 나는 만족했다. 이토록 행복한 건 생전 처음이라고 매일 밤 잠든 마시마로를 쓰다듬으며 속삭였던 게 떠오른다.

우리는 외삼촌의 차에 기거하며 그날 기분에 따라 떠돌아다녔다. 그러다 밤이 되면 서로를 매만지다가 잠이 들었고, 따사로운 햇살이 차창 안으로 스며들면 잠에서 깨어났다. 차창을 내리면 사람들이 우리를 보며 미소를 지어주었다. 모든 게 완벽했다.

시간이 흐르자 언론에서는 우리를 궁금해하며 인터뷰 요청을 했다. 나는 거리낄 게 없었지만 마시마로는 달랐다. 어서 이 세상에서 벗어나 인적이 드문 산에서 조용히 살고 싶다고 했다. 나는 포기하지 않았다. 드디어 우리를 이해시킬 수 있는 기회를 잡은 것이라고, 진지하게 이야기할 테니 걱정 말라고 설득한 끝에 허락을 받을 수 있었다. 나는 인터뷰를 통해 나에 대해, 마시마로에 대해, 우리의 만남에 대해 털어놓았다.

토끼 머리와 토끼 몸통, 두 별종이 만나다

그러니 별종 운운하는 제목을 봤을 때 마시마로가 화를 낸 건 당연했다. 마시마로 위에 내가 올라타 있는 우스꽝스러운 사진이 같이 실려 있어서 나도 부끄러웠으니 할말은 없었다. 마시마로는 화가 잔뜩 난 채 이만큼 즐겼으면 충분하다며, 더이상 도시를 맴돌지 말고 산에 들어가서 진짜 토끼처럼 자연의 법칙에 따라 살자고 했다. 나는 무슨 말을 해야 할지 몰라 주저했다.

진짜 토끼가 되고 싶어서 저와 하나가 된 것 아니었나요? 사람들은 다시 우리를 버릴 거예요. 그렇게 당하고도 정신 못 차렸어요?

마시마로는 끊임없이 투덜거렸다. 그러나 솔직히 말해서 나는 도시를 떠날 생각은 꿈에도 하고 싶지 않았다. 더군다나 온통 녹색투성이인 산이라니. 상상만 해도 끔찍했다. 지금 생각해보면 나는 진짜 토끼가 되고 싶은 게 아니라 이 세상의 일원이 되고 싶었던 것 같다. 쉽게 말하면 반려동물처럼 말이다.

나는 마시마로를 달래며 시간을 끌었다. 한동안은 마시마로도 체념한 듯 우리의 삶을 받아들였다. 그러나 그것도 잠시였다. 우리가 다시 괴물 취급을 받기까지는 얼마 걸리지 않았다. 토끼가 되고 싶다며 사람들이 사라지고 있다는 뉴스가 보도되면서부터였다. 우리는 유력한 납치범으로 떠올랐다. 나와 마시마로의 사진과 함께, 우리가 사회 부적응자였고 괴기스러운 모습으로 사람들에게 겁을 줬다는 목격담이 여기저기 떠돌았다.

그런데 이해가 가지 않는 게 있었다. 우리가 진짜 납치를 했다고 치자. 언제는 내가 사람도 아니라고 손가락질했으면서 나쁜 짓을 했다고 사람과 똑같이 처벌하려 한다니 웃기지 않은가. 더군다나 우리는 결백했다. 납치 같은 건 생각해본 적도 없었다. 단지 우리의 인생을 우리의 의도대로 살아가기 위해 노력한 것뿐이었다. 그게 죄라면 죄였다. 헛웃음이 나왔다.

토끼 머리라고 부르며 사람 취급도 하지 않았잖아요? 그런데 나쁜 짓을 하든지 말든지 무슨 상관인가요?

누가 우리를 비난하면 나는 약이 올라서 위악적으로 되받아쳤다. 사람들이 우리를 비난하는 데 더욱 열을 올리는 건 당연한 수순이었다.

솔직히 고백하면, 실종된 사람 중 절반 정도는 우리를 찾아왔다. 자고 일어나면 우리 곁에 웅크리고 있는데 어떻게 그들을 모른 척한단 말인가. 그토록 가련한 토끼 인간들을. 더군다나 완전한 토끼 인간은 별로 없었다. 그들은 토끼 머리, 토끼 몸통, 토끼 귀, 토끼 손, 토끼 발, 토끼 꼬리였다.

일 년 내내 집에 숨어 있다가 핼러윈 데이 때나 얼굴을 내밀 수 있었지요.

토끼 머리가 말했다.

길쭉한 토끼 발 때문에 맞는 양말이 없어서 평생 맨발로 살았습니다.

토끼 발이 말했다.

얼음 공장에서 일하다가 사고로 손가락을 잃은 뒤 팔자에도 없는 토끼 손이 됐습니다.

토끼 손이 말했다.

제발 모자를 벗고 다니고 싶어요. 그게 아니면 고흐처럼 미친 척하고 귀를 자르든지요.

토끼 귀가 말했다. 내가 그들에게 특별히 해준 건 없었다. 토끼 인간으로 좀더 수월하게 살 수 있는 노하우를 전수해주고 그들이 서로의 짝을 찾아 완전한 토끼가 될 수 있도록 소개해주었을 뿐.

토끼가 아닌 자들도 많이 찾아왔다. 주로 외국인 노동자, 불법 체류자, 신용불량자, 노숙자 들이었다. 그들은 인간으로 사는 게 비참하고 힘들다며 차라리 토끼 인간이 되고 싶다고 했다. 나는 그들에게 토끼처럼 행동하는 법을 가르쳐주었다. 마시마로는 그런 내가 못마땅했는지 꽁해 있었다.

이봐, 마시마로, 토끼보다 못한 사람들도 살아갈 권리가 있다고.

내가 타일렀지만 마시마로는 좀처럼 마음을 풀지 않았다.

토끼 인간을 잡습니다

급기야 우리에게는 현상금도 걸렸다. 우리를 만나고 간 몇몇 토끼 인간들이 인간을 상대로 복수를 시작한 것이었다. 토끼 인간들은 인파가 몰리는 관광지나 유흥가에 출몰해 소동을 벌였고, 비행기와 기차에 테러를 하기도 했다. 토끼를 좋아하는 어린아이들을 꾀어 납치하기도 했고, 토끼 신을 섬기는 이단도 생겨났다. 예상하지 못했던 일이라 당황했지만, 솔직히 말해 나는 내심 그들을 응원했다. 토끼라고 당하란 법만 있는가!

그 무렵 우리를 노리는 전문 사냥꾼들도 생겼다. 사냥꾼들은 곳곳에 덫을 설치하고 매복했다. 차를 세워뒀던 장소들에, 마시마로가 좋아하는 돈가스가게에, 심야영화를 보러 가던 극장에. 우리의 행동반경은 점점 좁아졌다. 결국 우리는 지하 주차장에 숨어 있다가 밤에 몰래 나와 쓰레기통을 뒤적이는 비참한 신세로 전락하고 말았다.

얼마 뒤에는 생포하거나 사냥한 토끼 인간을 든 채 기념사진을 찍어 SNS에 올리는 게 유행처럼 번졌다. 생포된 토끼 인간들을 가두는 우리도 생겼다. 우리 안에는 금세 토끼 인간들이 가득 채워졌다. 뉴스에는 철창에 갇힌 채 겁에 질려 있는 낯익은 토끼 인간들이 나오기도 했다. 달리 방법이 없었다. 포위망은 점점 우리를 옥죄었고, 나는 마시마로에게 승복할 수밖에 없었다.

우리는 강원도에 위치한 어느 외진 산으로 들어갔다. 음울한 기운을 내뿜는 나무가 빽빽하게 들어찬데다가 산책로도 없는 험준한 산이라 사람의 흔적은 찾을 수 없었다. 나는 당장이라도 날개 달린 토끼들이 습격할 것 같은 분위기에 압도당했지만, 마시마로는 진심으로 행복해했다. 마시마로는 맑은 냇물에 발을 담갔고, 캠핑이라도 온 듯 모닥불을 피우고 노래를 흥얼거렸다. 아침이슬을 맞으며 신선한 풀을 뜯어먹었고, 밤에는 별을 헤아리며 생각에 잠겼다. 가끔 멧돼지나 삵이 나타나 위협했지만 그건 그들의 본능이지 인간의 악의 같은 게 아니었다. 마시마로는 천적에게 쫓기는 것조차 즐기는 것 같았다. 지금 분명히 말할 수 있는 건 나는 그리 행복하지 않았다는 것이다. 그러니 마시마로가 잠든 사이 자수해 버렸지.

우리는 토끼우리로 이송됐다. 자그마한 인공 초원 위에서 토끼 인간들이 뛰어다니고 있었다. 그들은 침울해 보이지도 행복해 보이지도 않았다. 그저 묵묵히 살아가고 있을 뿐이었다. 마시마로는 배신자라고 부르짖으며 내게 계속 덤비다 결국 격리됐다. 나는 마시마로와 헤어지고 다시 토끼 머리가 됐다.

시간이 흐르자 토끼 인간들은 나를 따돌리기 시작했다. 내 몫의 먹이를 훔쳐갔고, 밤마다 나를 때리고 할퀴었다.

토끼 머리 주제에.

그들은 말버릇처럼 나를 무시했다. 마시마로와 떨어져 있는 이상 나는 여기에서도 완벽한 존재가 아니었다. 마침내 나 역시 격리돼 독방에 갇혔다.

넌 토끼 머리잖아. 왜 토끼처럼 굴고 난리야. 어서 죗값을 치르고 돌아와. 사람처럼 살 수 있도록 도와줄게.

연락이 끊겼던 몇몇 지인이 나를 찾아와서 설득했다. 어린아이들도 부모를 졸라 나를 찾아왔다. 아이들은 토끼에서 도로 떨어져 나온 이 가련한 토끼 머리를 배신하지 않았다. 부모들은 위험하다고 만류했지만 아이들은 나를 만지지 못해 안달이었다. 어느 날, 아이 중 하나가 철창 안에 손을 넣고 나를 쓰다듬었다.

내 친구 토끼 머리, 어서 우리 세상으로 돌아오렴.

아이가 중얼거렸다. 그리고 내게 편지를 내밀었다. 다음과 같이 시작하는 편지였다.

사랑하는 토끼 머리에게

되돌아보면 그 편지를 읽으며 나는 철창 바깥에서 토끼 머리로 살아가던 때가 행복했다고 생각했던 것 같다. 사람들이 나를 토끼 머리라고 부르며 깔깔거렸던 그 순간들을 그리워했던 것 같다.

맞습니다. 저는 토끼 머리입니다. 토끼 인간들을 선동했습니다.

마침내 죄를 인정하고 처벌을 받았으니. 이 세상으로 돌아오기 위해.

아직도 나는 가끔 마시마로를 보러 토끼우리에 다녀온다.

빌어먹을 토끼 머리.

마시마로는 나만 보면 죽일 듯이 으르렁거리며 철창에 매달린다.

마시마로, 고집 그만 피우고 밖으로 나오렴. 죄를 인정하기만 하면 돼. 다른 사람들과 다르다는 것만 인정하면 된다고.

안타깝게도 내가 아무리 말해봤자 마시마로는 듣지 않는다.

그렇다고 지금 내가 행복한 삶을 살고 있을 거라 여긴다면 오산이다. 사람들의 뜻대로 모든 걸 인정해줬지만, 조롱거리가 되어줬지만 나는 다시 외톨이가 됐다. 전보다 더. 집에 틀어박혀서 머릿속에 있는 걸 글로 옮기는 것 외에는 딱히 할일이 없다. 그러니 이런 글을 쓴 걸 이해해주시길.

곰 사냥

너는 다닐 하름스. 너는 훌리오 코르타사르. 너는 유리 올레샤. 너는 블라디미르 나보코프와 프란츠 카프카. 우리는 서로를 위대한 작가들로 불렀어. 아주 예전에, 그러니까 우리가 한참 역사에 남을 예술가가 될 거라고 떠벌리고 다니던 때 말이야. 너는 손창섭. 너는 이상. 너는 김유정. 너는 박태원과 백남준. 우리는 전설적인 예술가들을 마구 소환했지. 너는 살바도르 달리. 너는 데이비드 린치. 너는 김환기. 너는 앙리 쇼팽과 장미셸 바스키아. 그런데 바스키아는 스물일곱 살에 죽었잖아. 나는 서른다섯이 넘도록 살아 있고. 그러니까 나는 바스키아가 아니야. 그땐 단명하는 게 멋있어 보였는데, 이젠 그렇지 않아. 지금껏 제대로 된 작품 하나 쓰지 못한데다가 상상만 해도 죽음이 두려워서 가능한 한 오래 살고 싶어. 오래오래 산 뒤엔 고통 없이 죽고 싶어. 브뤼셀에서는 고통 없이 죽으려면 천만원이면 된다는데 진짠가.

이봐, 그런데 우리가 그때 너를 뭐라고 불렀었더라? 이상하게 아무것도 기억이 나지 않아. 아니, 네가 너무 많은 이름으로 불려서 헷갈리는 건가. 그럼 이제부터 너를 세르게이 도블라토프라고 부를게. 아니, 할 하틀리라고 부를까? 그것도 아니면 죄르지 리게티? 솔직히 말하면 네 예전 모습이 잘 기억나지 않아서 너를 어떻게 불러야 될지 모르겠어.

반갑다. 이게 얼마 만이야. 그래도 조금 아쉬워. 따뜻한 바람이 부는 봄날에 효자동이나 가회동에서 만났으면 함께 산책을 다니며 이야기도 하고 좋았겠지만, 우리가 만난 게 이 추운 겨울이라니. 게다가 싸늘한 육 인실 병동이라니. 마흔도 안 된 네가 죽음을 눈앞에 두고 있다는 게 믿기지 않아. 예전에도 말끝마다 죽는다 만다 했지만 이렇게 빨리 죽을 생각까진 없었잖아. 이봐, 네가 죽는 건 속임수가 아니야. 자꾸 교차편집이나 소격효과 같은 눈속임이라고 하는데 그건 아니라고. 다 알고 왔어. 너는 말기 암 환자라고. 여긴 관객도 독자도 없으니 거짓말할 필요도 없잖아. 이럴 때일수록 너 자신을 똑바로 마주하라고. 죽을 땐 죽더라도 그게 네가 진실할 수 있는 유일한 방법이야.

이봐, 그런데 너 곰 사냥은 해봤어? 아니, 사냥이라도 해봤나. 고라니나 멧돼지 사냥, 아니 꿩 사냥이라도 말이야. 해봤을 리 만무하지. 총기 소지도 자유롭지 않은 이 나라에서 사냥이라니. 그것도 곰이라니 말도 안 되지. 아마 소설이나 영화에서나 봤을 거야. 뜬금없이 웬 곰 사냥이냐고? 짐작했겠지만, 내가 지금부터 해줄 이야기는 곰 사냥에 대한 거야. 너를 놀리려는 게 아니야. 곰을 죽이고 잡는, 진짜 곰 사냥에 대해 말하려는 거야. 예상대로 흥미를 보이는군. 맞아, 너는 예전부터 총을 쏘고 피를 흘리는 폭력적인 소재를 좋아했지. 내 이야기를 끝까지 들으면 네 죽음을 좀더 근사하게 만들어줄 힌트를 얻을 수 있을지도 몰라. 궁금하더라도 너무 재촉하지 말고 기다려줘. 이야기에도 다 순서가 있으니까.

무슨 이야기를 먼저 할까. 잭 이야기부터 하는 게 좋겠군. 지난해 겨울이니까 벌써 일 년이 다 됐네. 귀에 꽂은 이어폰에서 캐럴이 흘러나오고 있었으니까 크리스마스 무렵이었을 거야. 그날 우리가 만났던 것 기억나지? 뚝섬역 인근에서 우연히 마주쳤던 것 말이야. 그래, 그때 나는 너를 뭐라고 불렀었더라? 아직도 난쟁이가 총을 겨눈 채 너를 노려보고 있어? 너를 보자마자 이렇게 물어봤던 건 기억나. 예전에 네가 난쟁이 잭 이야기를 많이 했거든. 누구긴, 잭, 잭 말이야. 잭은 『잭과 콩나무』를 본떠 네가 난쟁이에게 붙인 이름이잖아. 잭은 사람이지만, 콩나무를 타고 잭을 쫓아 내려온 거인에 비하면 난쟁이라고 말이야. 그때도 모른다더니 지금도 기억나지 않는 건가. 내가 설명해줬었는데 또 잊은 건가. 다시 알려줄게. 우리가 대학교에 다니던 때였을 거야. 어느 날 너는 소설을 읽다가 잠이 들었어. 잠시 뒤 눈을 떴는데 잭이 옆에 있었지. 난쟁이 잭. 검지만한 유인원 난쟁이. 내 고향은 불가리아의 수도 소피아. 불가리아에 와보긴 했나, 이 애송아? 총구를 네 눈앞에 겨눈 채 잭이 이렇게 말했지. 너는 잭이 나타난 게 모두 소설 탓이라고 했어. 대체 무슨 책을 읽었길래 그래? 내가 물으니까 너는 어깨를 으쓱했어. 잠들기 전에 읽던 책이 헤르만 브로흐였는지 커트 보니것이었는지 헷갈린다는 거야. 나는 이제 답을 알 것 같아. 커트 보니것. 이유는 간단해. 보니것 소설이 좀더 총을 든 난쟁이 같은 구석이 있으니까. 그것도 불가리아 태생 유인원이라니! 누가 봐도 보니것이잖아. 글쎄, 헤르만 브로흐를 읽었다면 끊임없이 실실거리는 유대인 꼬마 유령이 나타나지 않았을까. 당시 내가 황당해하며 아직도 꿈속에서 허우적거리고 있는 거 아니냐고 하니까 너는 이건 꿈이 아니라 현실이라며 벌컥 화를 냈어. 지금도 잭이 내 어깨 위에 올라와 있는데 보이지 않느냐면서 말이야. 오늘 아침에도 총을 다섯 발이나 맞았다고. 아침에 눈을 떠도 무섭고, 점심에 눈을 떠도 무섭고, 저녁에 눈을 떠도 무섭고, 특히 새벽에 눈을 뜨면 더 무섭다고. 그래서 일주일 내내 매일매일 자기만 한 적도 있다고. 그렇게 잠만 자다보면 미치기 십상이라고. 더 무서운 건 뭔지 알아? 내가 아직 죽지 않았다는 거야. 네가 머리를 쥐어뜯으며 이렇게 중얼거렸던 게 아직도 생생하다고.

그런데 지난해 그날 너는 완전히 다른 사람이 돼 있었어. 후덕

해진 외모만큼이나 완전히 변해 있었다고. 내가 잭 이야기를 꺼내자 미친 사람 보듯 날 바라봤으니까. 잭에게 수도 없이 총을 맞았는데 왜 넌 아직도 살아 있지? 나는 왠지 섭섭해서 다시 한번 물었어. 대체 무슨 소리야? 잭이라니. 대신 죽음에 대해서라면 할말이 많아. 내가 살아 있는 것처럼 보여? 내 피부를 봐. 햇빛을 보지 못한 채 사무실에서 일만 하느라 시체처럼 하얗게 질려 있잖아. 밖에 나갈 일이 아예 없어. 심지어 회사 로비가 지하철역과 연결돼 있다고. 비가 와도 우산 한번 펼치지 않은 채 집에 갈 수 있어. 뭐가 그리 웃긴지 네가 키득거릴 때 나는 소름이 돋았어. 네 말대로 네 피부는 유난히 하얘서 지금보다 더 시체 같았거든. 그날은 몹시 추웠고, 우리는 한 카페의 테라스로 자리를 옮겨서 두 시간째 이야기를 나누고 있었어. 이봐, 얼어죽을 것 같은데 이제 그만 들어가면 안 될까? 묻자 너는 말했지. 아니, 난 이미 죽어서 하나도 춥지 않아. 바람이 너무 좋아. 내게서 나는 악취가 날아갈 것 같거든.

비밀이야. 곧 죽는다니까 너에게만 말할게. 미친놈 취급당하며 살아가긴 싫거든. 네가 봤던 잭이 맞는지는 모르겠는데, 나도 요새 난쟁이가 보여. 나도 그냥 그 친구를 잭이라고 불러. 유인원 난쟁이 잭. 보니것이 떠오르는 컬트적인 난쟁이. 요새 잭이 나한테 뭐라고 속삭이는지 알아? 좀더 자라. 깨어나지 말고 잠이나 자. 책도 읽지 말고, 인터넷도 하지 말고, 영화도 보지 말고, 정치에 관심도 갖지 말고. 특히 글 좀 끄적이지 말라고! 잭, 너 잭 맞지? 왜 내 눈앞에 나타났니? 잔인한 잭. 잭은 대답 없이 씩 웃고 말았지. 그럼 나는 뭐하면서 살아야 해? 살아 있는데 할 게 없잖아. 일어나지 말고 자라니까. 아니면 죽을 수 있도록 총을 쏴줄까? 잭이 내 관자놀이에 총을 댔어. 죽기 싫으면 쓸데없는 짓거리 하지 말고 눈을 감아라. 잭, 어제 주문한 책들만 읽으면 안 될까? 예매해 둔 요아킴 트리에르 신작만 보고 자면 안 될까? 잭은 방아쇠에 손을 얹었어. 나는 겁이 나서 얼른 눈을 감았지. 그뒤 얼마나 시간이 흘렀는지 몰라. 나는 좀이 쑤셔서 눈을 떴어. 그러자 잭이 기다렸다는 듯이 히죽거리며 총을 쐈어. 팡. 나는 분명 머리에 총을 맞았는데. 팡. 머리가 박살났는데. 팡. 잭이 피를 뒤집어쓴 채 낄낄거렸는데. 나는 살아 있었어. 신이시여. 불현듯 내 처지가 불쌍하게 여겨졌고, 화가 치솟아 견딜 수 없었어. 나는 그 조그만 유인원을 입에 넣고 잘근잘근 씹었어. 잭, 이제 너는 내 똥이 될 거야. 나는 잭을 꿀꺽 삼켰어. 그런데 잠시 후 잭이 항문을 비집고 나와 똥냄새를 풍기며 내 머리에 총을 겨눴어. 그뒤로 잭은 걸핏하면 내 관자놀이에 총을 겨누곤 했지. 여기 봐. 관자놀이에 남겨진 총 자국. 그런데 하도 총을 보니까 이제 겁나지도 않는다고. 그러려니 하지. 쏴봐, 잭. 어디 한번 내 머리를 뚫어보라고. 씨발, 아무래도 네 오랜 친구 잭이 나한테 옮겨온 것 같아. 네 몸속에 잠복하고 있다가 일 년 전 뚝섬에서 너를 만났던 그날 내게 옮겨온 게 아닐까.

내가 예전부터 말했잖아. 광기와 우울은 전염된다고. 이제 나도 한겨울에 얇은 외투 하나만 걸친 채 두 시간씩 쏘다녀도 전혀 춥지 않다고.

너는 발터 벤야민. 너는 레오 카락스. 너는 프리다 칼로. 너는 카렐 차페크. 한상경, 걘 뭐라고 불렀더라. 한상경은 우리와는 달리 계속 소설을 썼고, 언제부턴가 사라져버렸지. 지금은 아르헨티나에서 탱고 강사가 됐다고 했나. 지리산 관광 가이드를 한다고 했나. 쇼난에 눌러앉아 게스트 하우스를 운영중이라고 했나. 수소문 끝에 한상경에게 네 병문안을 가자고 연락해봤는데, 네가 누구냐고 반문하지 뭐야. 섭섭해하지 마. 걘 내가 누구냐고도 물어봤으니까.

모르긴 몰라도 이거 하나만은 확실해. 젊은 시절 우린 누구보다 진지했어. 우리가 정확히 뭘 하고 있었는지는 잘 모르겠지만 글 쓸 때만큼은 진지했다고 생각해. 어딜 가나 괴짜 취급당했지만 우린 괘념치 않았어. 모두 시를 쓰거나 소설을 썼어. 시나리오를 쓰거나 하다못해 블로그에 일기라도 썼어. 아니면 블루 홀과 섹스를 하거나 돌고래와 떼씹을 해서 아이를 낳았어. 나는 그 아이들이 독수리를 타고 하늘로 올라가 눈이 돼 내리는 꿈을 자주 꾸었지. 지구에 핏자국을 남긴다. 저벅저벅 설인이 바다 위를 걷는다. 2051년 봄에. 이건 공상이나 망상이 아니야. 더 리얼. 우리 앞에 놓인 실재.

우리가 그때 썼던 게 얼마나 쓸모없었는지 지금 보면 너도 고개를 끄덕일 거야. 나는 가끔 일기장을 펴봐. 어딜 읽든지 얼굴이 달아오르는 게 느껴져. 발췌하거나 인용하는 것도 부끄러울 정도지. 시도 일기도 낙서도 아닌 한없이 우울하기만 한 문장들. 내가 왜 이런 문장들을 적었을까. 너도 알겠지만 나는 감성적인 성격이 아니야. 열네 살 이후 눈물 한번 흘려본 적 없다고. 더군다나 우울한 정서라면 닭살이 돋아서 딱 질색이지. 웃지 마. 네 글은 그보다 더 우울하면 우울했지 덜하지 않았다고.

이건 조금 다른 이야긴데, 인류의 우울증은 네안데르탈인에게서 물려받은 거라고 해. 거기서부터 생각해보면 우리가 우울해져버린 이유를 찾을 수 있지 않을까. 매일 공룡에게 쫓기는 악몽을 꿔서? 호모사피엔스에게 강간을 당해서? 우리는 무엇을 발견하고 상상할 수 있을까? 누군가 내게 무엇을 찾았느냐고 물어본다면 나는 이렇게 대답할 거야. 모든 게 자연스러운 일이다. 우리가 어느덧 이렇게 뿔뿔이 흩어진 것처럼.

일기를 죽 읽다보니 우리가 테헤란로에 있는 은행을 털려고 했던 일이 쓰여 있었어. 이봐, 모른 척하지 마. 일기에 의하면 주동자는 바로 너였어. 은행이나 털까? 네가 무언가에 취해 이렇게 말했었잖아. 너, 나, 한상경, 카프카, 이상. 우리는 낄낄거리면서 동의했지. 은행을 턴 돈으로 하와이에 가기로 했었나. 남아메리카 자동차 일주를 떠나기로 했었나. 우리가 쓴 시를 현수막으로 제작해 에펠탑에 걸어놓자고 했었나. 정확히 기억나진 않아. 일기에는 은행을 터는 게 운명이라고 적혀 있었어. 운명, 운명이라니. 뭐야, 대체. 또 기억나는 것 하나. 모두가 돈 쓸 생각에 신나 있었는데, 너는 돈이 필요 없다고 했어. 돈은 너희들이 다 가져. 굳이 내 몫을 남겨주겠다면, 대신 구세군에 기부해줘. 나는 감옥에 들어가고 싶어. 갑자기 감옥에는 왜? 그게 무슨 엉뚱한 말이야. 돈처럼 좋은 걸 두고. 우리 따뜻한 나라로 가자. 그게 여의치 않으면 제주도라도 가자고. 일주일 내내 수영복을 입고 파티를 벌이자고, 친구. 싫어, 나는 감옥에 갈 거야. 악인들에게 업신여김을 받으며 『도둑 일기』 같은 작품을 쓸 거야. 이봐, 기껏해야 그런 이유에서라면 힘들여가며 은행을 털 필요가 없어. 동네 슈퍼마켓에 가서 좀도둑질을 해도 되고 아니면 나를 폭행해도 돼. 원한다면 얼마든지 맞아줄 수 있다고. 감옥에 가는 건 식은 죽 먹기보다 더 쉽다고. 우리는 너를 비웃었어. 아니, 은행을 터는 것만큼 문학적인 건 없어. 자본의 한가운데에서 자본을 훔치는 것만큼 상징적인 건 없다고. 너는 항상 너만의 망상에 잔뜩 취해 있었으니까 우리는 그러려니 하며 네 말을 흘려들었어. 대신 은행원에게 총을 겨누고 누구의 작품을 읊어줄까 이야기하기 시작했지. 헤르만 헤세는 고리타분하지 않나? 버지니아 울프는 난해하고. 그럼 김수영? 으, 꼰대. 차라리 리처드 브라우티건은 어때? 너무 사차원이라 좀 그런가. 우린 고민하고 또 고민했어. 그때 잠자코 듣고만 있던 한상경이 입을 열었어. 모두 진부해. 그럼 어떻게 해야 해? 우리가 물었어. 염소, 염소가 필요해. 한상경이 씩 웃으며 대답했지. 뜬금없이 염소는 왜? 우리는 한상경을 바라봤어. 아무도 예상하지 못한 방법이었거든. 심지어 셜록 홈스나 필립 말로도 우리가 은행을 터는 데 염소를 끌고 올 거라곤 예상하지 못할걸? 설혹 예상한다 하더라도 그 이유는 짐작조차 하지 못할 거야. 왜냐하면 우리도 모르니까. 통렬한 쾌감이 뒤따를 거야. 보르헤스를 점자로 읽는 것보다 죽일 거라고. 『야만스러운 탐정들』을 처음 읽었을 때만큼 소름 돋을 거라고. 염소야말로 우리의 예술이자 인생이야.

이봐, 그렇게 고통스러우면 벨을 눌러서 간호사를 부르라고. 살인 청부업자처럼 네 아내가 자리를 비운 사이 몰래 들어왔지만, 그렇다고 네가 고통스러워하는 걸 원하는 건 아니야. 그래, 네 말이 맞아. 내 생각에도 벨을 누르는 것보다 내 이야기를 듣는 게 고통을 없애는 데 더 효과적일 것 같아. 재미있는 소설을 읽다보면 모든 근심을 잊게 되는 것처럼 말이야. 뜬금없이 곰 사냥 운운하니까 더욱 궁금하겠지. 이해해, 충분히.

이제쯤이면 조금씩 기억날 거야. 네가 그날 은행에 오지 않았다는 것도 말이야. 일주일 동안 우리는 철저하게 준비했어. 시간. 역할. 표적. 타이밍. 표정. 대사. 도주로. 그리고 염소까지. 그것도 모자라서 범죄 영화를 모조리 찾아봤지. 은행을 털기로 한 날, 나는 긴장한 나머지 잠을 이룰 수 없었고, 밤을 꼴딱 새우며 마음의 준비를 했어. 마음의 준비라 해봤자 장피에르 멜빌의 영화를 본 게 전부였지만 말이야. 날이 밝아서 일기예보를 보는데, 잠시 뒤부터 폭설이 내린다지 뭐야. 그때 나는 너희들이 오지 않을 거란 걸 직감했지. 침대에 누워 책 읽기 좋은 날씨라 어쩔 수 없었다고 나중에 둘러댈 게 뻔했지. 집에서 벗어나자 예보대로 눈이 오기 시작했어. 예상한 대로 너흰 약속 장소에 나오지 않았고. 너도 다른 친구들처럼 연락두절이었지. 나는 휘몰아치는 눈과 추위를 견디다 못해 은행 안으로 혼자 들어갔어. 무엇보다 내 품에 있는 아기 염소가 오들오들 떠는 바람에 가여워서 견딜 수가 없었거든. 나는 푹신푹신한 소파에 앉아 휴식을 취했어. 염소도 내 발치에 엎드린 채 몸을 녹였지. 은행은 하와이 같았고, 갑자기 따뜻한 곳에 들어와서 그런지 잠이 쏟아졌어. 여기가 하와이다. 나는 잠결에 이렇게 중얼거렸던 것 같아. 아니, 꿈에서 그랬었나. 그뒤엔 돈을 훔쳐 어서 하와이로 가고 싶다고 생각했고, 섀도복싱을 하는 것처럼 은행 터는 시퀀스를 머릿속에 그려봤지. 방법은 간단해. 네가 청원경찰을 제압하고, 한상경이 총을 빼앗아 사람들을 협박하고, 내가 은행원을 포박하고, 이상이 돈을 탈취하고, 카프카가 시간을 맞춰 은행 앞에 차를 세우고, 우리는 그 차를 타고 유유히 사라지는 거야. 사상자는 없어야 해. 홀연히 염소만 남긴 채. 말로 하면 손쉬워 보이지만 그 장면을 얼마나 멋있게 연출하느냐가 중요하지. 그뒤 나는 깜빡 졸았던 것 같아. 눈을 떴을 땐 두어 시간이 흘러 있었고, 너희들은 여전히 올 생각을 안 했어. 염소도 웅크리고 앉아서 꾸벅꾸벅 졸고 있었지. 사람들은 염소가 귀엽다며 한마디씩 하고 지나갔어. 염소의 이름을 묻는 사람도 있었어. 세르반테스예요. 나는 즉흥적으로 이름을 지어 말해주었어. 사람들은 염소를 쓰다듬으며 귀여워했는데, 그 광경을 보고 있으니 그들이 마치 나를 좋아하는 것처럼 느껴졌지 뭐야. 그러자 덜컥 겁이 났어. 안전하고 따뜻한 은행에 종일 앉아 있으면 좋겠다. 너희들이 오지 않으면 좋겠다. 이렇게 평화로운데 무슨 은행털이람. 은행을 털고 싶은 마음 따위는 금세 사그라들었지. 나는 잡지를 읽거나 상품 홍보 팸플릿을 보며 시간을 보냈어. 은행 문을 닫을 무렵에는 총을 겨누는 대신 적금 통장을 만들었지. 염소? 글쎄, 염소는 은행에 두고 나왔는데 잘 모르겠어. 세르반테스! 살아 있다면 돈과 함께 영원히 행복하길!

내 기억이 맞는다면, 우린 그뒤로 점점 만나지 않았던 것 같아. 한상경이 도스토옙스키의 무덤을 보러 간다며 훌쩍 떠나면서 자연스럽게 흩어졌지. 너는 대기업 홍보팀에 입사했고, 나는 학습지 방문 교사가 됐고, 카프카는 보험사 영업 사원이 됐고, 이상은 그때부터 지금까지 죽 9급 교행 공무원 시험을 준비하고 있어.

나도 너 못지않게 많이 변했어. 바람이 추억처럼 나뒹군다. 예전엔 이런 낯간지러운 묘사를 좋아했는데, 지금은 묘사를 전혀 하지 않아. 왜 그럴까. 낭비라고 생각해서일까. 과잉은 죄악이야. 허비하면 안 돼. 이게 이 세상을 이루는 법칙이야. 돈으로 환산될 수 있는 행동만 해야 한다고. 언제부턴가 묘사라는 말을 들으면 슬픈 생각이 들어. 멸종이란 말이 연달아 떠오르거든. 생각난 김에 묘사 한번 해볼까. 골목길이 사마귀 다리처럼 좁다. 공기가 구슬처럼 맑다. 머리칼이 복숭아처럼 탐스럽다. 방이 스톡홀름처럼 춥다. 나는 끝내 비바람처럼 사라지고 말 것이다.

쓸데없는 말만 주저리주저리 늘어놓은 것 같군. 거의 다 왔어. 뒤돌아보지는 마. 곰이 지근거리까지 다가왔으니 조심하라고. 이상, 카프카, 나. 우리는 보름 전에 만났어. 이렇게 모인 게 얼마 만이었는지 몰라. 아마 네가 갑작스레 말기 암 판정을 받고 입원하기 며칠 전이었을 거야. 섭섭해하진 마. 너에게도 분명 연락을 했었다고. 영하 이십 도까지 내려가서 모든 사람이 두꺼운 패딩을 껴입고 곰처럼 뒤뚱거리며 걷던 날 말이야. 이제 기억나지? 너는 그날 세 살짜리 아들이 아프다며 오지 않았지. 아니, 장인어른 생신이라고 했었나. 회장에게 펠라티오를 해주는 날이라고 했었나. 아니다, 차 할부금을 마련하기 위해 콩팥 적출 수술을 하는 날이라고 했었나. 내가 뭐가 그리 바쁘냐니까 예전의 유유자적했던 자신은 이 세상에서 사라졌다고 했잖아. 설마 잭이 널 어떻게 한 건 아니지? 그날도 난 잭 이야기를 꺼냈던 것 같아. 그러자 네가 소리쳤어. 잭이 대체 누구야. 잭이 아니라 사랑스러운 내 아이가 방긋방긋 웃으며 날 이렇게 만든 거라고!

이상과 카프카와 나는 예전처럼 카페에 죽치고 앉아 수다를 떨었어. 내가 은행 강도 이야기를 꺼내자 카프카가 깔깔대면서 진짜 은행을 털러 갈 줄은 몰랐다고, 너는 그때 너무 고지식했다고 비웃었어. 염소는 무슨 죄야. 카프카가 덧붙였어. 이상은 은행 앞까지 왔다가 벌벌 떨고 있는 나와 염소를 훔쳐보고는 실패를 직감하고 되돌아갔다고 했지. 그런데 한상경은 왜 안 왔을까. 이상은 한상경 이야기를 꺼내며 지금은 그때 발걸음을 돌린 걸 후회한다고 중얼거렸지. 그날 은행을 털었으면 나는 대작가가 됐을지도 몰라. 종일 책상 앞에 웅크리고 앉아 온라인 강의를 듣는 대신 말이야.

어느 순간 우리는 옛날이야기 하는 걸 멈췄어. 예술에 대해서도, 꿈과 사랑에 대해서도 이야기하지 않았어. 우리를 둘러싼 현실에 대해서만 이야기했지. 차라리 이편이 나았어. 슬픔보다 분노가 견딜 만했거든.

이봐, 약기운이 도나? 눈이 감기더라도 집중해. 네가 궁금해하는 이야기가 이제 본격적으로 시작된다고. 맞아, 곰 사냥 이야기가 나온 건 분노할 거리도 다 떨어진 무렵이었어. 나도 잘 모르겠어. 왜 그런 생각을 했고, 왜 그런 말을 꺼냈는지. 우리의 처지에 대해 이야기하는 게 점점 따분해져서였던 것 같긴 한데 잘 모르겠다. 겨울이라 곰이 연상돼서 그랬나. 겨울잠 같은 걸 떠올리다 말이야. 아니면, 오랜만에 만났는데 기껏해야 신세한탄이나 늘어놓는 우리가 미련한 곰처럼 느껴져서 그랬나. 우리 자신을 사냥하자는 의미에서? 이건 어디까지나 내 생각이야. 카프카나 이상의 생각은 어땠는지 모르겠다. 어쨌든 나는 말했어. 곰 사냥하러 가자. 아니, 내 목소리가 맞나? 이상의 목소리였나. 카프카의 목소리였나. 뭐 그게 중요한 건 아니지. 아무튼 그때 우린 무언가에 단단히 홀려 있었던 것 같아. 그게 아니라면 앞으로 펼쳐질 이야기가 성립되지 않거든. 참, 그러고 보니 윌리엄 포크너의 작품 중에 「곰」이라는 단편이 있지 않나. 네가 내 소설을 읽고 포크너에 한참 못 미친다며 그 단편을 복사해줬었잖아. 나는 그 자리에서 네게 덤벼들었었지. 설마 이것도 기억 못하는 건 아니겠지?

마침내 우리는 곰 사냥에 대해 이야기하기 시작했어. 여기가 알래스카도 아닌데 무슨 곰 사냥? 설마 동물원에서 곰 사냥을 하게? 우리는 누가 먼저랄 것도 없이 질문을 던졌어. 총으로 쏘고 칼로 찢는 곰 사냥을 말하는 거야? 아니면 상징적인 거야? 그것도 아니면 그냥 여행이 가고 싶은 거야? 곰 사냥을 하기 위해서라면 적어도 러시아로는 가야 할 텐데, 비행깃값만 해도 어마어마할걸. 그것도 아니면 죽고 싶은 거야? 곰에게 죽임을 당하고 싶은 거냐고. 곰은 로봇보다 두려운 존재잖아. 야만성. 로봇은 우리보다 머리가 좋지만 곰은 우리보다 힘이 세다고. 설혹 곰을 사냥할 기회가 주어진다 해도 문제야. 곰이 으르렁거리기라도 하면 도망가기 바쁠걸. 그런데 대체 왜 이런 허무맹랑한 이야기를 꺼내게 됐을까. 친구들의 멍한 표정을 보아서는 모르긴 몰라도 아마 나와 비슷한 생각을 하고 있었을걸. 나는 또 생각했어. 이 나라가 겨울에 영하 이십 도까지 떨어지는 것도, 엄마가 예순 살이 되도록 보험 하나 들지 않은 것도, 아랫니가 다 상해버린 아빠가 국가에서 임플란트 비용을 지원해주는 나이가 되는 내년까지 두유만 먹기로 결심한 것도, 지난밤 누군가 꽁꽁 언 강아지의 사체를 쓰레기통에 버린 사진을 트위터에 올린 것도, 우리가 자기 인생의 주인공도 되지 못한 채 나이를 먹은 것도 모두 비현실적이잖아. 그런데 이 모든 비현실이 전부 이루어졌어. 비현실적인 일이 계속 일어난다는 건 더이상 그게 비현실이 아니라는 증거야. 비현실은 더이상 비현실이 아니다. 비현실은 현실이다. 이게 내가 내린 결론이었어. 그 다음은 중요하지 않았지. 그러자 곰 사냥이 지금 당장이라도 할 수 있는 일이라는 생각이 들었어. 이건 글쓰기도 비슷한 것 같아. 우리 머릿속에 있는 망상이나 잡념을 활자화하는 순간 그게 현실이 되는 거지. 어떻게 보면 곰 사냥이나 소설쓰기나 그게 그거라니까. 뭐가 그렇게 배배 꼬인 거야. 단순하게 생각해. 그냥 곰 사냥 말이야. 키 이 미터 몸무게 삼백 킬로그램에 육박하고 강물을 거슬러올라오는 연어를 사냥하는 그 곰! 어느 순간 이상이 이렇게 외쳤을 때 우리는 곰이 어느새 우리 곁에 다가와 있다는 사실을, 곰 사냥을 절대 막을 수 없다는 사실을 어렴풋이 눈치채고 말았어.

그로부터 사흘 뒤였어. 내 자취방으로 이상과 카프카를 불러모

왔지. 카프카가 먼저 도착했고, 이상은 공부를 좀더 하고 온다고 했어. 우리는 피자를 주문한 뒤 곰을 어떻게 사냥할지 논의했어. 카프카는 그나마 실현 가능한 방법은 하나뿐이라고 했지. 알래스카로 떠나자. 알래스카에 가서 총기를 구입한 뒤 곰을 사냥하자. 정말 그게 가능하다고 생각하는 거야? 곰 사냥은 불법 아니야? 총은 어찌어찌 구한다 하더라도 외국인에게 곰 사냥을 허가해줄까? 내가 물었어. 그렇게 겁이 많으면서 무슨 곰 사냥을 한다는 거야. 카프카가 투덜거렸어. 나는 기러기나 꿩에 '곰'이라는 이름을 붙인 뒤 사냥하자고 했어. 그나마 이게 현실적인 방법이라고 말이야. 그게 현실적인 방법이라고? 아직도 메타포의 세계에서 벗어나지 못한 거야? 그런 건 네 머릿속에서나 성립하는 거라고. 카프카가 비웃었어. 왜? 아예 너 스스로를 곰이라 명명하고 자결하지 그래? 나는 조금 언짢았지만 반박할 여지가 없었어. 카프카는 우선 곰을 어디서 만날 수 있는지부터 고민하자고 했어. 손쉽게 갈 수 있는 데는 동물원이 아닐까? 입장료만 내도 되잖아. 아무런 의심도 받지 않고 들어가서 철창 사이에 권총을 대고 쏴버리면 되는 거야. 내 이야기는 듣는 둥 마는 둥 하며 생각에 잠겨 있던 카프카가 말을 끊었어. 잠깐, 만화영화에 나오는 곰은 어때? 곰돌이 푸 말이야. 텔레비전만 틀면 아무때나 만날 수 있잖아.

우린 한동안 아무 말도 하지 않았어. 현실적이고 논리적인 방안이 떠오르지 않았거든. 그럼 차라리 월북을 하는 게 어떨까. 잠시 뒤 침묵을 깨고 카프카가 제안했어. 북한은 미지의 세계야. 그래서 우리는 상상할 수 있어. 북한에는 곰이 산다고 말이야. 상상해봐. 북한은 동아시아에서 가장 자연 친화적인 국가야. 사람과 자동차에 치이고 환경오염과 벌목 때문에 거처를 잃은 곰들이 북한으로 몰려들지. 겨울잠, 번식 등 북한에서는 원하는 모든 걸 방해받지 않고 할 수 있거든. 곰을 잡으면 영웅 칭호도 받고 노동당 총비서도 될 수 있을걸? 멍청하긴, 노동당 총비서는 김정은이 죽을 때까지 김정은이야. 아니, 김정은은 점점 곰처럼 비대하게 변해가고 있어. 김정은이 바로 곰일지도 몰라. 상상은 현실보다 더한 현실인 법이니까. 그럼 데니스 로드먼은? 무슨 뜬금없는 소리야. 데니스 로드먼은 김정은의 미국인 친구고!

그래, 네 말이 맞아. 네가 방금 말했듯이 카프카와 내 머릿속에서 현실적인 방법을 찾아내는 것만큼 힘든 건 없었어. 참, 그건 그렇고 너 육아가 힘들다고 했었지? 좋은 방법 하나 가르쳐줄게. 예로부터 북한에서는 어린 곰을 길들여서 물긷기나 땔감 구하기 같은 잔심부름을 시켰다고 해. 그런데 한 가지 금기가 있지. 바로 곰에게 아기를 보게 하는 것. 곰이 잠든 아기를 보살피다가 자신도 모르게 아기를 물고 산속으로 들어가버릴 수도 있거든. 본능이 불쑥 튀어나오는 거야. 어때? 곰한테 네 아이를 맡겨볼 생각이 있어? 그럼 죽을 때까지만이라도 좀 자유로워질 테니. 화내지 마. 절대 안정을 취해야 하니까. 우스갯소리야, 우스갯소리. 그 정도 윤리 감각은 나도 갖고 있다고.

진정했으면 다시 이야기를 시작할게. 우리가 북한과 곰에 푹 빠져 헤어나오지 못하고 있을 때, 문을 두드리는 소리가 들렸지. 카프카가 피자 배달부일 거라며 문을 열어주러 갔다가 고함을 질렀어. 곰이다! 무슨 뚱딴지같은 소리야? 여긴 남한의 가정집이라고. 그런데 카프카가 기겁하며 뒷걸음질치는 폼이 심상치 않긴 하더라고. 뭐야? 곰이 피자 배달이라도 하러 왔어? 나는 그때까지도 웬 실없는 장난인가 싶어서 비아냥거렸어. 내가 놀란 건 현관문 쪽으로 나갔을 때였어. 진짜 곰 한 마리가 서 있었거든. 텔레비전이나 동물원에서 보던, 우리가 찾던 바로 그 곰이었어. 갈색 털에 먼지가 달라붙어 있고 오물 냄새가 진동하는 진짜 곰 말이야. 이봐, 카프카. 저거 진짜 곰이지? 꿈은 아니겠지? 아니, 진짜 곰이야. 우리는 벌을 받는 거야. 카프카가 중얼거렸어. 그뒤 우리는 겁에 질려서 아무 말도 하지 못했어. 곰이 괴기스러운 소리를 내며 우리를 향해 다가오고 있었거든. 다큐멘터리에서나 들었던 곰 울음소리와 똑같았어. 곰아, 곰아, 오지 마, 오지 마. 나는 비명을 질렀어. 다행히 곰은 카프카 쪽으로 다가갔어. 그때였어. 카프카가 그 자리에 드러누워 눈을 감았어. 이봐, 카프카. 나는 소리를 질렀어. 그런데 자세히 보니까 카프카의 가슴이 오르락내리락하고 있었어. 죽은 척한 거였어. 곰은 죽은 사람을 건들지 않는다는 속설이 머릿속에 스쳐지나갔지. 곰은 고개를 갸웃거리더니 방향을 돌려 나를 향해 다가오기 시작했어. 나도 재빨리 누웠어. 숨을 참고 실눈을 떴어. 곰의 거대한 대가리가 희미하게 보였어. 나는 눈을 꾹 감았어. 곰은 앞발로 나를 툭툭 건들기도 하고 가슴팍에 볼을 비비기도 했어. 악취가 났고 살기도 느껴졌어. 달리 방법이 있겠어? 죽었다 생각하고 숨을 꾹 참았지, 뭐.

얼마간 시간이 흘렀어. 숨을 참다 죽든가 숨을 쉰 뒤 곰에게 죽든가 무엇이라도 선택해야겠다고 생각하는데 별안간 사람의 웃음소리가 들려왔어. 나는 소름이 돋은 채 눈을 슬며시 떴지. 놀랍게도 곰이 웃고 있었어. 뭐야, 곰이 웃고 있잖아. 그것도 사람의 웃음으로! 그 순간 곰이 머리를 벗었어. 곰이 머리를 벗다니 이게 대체 무슨 말인지 나조차 의문이었지만, 그래도 내가 본 게 머리를 벗는 곰이란 사실은 변함없었어. 그래, 네가 짐작한 대로 그건 이상이었지. 이상은 곰 탈을 손에 든 채 웃고 있었어. 진짜 곰 털로 만든 탈과 가죽이었어. 어디에서 구했냐고 묻자 이상이 소파에 걸터앉으며 방송국 피디로 일하는 지인에게 구했다고 대답했어. 이걸 걸치고 동물원 근처를 어슬렁거리면 차에 태워 편하게 곰 우리까지 데려다줄걸. 그건 그렇고 곰 털을 입으니 따뜻하네. 왜 곰이 추운 나라에서도 잘사는지 알 거 같아. 이상이 너스레를 떨었어. 너도 한번 써볼래? 이상이 카프카에게 곰 탈을 내밀었어. 몸을 간신히 추스른 뒤 어정쩡하게 서 있던 카프카가 얼떨결에 곰 탈을 받아 썼어. 와, 앞도 보이고 말도 할 수 있어. 신기하다. 나는 곰이다. 캘리포니아산 불곰! 카프카가 곰 흉내를 내듯 두 손으로 가슴을 두드렸어. 나는 카프카를 만져봤어. 귀도 있네. 이빨도 있고. 카프카의 입속에 손도 넣어봤어. 날카롭네. 황급히 손을 빼려고 할 때 카프카가 내 손가락을 깨물었어. 나는 비명을 질렀지. 이상과 카프카가 킬킬거렸어. 간지럼도 타나? 나는 카프카의 몸을 간지럽혔어. 카프카가 키득키득 웃으며 발버둥을 쳤어. 그만, 그만, 몸은 아직 사람이란 말이야. 잠깐. 좋은 생각이 났어! 이걸 입고 곰 사냥을 하면 좀더 수월할 거야. 특히 수컷 곰을 사냥하는 데 말이야. 이건 암컷 곰 가죽으로 만든 거거든. 이상이 말을 이었어. 걱정 마. 차 트렁크에 너희 것도 준비해뒀으니. 이걸 입고 곰 울음소리를 녹음한 음성 파일을 튼 다음 오물 위에 뒹굴면 너희도 곰이 될 수 있어. 생각만 있으면 마음껏 번식 활동도 할 수 있을 거야. 이상의 말을 듣고 있으니 불현듯 수컷 곰과 내가 덤불 위에서 짝짓기하는 장면이 머릿속을 어지럽혔어.

맞아, 네가 방금 중얼거린 대로 우리도 어느 순간 이게 헛짓거리란 걸 눈치챘어. 그날 네가 오지 않은 걸 다행으로 알라고. 안 그랬으면 너도 광기를 멈추기 힘들었을 거야. 그래도 누구 하나 그만두자고 하지 않았어. 분위기를 해치기 싫었던 거야. 어차피 이게 끝나는 순간 우린 집으로 되돌아가서 또다른 헛짓거리를 해야 하거든. 맞아, 긴장감. 우리 삶에는 긴장감이 필요했어. 긴장감은 항상 영감을 주거든. 몸과 마음을 열어서 좋은 문장을 쓰게 해주거든. 하지만 시간이 흘러 마음이 가라앉으니 곰 탈이 사실 놀이동산 알바생이 쓰는 것처럼 조악하기 그지없다는 게 눈에 보였어. 곰 가죽도 한낱 모조품에 불과했고. 나는 허탈했어. 그때였어. 초인종이 또 울렸어. 다시 긴장감이 부풀어올랐어. 우린 누가 먼저랄 것도 없이 고개를 끄덕였어. 왔다. 피자 배달부다. 테스트해보자. 그리고 이렇게 소곤댔지. 리얼하게 해야 돼. 진짜 곰처럼. 우리는 고개를 끄덕였어. 환상이 깨지기 전에, 어서.

내가 문을 여는 사이 카프카에게 곰 탈을 건네받은 이상이 주방으로 숨어들었어. 그러는 동안 이십대 초반으로 보이는 피자 배달부가 들어왔어. 키는 작달막하고 평범하게 생겼는데, 사시인 눈을 보자 사르트르가 떠올랐어. 지성이 천시받는 현재로서는 볼품없는 사내일 뿐이었지. 사르트르가 피자를 내려놓는 사이 이상이 갑자기 튀어나와서 달려들었어. 위협하는 시늉을 해서 살짝 놀라게만 할 줄 알았는데, 이상은 봐주지 않았어. 왜 그래. 대체 왜 그러는 거야. 네가 진짜 곰이라도 된 줄 알아? 우리가 이렇게 외치기도 전에 이상은 사르트르에게 덤벼들어서 사정없이 물어뜯고 할퀴었지. 사르트르를 죽이고 말 것이라는 착각이 들 정도였다니까. 사르트르도 생명에 위협을 느꼈는지 아예 죽을 각오로 덤벼들기 시작했어. 이해할 수 있었어. 죽음을 눈앞에 두고 어떻게 이성을 잃지 않을 수 있겠어. 말릴 수도 없었어. 저 난장판에 끼어들었다간 사달이 날 것 같았거든. 상황은 점점 심각해졌어. 피자도 함께 뒤

엉켜서 그들의 몸에 달라붙고 바닥에 흩뿌려졌어. 토마토소스는 피처럼 보이고 페퍼로니와 베이컨은 떨어져나온 살점처럼 보였어. 사실 이상이 가짜 이빨로 아무리 물어뜯어봐야 사르트르가 죽을 리 없었지. 사르트르도 어느 순간 그걸 눈치챈 것 같아. 무거운 탈과 가죽을 뒤집어쓴 채 과격하게 움직이느라 지친 기색이 역력한 이상의 몸에 올라타 목을 조르기 시작했으니 말이야.

얼마 지나지 않아 이상은 몸을 부르르 떨었어. 죽어라. 죽어라. 사르트르는 이렇게 부르짖으며 있는 힘껏 이상의 목을 졸랐어. 시간이 조금 더 흐르자 이상의 움직임이 둔해졌어. 우린 너무 놀라 넋을 놓고 바라보고만 있었지. 이상의 움직임이 완전히 멈춘 뒤에야 사르트르가 떨어져나왔어. 우리는 그때서야 정신을 차리고 이상에게 달려갔어. 황급히 탈을 벗기자 정신을 잃은 이상의 얼굴이 보였어. 사람이잖아! 사르트르는 겁먹은 표정으로 울부짖었어. 이 곰이 먼저 달려들었단 말이에요. 당신들도 다 봤잖아요. 사르트르가 사람 머리에 곰의 육신을 지닌 이상을 가리키며 말했어. 내가 구급차를 부르려고 하자 카프카가 저지했어. 이미 죽었어. 카프카는 이상의 코와 심장 부근에 귀를 대보고 탐정처럼 몸 여기저기를 살폈어. 이제 어쩌지. 나는 안절부절못한 채 시체 주변을 맴돌았어. 진짜 곰에게 물려 죽었다고 하면 괜찮을 거야. 그러자 카프카가 차분한 어조로 나를 진정시켰어. 무슨 말도 안 되는 소리야? 내가 따져 물었어. 잘 들어봐. 이럴수록 이야기의 밀도를 높여야 한다니까. 우리는 곰을 사냥하려고 계획했었잖아. 곰으로 인해 벌어진 일이니까 곰으로 해결해야지. 이상은 곰 사냥을 하다가 곰에게 물려 죽은 거야. 게다가 지금 이 상황은 법적으로 우리에게 불리하다고. 곰 사냥이고 뭐고 하기도 전에 감옥에 끌려갈 판이라고. 카프카가 타이르듯 말했어. 나는 달리 할말이 떠오르지 않았어. 카프카가 위로하듯 내 등을 두드렸어. 공무원을 준비하는 내내 이상은 어떤 사회 활동도 하지 않았어. 거의 죽은 채로 지냈던 거나 다름없지. 게다가 이상의 죽음을 알려야 할 사람도 아무도 없어. 양친 모두 돌아가셨고, 결혼은커녕 연애 한번 제대로 못해봤다고. 강의 수강료를 환불받는 것 말고는 딱히 정리할 것도 없을 거야. 카프카가 말을 이었어. 소설을 쓰다보면 언제나 우리의 예상 밖으로 이야기가 흘러가기 마련이잖아. 그것도 저절로 말이야. 우리는 키보드 위에 손을 얹고 있었을 뿐이지. 이것도 똑같아. 이상도 만족할 거야. 이거야말로 구질구질한 삶에서 탈피한 예술적인 죽음이니까. 나는 나도 모르게 고개를 끄덕이고 있었어. 카프카의 말을 듣고 보니 죽은 이상의 표정이 행복해 보이지 뭐야.

인터넷에는 곰에게 살해당한 사람들의 사진이 수두룩했어. 피해자들의 사체는 곰에게 물리고 찢겨 끔찍하게 훼손돼 있었어. 나는 별안간 현기증이 일어서 쓰러지듯 소파에 누워버렸어. 그사이 카프카와 사르트르는 각종 공구를 이용해 이상의 몸에 상처를 내기 시작했어. 피해자들의 사진을 따라서 말이야. 나는 그 광경을 차마 보지 못하고 눈을 감아버렸지. 잠시 뒤 잭이 내게 말을 걸었어. 이봐, 한심하게 누워 있지 말고 끝까지 네 동지들과 함께하라고. 잭이 내게 총을 겨누고 덧붙였어. 그것도 아니면 너도 네 친구처럼 죽어볼래?

우리는 담요로 이상을 감싼 뒤 이상의 차 트렁크에 실었지. 트렁크에는 우리 몫의 곰 탈과 가죽이 놓여 있었어. 그걸 보는 순간 머릿속에 무언가 스쳐지나갔어. 당장 은행으로 가야 해. 은행에서 곰 사냥 판을 벌여야 해. 이상은 은행에 나타난 곰을 사냥하다가 장렬하게 전사하는 거야. 이상도 좋아할걸! 예전에 은행을 털지 못한 걸 못내 아쉬워했잖아. 은행에 있는 사람들은 저절로 목격자가 되는 거야. 조금 횡설수설했지만 정리하면 간단해. 우리가 곰으로 변장한 채 은행에 침입하는 거야. 사람들이 우리, 아니 곰들을 보고 비명을 지르는 사이 이상을 은행으로 옮기는 거지. 혼란에 빠진 목격자들은 곰이 이상을 죽였다고 증언해줄 거야. 한마디로 우리가 곰이 돼 이상을 곰 사냥꾼으로 만들어주는 거지. 곰이 아니라 곰 사냥꾼이 죽었다는 게 무언가 석연치 않긴 하지만 뭐 어때. 그리고 간 김에 은행도 털어버리는 거야. 일석이조. 그 돈을 갖고 곧장 알래스카로 갈 거야. 이 세상에서 가장 부유한 곰이 되는 거지. 모든 가능성을 열어둬야 해. 그래야만 더 자유롭게 상상할 수 있어. 나도 모르는 사이 내 입에서 이런 이야기가 흘러나오고 있었어. 처음엔 나 자신조차 이게 맞나 싶었지만 말하면 말할 수록 우리가 은행으로 가야만 한다는 확신이 들었어. 왜 그런 확신이 들었는지 설명해달라고 하면 감이라고 말할 수밖에 없어. 나는 미친 걸까. 누가 내 말을 듣고 고개를 끄덕여줄까. 카프카조차 내 이야기를 들은 뒤 인상을 쓰며 고민에 휩싸였어. 그런데 놀랍게도 사르트르는 내 의견에 찬성했어. 그는 실실 웃고 있었어. 언제부턴가 즐기고 있었다고. 미친놈들. 절망에 빠진 카프카가 중얼거렸지.

우리는 그길로 가까운 은행으로 향했어. 근처에 차를 세워두고 곰으로 변장했지. 사르트르는 차에서 대기하고 있다가 신호를 주면 이상의 시체를 옮기기로 했어. 우선 나와 카프카가 은행으로 들어갔어. 곰이다! 우리가 들어가자 사람들이 비명을 질렀어. 예상한 결과였지. 우린 이제 군림하기만 하면 돼. 그런데 전혀 예상하지 못한 상황이 펼쳐졌어. 놀란 마음을 진정시킨 사람들이 겁을 먹기는커녕 우리를 호기심어린 표정으로 바라보더니 곧 자지러지게 웃기 시작한 거야. 깜짝 이벤트라도 벌이는 거라고 생각했나봐. 우리가 당황해서 어쩔 줄 모르고 서 있으니까 사람들이 순식간에 우리를 둘러쌌어. 우리가 진짜 곰이라고 해도 이 많은 사람을 이길 수는 없겠다 싶었지. 우리 곁에서 포즈를 취하며 사진을 찍는 사람도 있었어. 아이들은 우리 주위를 빙빙 돌며 장난을 쳤지. 심지어 청원경찰도 히죽거리고 있었다니까. 동물원에 갇힌 곰이 된 기분이었어. 급기야 어떤 할아버지가 지팡이로 우리를 때리기 시작했고, 그걸 신호 삼아 사람들이 달려드는 바람에 우린 줄행랑칠 수밖에 없었어.

우리는 서둘러 차에 올라탔어. 사람들이 우르르 따라나왔거든. 잡히면 그 자리에서 압사당할 것 같은 공포에 사로잡힌 채 급하게 차를 몰아야 했지. 곰 탈을 벗지도 못한 채 말이야. 그런데 얼마 지나지 않아 경찰차가 따라붙지 뭐야. 신호 위반으로 적발된 모양이야. 하도 경고등을 울리며 소란을 부리는 통에 차를 세울 수밖에 없었어. 경찰 두 명이 경찰차에서 내려 이쪽으로 다가오는 게 보였어. 그들은 차창을 두드렸어. 창문을 내렸더니 경찰 두 명이 어리둥절한 표정으로 우리를 바라봤어. 당신들은 곰입니까? 경찰 하나가 당황한 듯 더듬거리며 물었어. 크르르릉! 운전석에 앉아 있던 사르트르가 소리질렀지. 경찰들이 뒷걸음질치며 어디론가 무전을 보냈어. 곰 세 마리. 곰 세 마리. 곰 하나는 운전을 하고 있다. 지원 바람. 우리에게도 그 소리가 선명하게 들렸어. 크르르릉! 사르트르가 다시 소리를 질렀어. 원래는 이 정도로만 겁을 주고 내뺄 생각이었지. 그때였어. 총성이 들린 건. 우리가 정신을 차렸을 때 사르트르는 경찰이 쏜 총에 맞아 신음하고 있었어. 가슴에서 피가 쏟아지고 있었어. 내가 사르트르의 상태를 살피는 사이, 카프카가 발톱을 세운 채 문을 박차고 나가 경찰들을 쫓아버렸지. 우리는 사르트르를 뒷좌석으로 옮긴 뒤 가평 인근의 야산으로 향했어. 카프카는 운전대를 잡고 미친듯이 중얼거렸어. 아직 부족하다. 진짜 곰이 되기 위해선 설산에서 겨울잠을 자야 해. 곰으로서의 태도를 길러야 해. 암, 태도가 중요하지.

산으로 가는 동안 사르트르는 숨을 거두고 말았어. 산에는 눈이 수북하게 쌓여 있었어. 한파주의보도 내린 덕분에 산에는 우리뿐이었지. 우리는 근처에 차를 세워두고 산중턱으로 올라갔어. 야생곰처럼 거친 숨을 몰아쉬며 눈구덩이를 판 뒤 몸을 숨겼지. 우린 곰을 사냥한 게 아니라 우리 자신을 사냥한 거야. 내가 말했어. 아니, 너무 부정적으로 생각하지 마. 크게 보면 이 모든 게 결국 곰사냥의 여정이야. 카프카가 대답했어. 나는 카프카를 힐끗 봤어. 카프카는 넋이 나가 있었어. 저기 곰이 다가온다. 곰이 다가오고 있어. 카프카가 산속 어딘가를 손가락질했어. 나는 카프카가 가리키는 방향을 봤어. 거짓말처럼 거대한 갈색 곰이 이리로 달려오는 게 희미하게 보이는 거 같았어. 저 멀리서부터 눈 위에 곰 발자국이 그려졌어. 우린 곰이야. 담담하게 기다리면 돼. 카프카가 중얼거렸어. 나는 곰이다. 나는 곰이다. 나도 중얼거렸어. 그뒤 나는 잠이 들었던 거 같아. 시간이 얼마나 흘렀는지 몰라. 눈을 뜨니까 수많은 곰이 포효하며 달려오고 있었어. 나는 이 모든 게 영화의 한 장면이고 내가 관객이면 좋겠다고 생각한 걸 마지막으로 다시 눈을 감았어. 그뒤로 어떻게 됐는지 기억나지 않아. 이렇게 멀쩡히 살아 있는 걸 보면 곰이 우릴 죽이지 않은 것만은 확실해. 걱정 마. 보다시피 얼어죽지도 않았으니. 임마, 넌 얼어죽으면 안 돼.

내가 죽일 거야. 잭이 성가시게 계속 잠을 깨웠거든. 카프카도 물론 살아 있지. 곰 가죽이 얼마나 따뜻하다고.

이봐, 아직 잠들지 마. 이게 이야기의 끝이 아니야. 이제부터 결말을 만들어야지. 마음 한구석에 찡한 여운이 남는 이상적인 결말말이야. 그런데 너도 알다시피 문제가 하나 생겼어. 이야기가 제멋대로 흘러가는 바람에 처리할 시체가 한 구 늘었지 뭐야. 상황이 어려워졌지만 우린 이상과 사르트르의 시체를 은행에 갖다놓아야 해. 이런 고집은 중요하다고. 너도 알지? 문화센터 소설 창작수업에서 배웠잖아. 이럴수록 주제에 천착해야 해. 주제에서 벗어나면 난삽한 소설이 되고, 주제를 선회하면 비겁해진다고. 주제를 향해 나아가기 위해서 우리에겐 곰 하나가 더 필요해. 우리가 은행에 들어가 있을 동안 차에서 대기할 곰이 필요하다고. 놀라지마. 나머지 곰 한 마리는 바로 너니까.

기운 내서 다시 한번 우리와 같이 끝내주는 작품을 완성시켜보자고. 병원 주차장에 카프카가 차를 대놓고 있어. 옳지, 일어나. 내가 부축해줄 테니. 잠깐 옆을 봐. 잭이 있어. 너도 보인다고? 맞아. 저게 바로 잭이야. 기억나지? 불가리아산 유인원 난쟁이 잭. 오랜만에 보는 건데, 서로 인사라도 나누지 그래. 그리 반갑지 않더라도 말이야. 봐, 잭이 우리에게 권총을 겨누고 있잖아. 걱정 마. 저건 환상이니까. 이봐, 그런데 앞으로 너를 뭐라고 불러야 하지?

펜 팔

인간만세

예상 밖이었다. 『인간만세』를 출간한 뒤 가장 많이 받은 질문은 왜 하필이면 제목을 '인간만세'라고 지었냐는 것이었다. 막 아저씨로 접어든 소설가의 삶과 문학에 대한 현타와 분노를 담은 소설이라서 인간(휴머니즘)이나 만세(긍정성)와는 관련도 없는데 말이다. 여러 매체에서 비슷한 질문을 받았는데, 나는 상징과 의미라는 레이어 뒤에 숨은 채 거짓말을 할 수밖에 없었다. 왠지 부끄러워서였다. 진실을 고하자면, 인간만세는 주문이다. 실제로 내가 사용하는. 삶이 버거우면 중얼거리는 주문. 다 죽어가는 목소리로, 이렇게. 인간…… 만세…… 그럼 나는 좀비처럼 되살아난다.

인터뷰 순회가 일단락되자, 나는 앞으로 제목에 대해서는 언제 어디에서든 솔직하게 말할 수 있도록 가능하면 내밀하지 않게 지어야겠다고 다짐했다. 그리고 이 소설, 「펜팔」을 쓰기 시작했을 때 이게 바로 그 첫 소설이 될 거라는 느낌을 받았다. 펜팔pen pal. 숨겨진 속뜻 없이, 편지를 주고받으며 사귀는 벗이라는 사전적 의미 그대로. 얼마나 단순 명쾌한가.

『인간만세』가 여느 작품들과 마찬가지로 중쇄를 찍지 못하고 시들해질 즈음부터였나. 나는 이유 없이 불안해졌는데, 그게 알게 모르게 외부로 표출이 됐던 것 같다. 진진이 성인 ADHD가 의심된다며 인터넷 자가 테스트를 권했지만, 나는 테스트 문항을 제대로 이해하지 못할 만큼 산만해져 있는 상태였다. 그러던 중, 불현듯 내가 인생 자체를 내려놓고 있다는 걸 깨달았다. 전조는 샤워중에 나타났다. 평소처럼 샤워를 하다가 문장들이 머릿속에 맴돌았고, 심지어 한 문단 전체가 떠올랐지만 메모해두지 않은 것이었다.

아, 진진. 『인간만세』뿐 아니라 거의 모든 소설에 줄기차게 나오는 진진. 아마 지금 말하는 진진이 진짜 진진에 가까울 것이다. 넷플릭스에 히트작을 띄운 능력 있고 전도유망한 기획 피디라고 하는데 아직도 믿기지 않는 건 어쩔 수 없다.

진진을 알게 된 지도 벌써 일 년이 훌쩍 지났다. 답십리도서관에서 상주 작가로 일할 때 썼던 미니시리즈 〈미지와의 조우〉 대본을 진진이 있던 제작사 공모전에 제출하면서 우리의 인연이 시작됐다. 당시 진진은 〈미지와의 조우〉에 확신을 가졌지만, 대표의 동의를 이끌어내지 못했다. 결국 진진은 독립해서 성수동에 제작사를 차린 뒤 나와 계약했다. 내게 올인하는 듯해 부담스럽긴 했지만 진진은 남부럽지 않은 계약금을 제시했고, 나는 부담을 감수하기로 했다. 지금은 편성사 몇 군데에 기획안과 대본을 보내놓고 연락을 기다리는 중이다. 반년가량 지났는데 아직 별다른 연락은 없다. 나는 진작 포기했지만 진진은 여태 희망의 끈을 부여잡고 있는 듯하다.

안타깝게도 계약금 때문에 진진을 아직 떨쳐버리지는 못했다. 진진은 편성 심사를 기다리는 동안 다른 작품을 기획하자고 난리인데 나는 월급을 받지 않는 한 내키지 않았고, 그렇다고 계약 문제로 갈등을 겪고 싶지도 않았다. 마음 같아서는 위약금을 뱉어내고 쿨하게 갈라서고 싶었지만 목돈을 내줄 형편도 아니었다. 덕분에 주 1회 요식행위에 가까운 기획 회의를 감내하고 있었다. 비좁은 회의실에 붙어앉아 가상 캐스팅을 하거나 서로 앓는 소리 죽는 소리를 하며 두 시간을 꼬박 채우곤 했는데, 괴로운 시간이긴 했지만 진진만큼 나한테 관심을 표하는 이도 없어서 은근히 회의가 기다려진다는 게 아이러니했다.

그러던 어느 날이었다. 여느 때처럼 가상 캐스팅을 몇 번이나 갈아엎은 뒤 누가 먼저 신세한탄을 하려나 눈치를 보고 있을 때 진진이 입을 열었다. 생각해봤는데 월급 대신 나를 선택한 건 우리가 비슷한 타입이어서였다나. 비슷한 타입이라니 께름칙한 기분이 들었다. 우리가 어떤 타입이냐고 묻자, 진진은 계획인과 비계획인이라는 분류법을 제시했다. 말 그대로야. 계획인이 계획한 대로 순조롭게 풀리는 인생을 산다면, 비계획인은 계획과는 다른 방향으로 움직이는 인생을 살지. 진진은 이렇게 설명한 뒤 둘 중 어느 쪽이 더 행복할 것 같으냐고 물었다. 별 고민 없이 전자가 행복하지 않을까, 라고 답하자 진진은 본인도 그렇게 생각은 하지만 인생을 즐기는 건 후자일 거라고 장담하듯 말했다. 진진은 회의실 스크린에 워드를 띄운 뒤 표를 그려서 유명인을 분류하기 시작했다.

계획인: 아이유, 관우, 신사임당, 고이즈미 신지로, 장국영, 마이클 조던, 로드리고 두테르테……

비계획인: 헬렌 켈러, 슬라보예 지젝, 홍명보, 이순신, 수전 손택, 이명박, 조지 클루니……

지금 기억나는 건 이 정도다. 무슨 기준에 따라 나눴는지도 말해줬는데 가물가물하다. 그뒤 진진은 계획인과 비계획인은 물과 기름처럼 상극이라느니, 필경 상대방을 배척하고 끼리끼리 뭉친다느니, 계획인과 비계획인의 기질은 타고나는 거라 절대 변할 수 없다느니 장광설을 늘어놓았는데, MBTI처럼 순전히 억지라는 생각이 들어서 반박하고 싶은 마음이 가득했지만 진진의 눈에 광기가 서려 있었기에 말을 삼가고 동의하는 척 고개를 끄덕였다. 진진의 말이 잦아들 때쯤, 마침내 그토록 궁금했던 걸 물을 수 있는 틈을 찾았다. 그러니까 우리는 계획인이란 말인가, 비계획인이란 말인가.

진진의 분류에 의하면 우리는 비계획인에 가까웠다. 나도 인정하는 바다. 따져볼 것도 없이 내 인생 대부분의 에피소드는 비계획인의 범주에 속한다. 한 가지 의문. 진진이 희망을 잃지 않는 건 비계획인답다지만, 난 왜 희망을 잃었는데도 비계획인에 속하는가.

다른 건 모르겠다. 계획인, 비계획인 가리지 않고 현실이 무지막지했다는 것 정도를 제외하고는. 생계를 제쳐둔 채 마냥 편성이 되기만을 기다릴 수 없었다. 나는 인세라도 챙기기 위해 진진이 드라마 작업이 어느 정도 궤도에 오를 때까지 미뤄두자고 했던 단행본 출간을 강행했다. 그 책이 바로 『인간만세』다.

『인간만세』는 판매량을 제외한 모든 부분에서 생각보다 반응이 좋았다. 서두에 언급했던 것처럼 출간 후 인터뷰가 줄지어 잡혔다. 어느 인터뷰에서 차기작을 묻는 질문도 받았는데, 나도 모르게 이명박과 펜팔 하는 소설을 쓰고 있다고 거짓말을 했고, 완전범죄를 위해 이어진 다섯 개의 인터뷰에서 똑같이 떠들었다. 미스터리다. 생전 그런 소설은 생각해본 적도 없는데 왜 그랬을까. 기질이라고 설명하면 될까? 비계획인이라서?

그래도 노력은 했다. 마침 마감을 앞둔 단편이 있어서 동부구치소에 갇힌 이명박과 펜팔 하는 이야기를 진지하게 구상하기 시작한 것이다. 물론 왜 그런 소설을 쓰고 있다고 대책 없이 내뱉었나 고민하는 시간이 더 많긴 했지만. 어느 순간 동료 작가들 사이에서 내가 4대강 찬양론자라는 농담이 밈처럼 자리잡고 있다는 사실이 떠올랐다. 처음에 그 농담을 들었을 땐 웃기지도 않아서 대꾸도 하지 않다가, 요즘에는 4대강 찬양론자가 맞다고, 좌파 같은 건 개나 줘버리라고 너스레를 떨 만큼 변해버렸단 것도 이어서 떠올랐다. 달리 이유가 있겠는가. 좌파에 기댈 데가 없어서고, 또 아저씨가 돼버려서다. 아무튼 이명박이라는 키워드는 여기에서 나온 것 같다. 그런데 그럼 펜팔은? 이건 도무지, 도무지 모르겠다.

결국 다른 소설을 써서 마감을 했다. 그런데 묘하게 미련이 남았다. 이명박이 손자뻘 되는 작가와 펜팔을 통해 우정을 쌓는 소설을 읽고 운동권 출신 국문과 교수가 나를 서정주에 비견할 만한 어용 작가라고 맹비난하는 장면을 상상하니 짜릿하기 그지없었다. 이쯤 되면 나는 백 퍼센트 마조히스트가 아닌가 싶다.

이명박이 한 초등학생의 편지에 답장을 보냈다는 뉴스가 나온 건 계절이 바뀌고 진진마저 편성에 대한 기대를 어느 정도 접은 후였다. 언론에 노출된 이명박의 답장에는 학생의 행복을 빈다는 말과 함께 나라의 앞날이 우려된다는 내용이 적혀 있었다. 그걸 보고 나는 충동적으로 이명박에게 편지를 보냈다. 돌이켜보면, 지푸라기라도 잡고 싶었던 게 아닌가 싶다. 나는 작가인데 위약금의 포로가 돼 철창 없는 감옥에 갇힌 상태다, 각계각층에 인맥이 넓을 테니 취업 자리가 있으면 소개해달라, 같은 문장들을 거르지도 않고 줄줄 써서 보낸 걸 보니. 아, MBC나 KBS 사장에게 끈이 닿으면 제 드라마를 황금 시간대에 편성하도록 압박해주시든가요. 추신으로 이런 말도 던졌구나. 별 이야기를 다 했네.

얼마 지나지 않아 친애하는 오한기 작가님께, 라고 시작하는 답장이 왔다. 이명박은 청탁은 원칙적으로 불법일뿐더러 오랜 정치 경력을 돌이켜봤을 때 아무리 선의로 한 일이라 해도 자칫 잘못하면 문제가 커질 수 있다면서 단칼에 거절했다. 여든이 넘었고 대통령까지 해먹은데다가 이미 각종 비리와 범죄 혐의로 수감중인 양반이 뭐가 그리 두려울까 싶었지만, 편지를 끝까지 읽자 의문은 곧 해소됐다. 정부와 사면에 대한 물밑 협의가 끝났고, 트럼프가 다음 대선을 준비한다는 소식에 영감을 받아서 본인도 출소한 뒤 비밀리에 차기 대선 캠프를 꾸릴 예정이라는 말이 쓰여 있었던 것이다. 재출마에 대한 법적 근거도 나열돼 있었는데, 그가 얼마나 진지한지 알 수 있는 대목이었다. 왜 이런 비밀을 나에게 털어놓는 건지 스산한 느낌이 들어서 답장을 하지 않았다.

보름 뒤, 이명박은 다시 편지를 보내왔다. 보통 밑도 끝도 없이 찬양을 늘어놓는 지지자의 편지나 비난과 욕설이 뒤섞인 편지만 받아왔는데, 이렇게 마치 고등학교 동창이 보낸 듯한 진솔하고 격의 없는 편지를 받은 건 오랜만이라고, 그래서 대선 출마 같은 비밀도 스스럼없이 털어놓게 된 것 같다고 적혀 있었다. 이래 봬도 국회의원 시절 『신화는 없다』를 집필한 적 있는 작가라면서 나에게 동질감을 느낀다는 구절도 눈에 띄었다. 이명박은 남은 수감기간 동안 나와 편지를 나누며 지치고 각박해진 마음을 달래고 싶다고 제안해왔다. 솔직히 말해서 처음에는 선입견 때문에 찜찜하기도 했지만, 진정하고 주제 파악을 하니 나를 이렇게까지 높이 평가해주는 사람이 누가 있을까 싶어서 수락하는 데 그리 오랜 시간이 걸리지는 않았다.

우리는 편지를 주고받기 시작했다. 내 편지는 현실에 대한 징징거림이, 그의 편지는 감옥으로부터의 사색이 주를 이뤘다. 편지가 오갈수록 그를 높이 평가하지 않을 수 없었다. 이명박만큼 남녀노소가 싫어하는 정치인도 드문데, 욕먹을 각오로 말하자면 이명박은 그 어떤 정치인보다도 진솔했고 유머 감각이 뛰어났다. 이명박 역시 나에게 호감을 느끼고 있는 듯했다. 작가님과 서신을 교환하고 있자니 마치 젊은 시절의 저와 대화를 나누고 있는 듯한 기분이 듭니다. 저도 흙수저였어요. 영혼 하나만을 가진 채 혈혈단신으로 자수성가했지요. 영혼이 중요한 겁니다, 영혼이. 설혹 그 영혼이 새까맣게 썩었을지라도. 이명박과 내가 같은 영혼을 지녔다는 이야기를 듣고 웃어야 할지 울어야 할지 헷갈렸지만, 기분이 썩 나쁘지만은 않았다.

어느 순간 진진의 분류법이 떠올랐다. 우리가 이렇게 잘 통한다니. 역시 이명박은 진진의 말대로 비계획인인가. 솔직히 말해 그 무렵 나는 외로웠다. 친구가 없었기 때문이다. 절교는 기본이었고, 절교하지 않은 친구들은 절교하지 않고도 나를 떠나갔으며, 내가 친구들을 떠나기도 했다. 어쩌면 이명박은 하늘이 내려준 마지막 친구인지도 모른다는 생각도 들었다. 만날 수 없으므로 애틋하고, 나이 차가 나므로 예의를 차릴 수 있는, 그야말로 바람직한 친구 관계. 그도 나에게 비슷한 이야기를 했던 것 같은데, 지금은 편지를 모조리 불태우는 바람에 정확히 어떤 문장인지 기억나지 않는다.

언제부터인지 모르겠지만, 나는 장난삼아 이니셜을 따서 그를 B라고 불렀다. 그도 이 애칭을 마음에 들어했다. 친애하는 B에게. 존경하는 B에게. 나의 마지막 친구 B에게.

이건 진짜 비밀인데, B가 부탁을 한 적이 있다. 파리떼처럼 달라붙어서 피를 빨아먹던 측근들이 이제 아무도 남아 있지 않다면서. 화무십일홍 권불십년花無十日紅 權不十年, 이게 다 권력의 뒤안길이야, 라고 그때부터 말을 놓았던 것도 기억난다. 부탁이란 다름 아니라 추징금으로 인해 논현동 사저가 경매에 넘어갈 위기에 처했는데, 그전에 몰래 사저에 들어가서 블라디미르 푸틴에게 선물

받은 다이아몬드 박힌 만년필을 청계재단 측에 전달해달라는 것이었다. 몰래라는 말을 들으면 담을 넘는 장면 같은 걸 상상하게 될 테지만, 말이 그렇다는 거지 B는 비밀번호를 가르쳐줬고, 나는 별다른 제지를 당하지 않고 사저에 들어섰다. 아직도 생생하다. 텅 빈 저택. 잡초가 무성하게 자란 마당. 먼지가 수북하게 쌓인 바비큐 그릴. 거미줄. 쥐똥. 길고양이. 가스가 유출된 듯 쿰쿰하고 시큼한 냄새. 시체를 매만지면 이런 섬뜩한 느낌일까, 라는 생각이 절로 들었던 차디찬 마루.

산책하기 좋은 날

나는 문장에 민감하다. 문장에는 작가의 인생이 묻어난다는 게 지론이라면 지론이다. 말은 거창하지만 별거 아니다. 블로그에 일기를 쓰는데, 일기에 쓰인 문장의 길이, 호응 관계, 리듬, 쉼표의 개수, 단어와 수식어, 묘사법 등을 통해서 컨디션이나 운세 따위를 점치는 것이다.

초여름부터 유난히 덥다. 스콜을 연상시키는 소나기가 수시로 내렸고, 선풍기보다 에어컨 실외기 팬이 돌아가는 걸 자주 봤다. 생전 처음 보는 거대하고 선명한 쌍무지개도 떴다. 저 무지개가 무슨 모양하고 비슷한지 직업병처럼 생각했다가, 무지개면 무지개지 뭐겠냐는 생각이 들어서 생각을 멈췄다. 무지개 사진을 찍어서 지인들에게 보냈는데 답장이 없거나 있어도 시큰둥한 반응뿐이었다. 딱히 실망스럽지 않았고, 이런 내가 로봇이 된 것 같았다. 핸드폰을 만지작대며 길을 걸었다. 그림자가 길게 뻗어서, 길가에 있는 다섯 개의 돌무덤을 건드렸다.

올해 7월 20일의 일기다. 담백? 무미건조? 이걸 어떻게 표현해야 할까? 시니컬? 무심? 아무튼 이런 표현들이 어울릴 듯한 문장들이 일기를 채우고 있다. 일 년 넘게 이런 식의 문장들이 쓰이고 있다. 숨을 죽이고 꾸역꾸역 살고 있달까. 나는 내 문장들을 이렇게 해석한다. 요즘 들어 조금 나아진 것 같긴 한데, 아직도 혈이 막힌 듯한 느낌이 든다.

문장에 대한 개똥철학으로 이 챕터를 연 건, 『산책하기 좋은 날』 역시 꾸역꾸역 사는 듯한 문장으로 이루어진 소설이라고 밝히기 위해서다. 일기에 쓰인 문장이 어떻든 소설을 쓸 때는 오디션장에 들어선 뮤지컬 배우처럼 방방 뛰곤 했는데, 요새는 그 간극이 줄어들고 있다. 철이 드는 건가 죽어가고 있는 건가.

문장 이야기는 이쯤에서 그만두자. 『산책하기 좋은 날』은 지난 5월 『현대문학』에 발표한 경장편으로, 겨울이 되면 단행본으로 출간될 예정이다. 코로나로 인한 재택근무에 지친 화자 오한기가 동이나 구 단위를 넘어서는 먼 거리를 산책하는 내용으로, 특이하다고 할 만한 점은 화자가 어린 시절 살던 집까지 산책을 갔다가 그 집을 매수하려고 둘러보던 영화감독 크리스토퍼 놀런과 우연히 마주친 것을 계기로 그의 작품, 제목은 미정이며 화자와 앵무새를 주연으로 한 영화에 출연했다는 대목이다. 출간 전에 소설의 묘사를 보강할까 숙고중이다. 묘사를 제대로 하기 위해서는 다시 그 긴 거리를 산책해야 하는데, 그게 두려워서 그대로 출간할 가능성이 높지만.

작중에서 놀런은 미래 인간의 시선으로 자본주의를 그리는 영화를 기획중인데, 설명만으로는 감이 잡히지 않을 테니 시나리오를 옮겨놓겠다. 다음은 소설에는 공개되지 않은 열네번째 신이다.

#14. 롯데타워 / 낮

잠실역에서 나와 롯데타워 로비로 진입하는 오한기.
오한기의 어깨에는 앵무새가 앉아 있다.
뚜벅뚜벅 어디론가 향하는 오한기.

cut to)
전망대행 엘리베이터 앞.
엘리베이터가 지하 일층으로 내려오길 기다리는 네댓 명의 인간들을 멀거니 바라보는 오한기.
오한기, 품에서 단도를 꺼내 인간들을 연달아 찌르기 시작한다.
징, 하고 금속 파열음이 나더니 푸르스름한 냉각수를 흘리며 주저앉는 인간들.

오한기: 휴먼……

그때 어디선가 호각 소리가 나고, 경찰들이 달려온다.

앵무새: 비상! 비상!

달아나는 오한기.

cut to)
비상계단.
오한기, 전망대로 향하는 계단을 오른다.
앵무새는 푸드덕푸드덕 위로 올라갔다가 오한기의 어깨에 앉길 반복한다.

삼십층.
육십층.

구십층.

땀을 뻘뻘 흘리고 숨을 헐떡이는 오한기.
앵무새도 그런 오한기를 따라 하다가 지겨운 듯 한숨을 쉰다.

앵무새: 에계, 지쳤어?
오한기: AI……
앵무새: 지쳤냐니까?
오한기: AI……

백이십층에 다다른 오한기와 앵무새.
전망대를 지날 때쯤 경찰들이 보이고, 오한기는 황급히 옥상으로 이어지는 나선형 계단을 오른다.

cut to)
해질녘 서해안고속도로.
서해대교. 질주하는 수십 대의 레이싱 카.

우측에 펼쳐진 서해.
해가 바다에 잠기더니 거대한 꽃게가 솟아오른다.

꽃게: 꽃게. 꽃게.

고속도로 위로 떨어지는 꽃게의 음성.
그 순간 레이싱 카들이 갑자기 게처럼 옆으로 움직이기 시작한다.
다리난간을 부수고 바다로 추락하는 레이싱 카들.

꽃게: 꽃게. 꽃게.

하늘을 붉게 물들이며 구름 위로 올라가는 꽃게.
언뜻 해가 다시 뜬 것처럼 보인다.

cut to)
롯데타워 옥상 문을 여는 오한기.
주체할 수 없이 눈부신 빛이 한 움큼 들어오고.
오한기와 앵무새는 눈을 가린다.
빛 사이로 언뜻 보이는 괴생명체.

괴생명체: 휴먼?

오한기, 괴로운 듯 신음을 내며 손을 뻗는다.

그때 누군가 오한기의 복부에 칼을 찔러넣는다.

앵무새(음성): AI……

윽, 하며 주저앉는 오한기.
온몸에서 파란 피가 흘러나온다.

특별할 것 없는 전형적인 예술영화이니 시나리오에 대한 평가는 제쳐두자. 항상 느끼는 거지만 이런 종류의 영화들은 시나리오 자체보다는 연출자의 아우라가 텍스트와 어떻게 결합되느냐가 중요하다고 생각한다. 다소 불공정하다고 여길 수도 있겠지만 차별성은 확실히 존재한다. 그래서 크리스토퍼 놀런에게 기대를 걸어본 것도 있다.

말하다보니, 내가 실제로 놀런의 영화에 출연한 사실을 얼떨결에 밝힌 것 같다. 공개적으로 말하는 건 처음이다. 『산책하기 좋은 날』은 픽션이지만, 예전에 살던 집에서 놀런을 만나 출연 제안을 받고 촬영에 임한 것은 사실이다. 이건 자존심 같은 것이라서 밝히는데, 참고로 나는 그의 영화에 출연할 생각이 없었다. 굳이 따지자면 나는 놀런의 영화를 싫어하는 편이었고, 정신적인 여유도 없어서 제안을 몇 번이나 고사했다. 출연료를 처음 제안했던 것의 두 배로 올려준다고 하기 전까지는.

진진에게는 비밀로 했다. 용돈벌이일 뿐인데, 제작자랍시고 소속 작가를 관리한다며 설치면 성가실 것 같아서였다. 진진에게 크리스토퍼 놀런이 계획인이냐, 비계획인이냐 떠본 적은 있다. 진진이 놀런은 전형적인 계획인이라면서 상종도 하지 말라고 했던 게 기억난다.

인정하긴 싫지만 진진의 말대로 놀런과 내가 상극인 건 맞는 듯하다. 놀런은 예상외로 아마추어 같은 구석이 있었다. 사전 예약을 하지 않거나 허가를 받지 않아서 촬영이 딜레이된 경우도 허다했지만, 그보다도 배우 역시 작품의 구성요소일 뿐이라고 깎아내리는 동시에 직원에게 능동성을 강요하는 사장처럼 배우를 대하는 그를 이해할 수 없었다. 갈등이 일 때마다 놀런은 잠수를 탔고, 나는 놀런의 이 같은 유치한 면모에 진절머리를 쳤다.

놀런을 달래며 힘겹게 촬영을 이어가던 도중 『산책하기 좋은 날』의 마감일이 다가왔고, 나는 놀런에게 영화를 찍는 과정과 시나리오 일부를 소설화해도 되는지 문의했다. 놀런은 같은 창작자로서 반대할 수는 없지만, 작품이 사전 공개되는 일만은 없었으면 좋겠다고 당부했다. 괜히 긁어 부스럼을 만드는 것 같아서 다른 소설을 쓸까 고민하던 중, 동업자의 탈세로 놀런의 제작사가 파산하면서 촬영이 중단되는 일이 발생했다. 여기까진 괜찮았다. 그러나 놀런이 출연료를 미지불한 채 자취를 감추면서 나는 모든 걸 공개하기로 결심했다. 그러고 보니 『산책하기 좋은 날』의 집필 목적은 확실했다. 『산책하기 좋은 날』이 번역돼 조세 피난처 같은 데 숨어 있을 놀런에게 책이 전해지는 것. 글에 담긴 분노도 고스란히. 꾸역꾸역 마지못해 살고 있는 순문학 작가의 돈을 감히 떼먹다니.

입을 연 김에 책에 미처 공개하지 못한 것도 밝히겠다. 소설에 인용한 시나리오에서 앵무새의 비중은 꽤 큰데, 사실 초고에서 앵무새는 화자의 파트너가 아니라 소품일 뿐이었다. 놀런은 나 스스로가 영화 창작의 주체가 돼 파트너 캐스팅에 참여하면 좋겠다고 했다. 하나의 거대한 메타 무비처럼 말이다. 안 그래도 상극인데 되도록 말은 섞지 말고 돈이나 벌자 싶어서 굳이 입 밖으로는 내뱉지 않았지만, 소설가가 주인공이라는 이유로 항상 메타 소설 취급받는 자타공인 메타 서사 전문가로서 나는 놀런의 감각이 낡았다고 생각했다. 메타는 본능적으로 하는 거지, 의도적으로 하면 망하기 십상이거든.

혼자 해결할 수 있는 몇몇 신을 촬영한 뒤, 나는 본격적으로 캐스팅에 착수했다. 놀런은 파트너 역할을 맡을 사람은 배우가 아니어야 하며, 직관적으로 자신을 설득시킬 만한 인물이어야 한다는 조건을 붙였다. 나는 친분이 있는 예술가들의 프로필을 읊었지만, 놀런은 도무지 영감이 오지 않는다고 투덜거렸다. 보아하니 화제가 될 만한 셀럽을 원하는 것 같았다. 나는 고민 끝에 비장의 카드를 꺼내들었다. 바로 B였다. 놀런은 B와 어떻게 아는 사이냐고,

수감중인 걸로 아는데 영화에 출연할 수 있는 것이냐고 흥분을 감추지 못한 채 캐물었다. 펜팔 친구라고 해봐야 설명만 길어지고 믿지도 않을 것 같아서 대충 둘러대며 사면될 가능성이 있다고 말하자, 놀런은 B에게 캐스팅 제안 편지를 쓰는 장면을 시나리오로 적어 보내주며 당장 캐스팅하라고 했다.

#오프닝 / 밤

책상 앞에 앉아 백지 위에 글을 쓰는 앵무새.
앵무새의 날갯죽지에는 금으로 도색된 펜이 끼워져 있다.

오한기(음성): 뭐라고 써야 할까?

책상, 스탠드 밑에는 가재들이 가득 담긴 어항이 있다.
어항 속에서는 엄지손가락만한 가재들이 부유하고 있고, 자갈 바닥에는 가재 알들이 다닥다닥 붙어 있다.

그때, 오한기 F. I.
앵무새 뒤편을 오가며 고뇌에 잠긴 오한기.

오한기: 함께 물구나무를 서주시겠습니까?

앵무새가 오한기가 말한 내용을 그대로 적는다.

오한기: 아니, 고쳐. 서로의 팔꿈치 뼈를 도려내볼까요?

앵무새가 물구나무가 들어간 문장을 지우고, 팔꿈치 뼈가 들어간 문장을 쓴다.

오한기: 아니! 아니!

머리칼을 잡은 채 주저앉는 오한기.
앵무새, 심드렁한 표정으로 황금 펜을 어항에 넣고 이리저리 휘젓는다.
어항 속 물이 황금색으로 물들고,
그때 알에서 깨어나는 가재 새끼들.

오한기: 읍!

오한기, 관자놀이에 손을 대고 텔레파시를 보낸다.
펜이 저절로 움직여서 백지에 글씨가 써지기 시작하고, 앵무새가 펜을 붙잡고 버틴다.

오한기: 천재!

앵무새가 공중에 떠서 어항 속에 처박히고, 가재들이 앵무새를 갉아먹는다.
황금색 물에 퍼지는 앵무새 피.

펜이 저절로 움직인다.
백지 위에 써지는 글씨.

오한기(음성): Will you marry me?

다시 읽어도 조잡하기 그지없다. 나는 상식적인 현대인이며, 당연히 시나리오에 적힌 것처럼 비현실적인 방법을 쓰지 않았다. B에게 출소한 뒤 놀런의 영화에 출연할 생각이 있냐고 공손히 물었다. 머지않아 답장이 왔다. 〈다크 나이트〉를 감명깊게 봤고, 악인처럼 보이지만 실은 영웅인 배트맨 캐릭터가 자신과 동일시되는 면이 있어서 신기했다는 내용이 서두에 적혀 있었다. 자신을 다룬 영상물에 대한 이야기가 이어졌다. 〈야망의 세월〉은 자신의 성공담을 모티프로 삼은 드라마고, 김어준이라는 작자는 자신의 비자금 의혹을 다룬 논픽션 영화 〈저수지 게임〉을 제작해서 떼돈을 벌었다고 말이다. 아직 새발의 피도 못 찾았지. 저수지는 깊어. 저수지 바닥에는 금은보화가 그득하지. 물론 시체들도. B가 편지 속 문장들을 읊조리며 빌런처럼 킬킬거리는 장면이 연상돼 피식 웃음이 나왔다. 그뒤 B는 대선을 앞두고 위기에 몰린 정부가 사면을 무기 삼아 여당과 딜을 하고 있지만 지금으로서는 촬영 스케줄을 맞출 수 있을지 확답할 수 없다고 정중히 거절했다. 정치적인 논쟁에 휩싸일 수도 있으니 가능한 한 정치인의 출연을 재고해보라는 조언도 덧붙였다. 이게 끝이 아니었다. 역시 B는 한 나라를 통치했던 인물다웠다. 해결책을 제시해준 것이었다. B는 혹시 그럼에도 본인을 캐스팅하고 싶다면, 2007년 대선 때 무리한 스케줄로 인해 연단이 관중과 먼 행사에는 어쩔 수 없이 대역을 썼는데, 그 대역에게 출연을 제안해보라면서 매니지먼트사의 연락처를 적어주었다. 나는 곧장 매니지먼트사에 전화를 걸어 문의했다. B의 대역이 재작년 사망했다는 답이 돌아왔다.

인간 쥐의 습격

『인간만세』를 출간하고 『산책하기 좋은 날』까지 발표하자 진진은 왜 드라마에 최선을 다하지 않느냐며 화를 냈다. 편성사에서 연락이 없는 것도 드라마에 혼신의 힘을 쏟아붓지 않는 내 탓이라는 것이었다. 별다른 대꾸를 하지 않자 『인간만세』를 구입해서 읽어봤는데, 더이상 소설에 시간 낭비하지 않는 편이 낫겠다며 신경을 긁는 메일을 보내왔다. 그래도 회신하지 않으니까 투잡 금지라는 계약서 항목을 들먹이며 드라마에 집중하지 않으면 위약금을 물어내고 소송도 불사해야 할 거라고 협박하기에 이르렀다. 그제야 나는 덜컥 겁이 나서, 신작을 구상중인데 메가 히트작이 될 것 같은 예감이 든다고 둘러대며 조금만 시간을 달라고 선수를 쳤다. 진진에게서는 마지못해 승낙한다는 듯 단답형의 답장이 왔다. 메일을 보낸 뒤 환희를 주체하지 못해 입꼬리가 귀 가까이 올라갔을 진진의 모습이 상상됐다. 한 편의 청춘 드라마를 닮은 우리 비계획인의 우정을 담아, 라는 멘트와 함께 사인한 『인간만세』 단행본도 보냈으니 하루종일 히죽거렸을지도 모른다. 나는 아직 구상도 하지 않은 작품에 대해 메가 히트작 운운해놓고도 걱정이 되지 않을 만큼 확신하고 있었던 것 같다. 그게 어떤 작품이든 진진의 마음에 들 거라는 걸. 아무래도 우리는 비계획인이니까.

신작에 대해 말하기 전에 〈인간 쥐의 습격〉 이야기부터 해야겠다. 〈인간 쥐의 습격〉은 내가 대학 다닐 때 직접 쓰고 연출하고 편집한 십오 분짜리 단편영화다. 원본은 어디 있는지 기억나지 않지만, 장난삼아 만든 예고편은 유튜브에 올라가 있다.

로그라인: 쥐를 닮은 남자가 세상에 복수하는 이야기.

상상마당에서 주최하는 공모전에 제출했던 게 떠오른다. 본선에 통과돼 상상마당 홈페이지에 게재됐다가 경성대 영화과 학생에게 신랄한 비판이 담긴 쪽지를 받았던 것도. 쿠엔틴 타란티노의 작품을 오독한 것이 아니냐며, 영화는 장난이 아니니 장난칠 거면 당장 그만두라는 게 요지였다. 신기하다. 문학판에서 들었던 비판과 일맥상통한다는 게. 「새해」로 젊은작가상을 탔을 때가 절정이었던 것 같은데.

미련이라도 남아서 〈인간 쥐의 습격〉 이야기를 꺼낸 건 아니다. 내가 말하고 싶은 건 〈인간 쥐의 습격〉이라는 영화 자체가 아니라, 〈인간 쥐의 습격〉의 주연이자 고등학교 동창인 윤주환에 대해서다. 윤주환은 설치류와 유사한 구강 구조를 지닌 키 백육십 센티미터대의 남성인데, 나는 아직도 고3 때 쉬는 시간마다 기이한 손동작을 취하며 물리 문제를 풀던 그의 모습을 잊을 수 없다. 그는 고등학교를 졸업한 뒤에 성균관대 전자전기공학부에 입학했고 운동권 노래패와 힙합 동아리에서 활동했다. 4학년 때 정보통신대학 부회장을 맡은 뒤 본격적으로 NL 대학생 단체에서 활동하기 시작했고, 대학을 졸업한 뒤에는 민중당 당원이 됐다. 수원시 시의원에 출마한 적도 있다. 지금은 안양에 위치한 중소기업에서 연구원으로 일하는 중이며, 최근 간신히 파산을 극복했다. 나는 윤주환이 금전 문제로 한창 힘들어할 때 삼십만원을 빌려준 적이 있는데, 받는 데 삼 년이 걸렸지만 서로 빈털터리라는 걸 이해하는 사이라서 관계는 틀어지지 않았다. 왜 윤주환의 프로필을 구구절절하게 늘어놓느냐면, 신작의 주연 역시 윤주환이기 때문이다. 신작 영화는 내가 직접 쓰고 연출할 계획이며, 윤주환 외에도 주연이 또 있다. 일론 머스크다. 맞다. 테슬라의 CEO.

메가 히트작을 얼른 내놓으라는 진진의 재촉에 벼랑 끝까지 몰렸던 어느 날, 나는 인터넷에서 우연히 일론 머스크의 어린 시절에 관한 게시물을 봤다가 소름이 돋았다. 윤주환과 닮았기 때문이었다. 구강 구조를 비롯한 외모적 특성뿐만 아니라, 이과적인 천재성이 유사했다. 차이라면 일론 머스크는 세계 최고의 부자이고, 윤주환은 신용을 갓 회복한 중소기업 연구원이라는 점. 유사성과 차이성의 엄청난 간극을 접한 뒤 영감이 화상 상흔처럼 부풀어올랐고, 나는 미친듯이 시나리오를 쓰기 시작했다.

로그라인: 도지코인 투자로 파산한 윤주환이 일론 머스크에게 복수하기 위한 여정에 오르면서 벌어지는 이야기.

대강의 시놉시스를 이야기하며 출연을 제안하자 윤주환은 뛸듯이 기뻐했다. 직접 만든 나조차 잊고 있었던 〈인간 쥐의 습격〉 포스터를 보내오며, 영원히 연구실과 원룸을 오가며 인생을 탕진할 것 같았는데 이번 출연이 어쩌면 지지부진한 삶에서 벗어날 기회

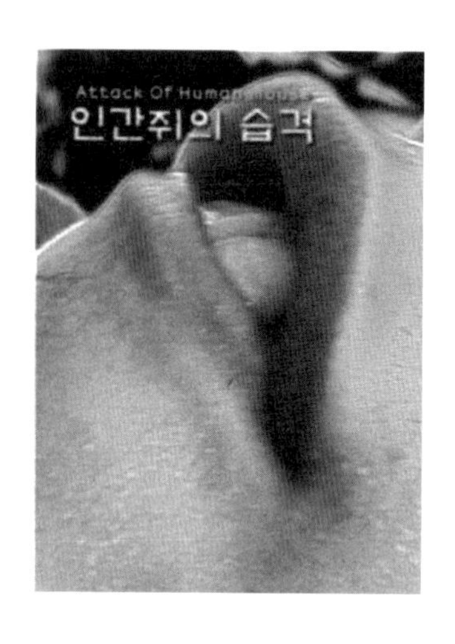

인지도 모르겠다고 해서 약간 부담스럽기도 했다. 승낙을 받아내고 얼마 지나지 않아 침울한 목소리로 연락이 왔던 것도 기억난다. 시나리오에 결정적인 오류가 하나 있다면서. 단순히 구강 구조가 유사하다 뿐이지, 아무리 거울을 봐도 자신은 일론 머스크와 전혀 닮지 않았다는 것이다. 아직도 왜 내 답에 수긍했는지 의문인데, 어쨌든 나는 다음과 같이 답을 했고 윤주환은 수긍했다. 단순히 외모의 문제라기보다는 좀더 복잡한 거야. 일론 머스크와 네가 거울을 사이에 두고 서로의 얼굴을 마주본다고 생각해봐. 너는 일론 머스크가, 일론 머스크는 네가 되는 거지. 그럼 너는 테슬라의 CEO가 되고, 일론 머스크는 민중당원이자 중소기업 연구원이 되는 거라고. 거울을 매개로 뒤바뀌는 거야. 그럼 앞으로는 어떻게 될까? 넌 거울에서 뭘 보게 될까? 그건 과거일까 현재일까 미래일까 아니면 아예 다른 세계일까?

두말할 필요도 없이 진진은 좋아했다. 시나리오와 함께 윤주환과 일론 머스크의 사진을 나란히 보여주자 투자를 자처했다. 편성 따위는 신경쓰지 말고 선댄스영화제를 목표로 삼자며 흥분했는데, 역시 부담스러웠지만 투잡 금지와 위약금 반환이라는 협박 멘트가 도로 들어간 것만으로도 만족했다.

그러던 어느 날이었다. 진진이 고민 가득한 표정으로 회의에 나왔다. 무슨 일이라도 있냐고 묻자, 생각해보니 다른 건 부딪혀 보면 가능할 것 같은데 일론 머스크는 대체 어떻게 섭외할 거냐고 물었다. 나는 믿는 구석이 있으니 걱정하지 말라고 했다. 아직도 올림픽 삼관왕을 보듯 나를 우러러보던 진진의 눈을 잊지 못하겠다.

믿는 구석이란 B였다. B에게 편지를 써서 대강의 시나리오를 이야기하고 이건 청탁이 아니라 캐스팅 과정이다, 그러니 출마에 방해가 되지 않을 거다, 라고 간곡하게 부탁했다. 크레디트에도 올려줄 테니 영화가 성공하면 예술에 조예가 깊다는 이미지를 얻을 수 있을 거라고 허풍을 떨기도 했다. 아마도 윤주환과 일론 머스크가 주인공인 이유를 곡해한 듯, 답장에서 B는 양극화 극복은 평생의 숙원 사업이었다며, 도움을 요청해줘서 오히려 고맙다고 공치사를 했다. 이어서 절친 오바마를 통해 민주당-친환경 사업

로비스트에게 줄을 대면 일론 머스크의 연락처 정도는 알아낼 수 있을 거라며 자신감을 내비쳤다. 감사 편지를 보내고 사흘 뒤 B에게서 답장이 왔다. B는 일론 머스크의 VIP 메일 주소를 가르쳐주며, 운을 띄워뒀으니 시나리오를 보내면 될 거라고 했다. 나는 일론 머스크에게 B의 친구라고 인사한 뒤 시나리오 번역본과 윤주환의 사진을 보냈다. 다음날, 일론 머스크에게서 홍보팀과 상의하고 답을 주겠다는 짤막한 회신이 왔다.

마름모 브라우니

일론 머스크, 그 인간 이야기는 하지도 말자. 아직까지 감감무소식이다. 몇 차례 더 메일을 보냈지만 답장이 없었다. 수신 확인을 하질 말든가.

좀더 생산적인 이야기를 해보자. 「마름모 브라우니」는 『인간만세』 초고가 마음에 들지 않아서 썼던 작품이다. 『인간만세』의 대체품으로 생각했지만, 초고를 쓴 뒤 긴가민가해서 도로 『인간만세』로 돌아갔다. 「마름모 브라우니」를 쓰기 시작할 당시 나는 브라우니에 꽂혀 있었는데, 맛이 아니라 모양에 집착하고 있었다. 그동안 브라우니를 정사각형으로 인식하고 있었는데, 엉뚱하게도 왜 마름모라고는 불리지 않는가, 라는 의문이 어느 순간 나를 사로잡아버린 것이었다. 다양한 형태의 브라우니가 있다는 사실을 나중에야 인지하고 갈등했지만, 이미 불이 붙은 터라 그 정도 오류로는 제동을 걸 수 없었다.

「마름모 브라우니」는 소설가인 화자가 태릉에서 자양동으로 이사를 갔다가 옆집에 사는 변호사를 만나면서 시작되는 작품이다. 이런 경험은 처음이라 무척 신기했는데, 나 역시 소설을 따라 자양동으로 이사를 가게 됐다. 의도한 바는 아니었다. 진진이 신작에 집중하라며 성수동과 가까운 자양동에 작업실을 마련해줬고, 때마침 전세 계약이 끝나가던 차라 거처를 아예 작업실로 옮긴 것이었다. 혹시 소설로 내 미래를 예측이라도 한 것 아닐까, 나도 모르게 무의식적으로 불운의 복선을 깐 것 아닐까, 다소 비관적인 결말인데 해피 엔딩으로 수정해야 하는 것 아닐까, 「마름모 브라우니」 초고를 돌아보며 수없이 전전긍긍했던 것도 떠오른다. 다행히 실제로 이사간 집의 옆집에는 변호사가 아니라 단란한 가족이 살고 있어서 안심했지만 말이다.

이사를 하고 나서 B에게 편지를 보냈다. 이사 소식을 전한 뒤 일론 머스크가 시나리오를 검토해본다더니 장기간 답이 없으니 오바마를 통해 다시 한번 로비를 해달라며 우는소리를 하곤, 너무 부탁만 한 것 같아서 당신 권력이 이 정도밖에 되지 않느냐고 농담도 섞었던 게 떠오른다. 그런데 이상했다. 좀처럼 답장이 오지 않았던 것이다. 혹시 권력 운운하는 농담을 오해해서 감정이라도 상한 것 아닐까, 사면이 지체돼 농담을 농담으로 받아들이지 못할 만큼 심리가 불안정한 것 아닐까 걱정이 됐지만 확인할 길이 없으니 기다리는 수밖에 없었다. 그러던 어느 날이었다. B가 지병이 악화돼 병원에 입원했다는 뉴스가 떴다. 댓글 창에는 입에도 담기 싫은 악플들이 수없이 달려 있었다. 나는 B가 내게 감정이 상하지 않았다는 데 안도했는데, 다시 생각해보니 건강이 악화됐다면 안도할 게 아니라 걱정하는 게 맞는 것 아닌가, 혹시 나는 악플러보다 더한 소시오패스가 아닐까 싶어 혼란스럽기도 했다.

일론 머스크의 회신을 기다리다 지쳐 신작은 무기한 연기됐다. 진진은 새 기획안을 준비해야 하는 거 아니냐고 보챘고, 윤주환은 자신의 인생은 이대로 주저앉는 거냐고 칭얼거렸다. 진진과 윤주환을 보고 있자니 더욱 심란해졌고, 둘을 외면하기 위해서는 뭐라도 하는 척해야 될 것 같아서 잡아든 게 「마름모 브라우니」였다.

「마름모 브라우니」를 퇴고하고 있을 때 드디어 B에게서 답장이 왔다. 이사를 축하한다며, 주소를 보니 건국대학교 병원 인근인 것 같다고, 1980년대에 건국대 부지가 야구장이 될 뻔했던 것을 아냐고, 당시 건국대 이사장과 친분이 있었는데 본인에게 자문을 구해 야구장 부지에 자리잡았으며, 덕분에 거부가 돼놓고 배은망덕하게도 사식 한번 넣어주지 않는다고 볼멘소리를 했다. 여전히 광진구는 저평가됐다며, 자금 여력이 된다면 자양동과 광장동 인근의 한강변 주택들을 매수하는 것도 좋을 거라는 훈수도 뒤따랐다. 그러면서 B는 그동안 몸과 마음이 아파서 답장할 기력도 없었는데, 최근 건강을 회복해서 다시 동부구치소로 이송됐다고 했다. 이번 기회에 죽었으면 사면시켜달라고 문재인한테 아쉬운 소리를 하지 않아도 되는데, 라는 농담도 쓰여 있어서 안심이 됐다. 그뒤 B는 일론 머스크가 아이 같은 구석이 있으니 기다려보라고 타이르기도 했고, 편지에 적힌 내 농담을 읽다가 데굴데굴 구르며 웃는 바람에 병상에서 추락사할 뻔했다고 너스레를 떨기도 했다. 나는 그가 농담을 농담으로 받아들였다는 것만으로도 신이 나서 재빨리 답장을 했고, 한동안 편지는 사흘에 한 번꼴로 끊이지 않고 이어졌다. 살면서 가장 많은 편지를 주고받았던 때가 아닌가 싶다. 쓸 말 못 쓸 말 다 쓴 뒤에는 할말이 떨어져서 인간만세라는 주문에 대해서까지 털어놓았고, B는 옥고에 지쳐 인간만세라는 주문을 외웠는데 효과가 있는 것 같다고 호응했다. 심지어 다른 말 없이 인간…… 만세……가 한가득 채워진 편지를 보내오기도 했다. 언젠가는 진진의 계획인-비계획인 분류법에 대해서도 썼는데, B는 흥미로워하며 모두가 자신을 계획인으로 여기겠지만 사실은 진진의 말대로 비계획인이 맞는 것 같다고 회신했다. 비계획인은 비계획인을 첫눈에 알아본다, 비계획인의 역사에 남을 우리 우정을 위해, 같은 낯간지러운 멘트를 쓰기도 했다. 그러면서 역대 대통령을 계획인과 비계획인으로 나눠서 보내주기도 했는데, 기억에 의하면 그 명단은 아래와 같다.

계획인: 윤보선, 박정희, 최규하, 전두환, 노무현, 박근혜
비계획인: 이승만, 노태우, 김영삼, 김대중, 이명박, 문재인

B와 편지를 주고받으며 「마름모 브라우니」를 탈고했다. 그러나 공개할 일은 없을 것이다. 치명적인 오류가 있는데, 브라우니의 모양 따위가 아니라 근본적인 사유에서 비롯된 것이라 바로잡을 수 없기 때문이다.

「마름모 브라우니」를 읽은 사람은 단 하나다. 짐작했겠지만, 바로 B다. B는 내 소설을 보고 싶다고 몇 달째 조르던 중이었다. 감방에 책을 들여오는 게 녹록지 않다며, 프린트해서 편지에 동봉해 달라는 것이었다. 나는 B의 부탁을 애써 외면하고 있었다. 내 소설을 비난한 친구들과 절연한 경험이 많았기에.

생각이 바뀐 건 여론으로 인해 B의 사면이 무산될 수도 있다는 뉴스가 흘러나왔을 때였다. 편지에서 B는 직접적으로 티를 내지는 않았지만 우울한 문장을 구사하고 있었다. 내 소설을 보면 기분이 좀 나아질 것 같다는 말에 마음이 동했다. 나는 「마름모 브라우니」를 프린트해서 보냈다. 왜 하필 그 작품이었는지 묻는다면 확실한 이유를 댈 수 있다. 기대 때문이었다. 혹시 B라면, 같은 비계획인이자 솔메이트인 B라면 소설에 담긴 메시지를 이해하고 품어줄 수 있지 않을까 하는 생각이 들어서였다. 그런데 B는 몇 주

동안이나 답이 없었다. 나는 하루에도 몇 번씩 우편함을 들여다봤다. 빈 우편함을 볼 때마다 장기 하락중인 주식 차트를 볼 때처럼 속이 울렁거렸던 게 떠오른다.

세계 최고의 부자와 전직 대통령의 답장을 기다리는 게 무언가 비현실적이라고 느껴질 무렵, B에게서 편지가 왔다. B는 고민 끝에 드디어 결심을 했다고, 친구라면 쓴소리를 할 수 있어야 한다며 선전포고하듯 편지를 시작했다. 느낌이 싸했는데 역시나 「마름모 브라우니」가 마음에 들지 않는 모양이었다. B의 충고는 다음과 같았다. 황석영, 이문열 같은 당대 문장가들처럼 문장에 공을 들여라. 매가리가 없다. 경험을 토대로 대지에 발을 딛고 시대정신을 담으라. 진솔함이 부족하다. 감동을 주어라. 하늘 위로 붕붕 뜨는 것 같은데 원고지에 육필로 써보는 건 어떠냐. 소설에 깃든 그 음험한 사상은 사이코패스를 연상케 한다. 다른 건 익숙한 악평이었는데, 사이코패스 운운하는 마지막 평은 폐부를 찔렀다.

나는 답장을 썼다. 간신히 화를 억누르고 예의를 차려서 에둘러 말했지만 요약하면 다음과 같다. 역시 비리 정치인하고 엮이는 게 아니었다. 친구 따라 강남 간다는 말이 있는데 큰일날 뻔했다. 입원 뉴스에 달린 악플들에 이제 공감이 간다. 당신이야말로 사이코패스 아니냐. 댓글 부대 관음증 환자에, 돈에 미친 사람 같으니라고. 아, 그때까지 받은 편지들을 모조리 불태운 것도 이게 계기였구나. 역시 소설은 친구들을 떠나가게 한다. 나를 외톨이로 만드는 건가. 이건 진리다.

B에게서 편지가 끊겼다. 지금도 가끔 생각한다. 좀더 어른스럽게 대처했더라면 아직까지 편지를 주고받지 않았을까. 그렇게 나는 마지막 친구를 떠나보냈다. 아, 이 이야기도 해야겠구나. 그 무렵, 청와대 민정수석실 특별감찰관이 작업실에 들이닥치기도 했다. 몇몇은 작업실을 수색했고, 한 명은 나를 심문했다. B와 무슨 사이이기에 편지를 그렇게 많이 주고받았냐는 것이었다. 나는 답했다. 우리는 그저 펜팔 친구입니다.

며칠 뒤, B의 사면이 끝내 무산됐다는 뉴스가 여기저기에서 보였다. 마음이 좋지 않았다. 편지지를 앞에 두고 고민했지만 어떤 말부터 적어야 할지 감이 잡히지 않아서 관뒀다. 며칠이 더 흘렀다. 놀랍게도 B로부터 편지가 날아왔다. 자네에게 보내는 마지막 편지가 될 것 같네. 편지는 이렇게 시작했다. B는 민정수석실에서 다녀간 사실을 들었다며, 억울한 고초를 겪게 한 걸 사죄한다고, 더불어 작가의 자존심을 건드린 늙은이를 용서해달라고 했다. 그리고 이제 편지를 보낼 수 없을 것 같다고 덧붙였다. 앞길이 창창한 젊은 예술가에게 더이상 피해를 줄 수 없다며, 본인과 얽힌 사람들의 끝이 좋지 않으니 이쯤에서 관계를 정리하는 게 맞지 않겠냐고 하는 구절에선 코가 시큰거렸다. 편지의 말미에는 자양동에 거주하는 오세훈이 서울시장에 당선된 소식을 들었다면서, 예전처럼 오세훈과 가까웠으면 자양동에 친구가 있으니 잘 봐달라는 이야기 정도는 했겠지만 이제 본인은 아무 힘도 희망도 없다고, 그러나 자양동은 예로부터 자마를 기르던 기름진 땅이었다고, 그 땅에 서린 영험한 기운이 당신에게도 깃들길 기도한다고 적혀 있었다. 마지막 인사말을 읽고 나서는 눈물이 흘러내렸다. 당신의 마지막 친구 B로부터. 굿바이.

세 일 즈 맨

진진이 실리콘밸리로 떠난 지 세 달쯤 지났다. 가정용 채굴기 스타트업에 엔지니어로 스카우트된 것이다. 지문 인식 소프트웨어 파트에서 일한다고 설명해줬는데, 나는 전형적인 인문계라 들어도 뭐가 뭔지 모르겠다. 아무튼 박사과정을 마친 뒤에도 취직이 되지 않아서 전전긍긍했는데 축하해줄 일이다. 처음에는 진진이 떠나는 게 섭섭했지만, 국내 대기업보다 세 배는 많은 연봉을 제안받았기 때문에 우리는 떨어져 지내는 게 여러모로 이득이라는 것을 암묵적으로 인정하고 말았다.

개인적으로는 좋은 일인지 잘 모르겠다. 확실히 진진이 떠나자 허전했다. 헤어진 건 아니지만 헤어지지 않은 것도 아니랄까. 계속 이런 느낌이 들었다. 우리는 하루에 한 번 통화했다. 나는 낮,

진진은 밤. 우리는 진진이 잠들 때까지 대화를 이어갔다. 나는 어제 있었던 일에 대해, 진진은 오늘 있었던 일에 대해 이야기했는데, 어제와 오늘의 시차만큼이나 소통이 잘 이루어지지 않는 느낌이라 못내 아쉬웠다. 대화의 마무리는 언제나 동일한 패턴이었다. 내가 나도 미국으로 가면 안 되냐고 칭얼거리면, 진진은 취직 초기라서 입지가 불안정한데다가 집이 좁아서 혼자 누울 공간도 부족하다며, 영어 한마디 못하는 소설가가 여기 와서 뭐할 건데? 너 비행기표 살 돈은 있어? 영주권 나오고 상황도 안정되면 그때 생각해보자, 라고 반박한다. 나 역시 딱히 답이 없는 걸 알고 있어서 수긍하거나 훌쩍거리고. 눈물나는 로맨스.

물론 긍정적인 측면도 있다. 진진이 미국으로 떠난 뒤 목표가 생긴 것이다. 뜬금없는 소리로 들릴 수도 있는데, 바로 미국 문학상을 타는 것이다. 퓰리처상, 전미도서상, 앤드루 카네기 메달…… 무엇이든 상관없다. 미국 문학상을 수상하면 돈 걱정 없이 진진을 만나러 갈 수 있을 것이다. 상금은 얼마 되지 않지만 인세가 미친듯이 들어올 거고, 드라마나 영화화 계약금도 당길 수 있을 것이며, 낭독회라도 하면 비행기 티켓이나 테슬라 모델S를 지원해줄지도 모른다. 진진의 자취방 앞에 차를 세운 뒤 전화를 거는 상상. 지금 집 앞이니까 나올래?

소설을 쓰기 시작한 이래 이렇게 설레는 목표는 처음이었다. 목표가 생기니까 활력이 따라붙었다. 진진에게는 비밀로 했다. 상상력만으로 미래를 약속하는 건 필패의 지름길이라는 걸 진작 깨달았으니까. 젊은작가상도 겨우 탄 주제에 무슨 미국 문학상이냐고 비아냥거려도 좋다. 나조차도 가끔 스스로에게 비아냥거리니까.

도서관에 가서 각종 미국 문학상의 역대 수상작들을 훑어봤다. 깨달은 것 하나. 예술이 아니라 기획으로 접근해야 한다. 미국에서 성공을 거둔 영화나 드라마만 봐도 그렇다. 〈기생충〉 〈미나리〉 〈오징어 게임〉 〈파친코〉…… 핵심은 사우스코리아라는 정체성을 드러내는 것. 그런데 미국에서 바라보는 나는 어떤 사람일까? 어린 시절부터 서양식 식습관에 익숙해져 삐쩍 말랐는데 복부만 비만인 삼십대 동양인? 인터넷으로 모든 걸 해결하는 비운동권 중도좌파? 그것도 아니면…… 자본과 예술적 고집 사이에서 갈등하다가 이러지도 저러지도 못한 채 젊은 시절을 탕진한 소설가?

단군신화 판타지부터 한국전쟁과 이민사까지 소재는 무궁무진했다. 진종일 도서관에서 자료를 찾고 책을 읽다보면 해가 져 있었다. 나름 행복했다. 시간이 빨리 흘러서 진진과 통화할 수 있으니까.

그렇다고 소설에만 집중할 수는 없었다. 퓰리처상이나 전미도서상을 수상할 만한 역량을 지닌 문학작품을 써냈다고 치자. 이 대전제를 기반으로 따져보잔 말이다. 우선 작품이 한국에서 출판돼야 하고, 내 작품에 관심을 가진 번역가가 에이전시를 섭외해서 번역해야 한다. 소설가로서의 내 입지를 고려해볼 때 이 과정만 적어도 삼 년이다. 그것도 운이 좋으면 말이다. 자료 조사 시간을 뺀다 쳐도 내 소설 창작 패턴을 헤아려볼 때 작품을 쓰는 데 최소 이 년은 걸릴 것이다. 죽을둥살둥 노력해서 엄청난 걸작을 써낸다고 쳐도 기본 오 년이다. 그러니까 오 년 동안 먹고살 돈이 필요하다. 장기전이다. 비축유처럼 돈을 모아야 한다. 그런데 정작 중요한 걸 잊은 듯한 이 느낌은 뭘까. 과연, 진진이 오 년 동안 나를 사랑해줄까? 모를 일이다.

진진의 말대로 『산책하기 좋은 날』을 쓸 때가 호시절이었다. 월급은 월급대로 받으며 팔자 좋게 산책이나 쏘다녔으니. 어떻게 보면 해고는 당연한 수순이었는지도 모른다. 그뒤 나는 겉은 멀쩡했지만 속은 아사 직전이었다. 어디 실직뿐인가. 전세 사기 소송만 이 년째. 아무래도 임대인과 정부는 보증금을 돌려줄 생각이 없는 것 같았다. 나는 불가항력적으로 월세살이를 하고 있었다. 그나마도 진진이 떠난 뒤로는 월세를 홀로 감당해야 해서 벅찼다. 진진은 자신이 계획에 없이 떠난 거니 일정 기간 동안 월세를 지불하겠다고 했지만, 살지도 않는 집의 월세를 내게 할 순 없었다. Monthly rent is honest. 나는 괜히 영어를 써서 흔들리는 감정을 숨기며 넘어갔지만, 사실은 진진이 이를 무시하고 계좌에 돈을 넣어주길 간절히 원했다. 어? 보냈었네? 그래…… 고맙다…… 그럼 못 이기는 척 넘어가줄 수 있을 텐데. 그러나 진진은 한술 더 떠 그럼 반으로 나눠 낸 보증금도 빼달라고 농담을 던졌다. 나는 무시무시한 공포를 느끼며 답을 했다. Monthly rent is a legal commitment!

일자리 구하기는 녹록지 않았다. 내 나이와 경력은 어디서든 애매했다. 그뿐인가. 겪어보면 알겠지만, 행동력과 눈치, 사회성은 전 세계 하위 일 퍼센트일 것이다. 심지어 MBTI마저 INTP와 INFP를 오갔다. 소설가라면 약간 폐쇄적인 성격일 텐데 동료들과 협업할 수 있겠어요? 소설가라면 밤낮이 뒤바뀌어 있을 텐데 출근 시간 맞출 수 있겠어요? 소설가라고 하셨는데…… 소설가는…… 소설가라는 편견에서 비롯된 평가가 면접마다 이어졌다.

글쓰기 말고 장점은 무엇인가요?

면접관들은 이력서와 자기소개서를 들여다보며 물었다. 나는 바로 대답하지 못하고 머리를 굴려야 했다. 그러고 보니 나는 이력서에 글쓰기 외의 장점은 적어본 적이 없었다. 면접관의 질문대로 글쓰기 말고 나의 장점은 무엇인가. 나는 끝끝내 대답하지 못했고, 고개를 떨어뜨린 채 면접장을 벗어나며 후회했다. 이왕 떨어질 거 이렇게 대답할걸. 감히 나와 글쓰기를 분리하려 들다니. 나는 단순한 작가가 아니다. 세계 문학사에 길이길이 남을 대문호란 말이다!

몇 번의 실패를 맛본 뒤 이력에서 소설가를 지워버렸다. 소설가 커리어를 삭제하자 나는 문창과 출신에 외식 프랜차이즈 기업 홍보팀, 영화 기획사 피디 이력을 갖춘, 그야말로 사회적으로 별 볼 일 없는 존재가 됐지만, 전처럼 면접관을 편견에 사로잡히게 하진 않았다. 물론 결과는 비슷했다. 그래도 패배의식은 덜한 게 위안이 됐다. 엉덩이에 철판을 깔고 매맞는 느낌이랄까.

백전백패라면 과장이고 십칠 전 십칠 패 정도는 됐다. 굴지의 대기업 홍보팀도 있었고 고만고만한 중소기업 사무직도 있었다. 다양한 규모와 형태의 기업들이 전부 나를 선호하지 않는다는 건 나라는 인간 자체의 문제 아닐까. 어느 순간 이런 생각이 들었다. 사고방식, 가치관, 습관, 인간성…… 총체적인 난국. 진진과 패인을 분석해보았는데 진진은 본질적으로 내가 순수한 게 문제라고 했다. 순수? 취직과 순수가 무슨 상관이야? 그리고 순수하면 좋은 거 아니야? 내 말에 아랑곳하지 않고 진진은 하고 싶은 말을 이어나갔다. 너한테 처음에 호감을 품은 건 네가 순수하기 때문이었어. 진진이 덧붙였다. 문제는 네가 더이상 이십대가 아니라 삼십대 후반이라는 거지.

월세, 관리비, 전기세, 수도세, 핸드폰 요금, 대출이자…… 현대사회에서 인간은 숨쉬는 것만으로도 돈을 지불해야 했다. 어쩔 수 없었다. 마지막 승부수를 던지는 수밖에. 다름아니라, 당근마켓에 세간을 내다팔기 시작한 것이었다. 책, 책장, 책상, 침대, 가습기, 옷장, 옷, 텔레비전, 소파…… 회사에 다닐 때 사 모았던 것들을 하나둘 내다팔아서 월세를 내고 생활비를 충당했다. 진진에게는 미안하지만, 진진이 미처 챙겨가지 못한 캡슐 커피 머신도 팔아버렸다.

십 년째 쓰고 있는 노트북만은 사수했다. 목숨과도 같다는 건 솔직히 거짓말이고…… 노트북은 유일한 내 밥줄이니까. 어느 날, 청탁받은 소설을 쓰던 중 분량을 채우기 위해 풍경 묘사를 하다가 아이디어가 하나 떠올랐다. 묘사를 하는 데 돈을 준다면 떼돈을 벌 수 있을 텐데. 묘수다. 이건 묘수야. 나는 숨고와 크몽 같은 각종 사이트에 다음과 같은 제목의 글을 올렸다.

무엇이든 묘사해드립니다

수요는 분명 있었다. 문제는 변태들만 꼬인다는 것. 항문이나 생식기 묘사는 그나마 괜찮았다. 똥이 문제였다, 씨발. 또 문제는…… 변태 새끼들은 돈을 제때 준다는 것이었다. 그것도 아낌없이. 나는 똥으로 점철된 인생 최대 황금기를 도무지 끊어낼 수가 없었다. 노트북 바탕화면은 고객들이 보내준 똥 이미지로 가득 차버렸다. 동두천 똥, 남양주 똥, 대치동 똥…… 어느 순간 소설에서도 똥 이야기만 쓴다는 걸 알아채고 나서야 관둘 수 있었다. 맞다. 『인간만세』도 그 영향 아래 쓰인 소설이다.

똥 묘사를 그만둔 뒤 좀더 그럴듯한 사업을 시작했다. 스마트스토어로 성공한 고등학교 동창의 컨설팅을 받아 사업자등록까지 하고 다음과 같은 공고를 게재한 것이었다.

심부름꾼 소년이 무엇이든 대신 써드립니다

- 프로필: 1985년생, 동국대학교 문예창작과 및 동대학원 국어국문학과 졸업, 2012년 『현대문학』 신인추천으로 등단, 2016년 문학동네 젊은작가상 수상, 외식 프랜차이즈 기업 홍보팀, 영화 기획사 피디, 드라마 작가, 도서관 상주 작가
- 저서: 『의인법』 『홍학이 된 사나이』 『나는 자급자족한다』 『가정법』 『인간만세』 『산책하기 좋은 날』 등
- 분야: 자기소개서, 사업 제안서, 각종 보고서, 대학생 리포트, 인문계 대학원 논문 등의 작문 전 영역
- 단가: 원고지 1매당 일만원
- 기타: 2회 수정 요청 가능, 파일 원본 제공 및 저작권 일체 양도

백민석의 단편집 제목을 따서 지은 카피 문구는 꽤 인기가 많았다. 마흔을 목전에 둔 사람이 소년 운운하는 게 다소 크리피하게 느껴지긴 하지만 말이다. 동창은 소년이라는 단어가 함의하고 있는 피지배 계층의 면모가 분명 어필할 거라고 컨설팅해줬는데 역시 전문가는 전문가였다. 특히 고소득 전문직 종사자들이나 강남 거주자들이 심부름꾼 소년을 애용했다. 사업 제안서. 리포트. 심지어 초등학생 자녀의 밀린 일기까지. 간혹 회의가 들었지만 나는 감정을 억누른 채 무엇이든 성실하게 수행했다. 돈만 받으면 되니까. 문제는 고객들이 까다롭다는 것이었다. 성에 차지 않으니 작

업료는 반만 주겠다. 이것 좀 고쳐달라. 저것도 좀 고쳐달라. 당신 경력 사기 아니야? 신고한다고? 있는 놈들이 더하네. 하도 억울해서 수수료를 따박따박 떼어가는 본사에 항의했는데 법무팀 변호사를 알선해줄 테니 수수료를 또 지불하란다. 싫다니까 모든 건 내 탓이니 알아서 해결하란다. 차라리 똥에 미친 변태 새끼들이 낫다는 결론이 내려질 판이었다.

심부름꾼 소년 노릇을 하며 가까스로 월세를 해결하고 카드값을 틀어막은 뒤 한숨 돌리고 있던 어느 날이었다. 장을 보고 오는 길, 아파트 단지 게시판에서 이런 글을 봤다.

궁둥이를 빌립니다

기간: 계약직(일 년, 연장 여부 추후 협의)
조건: 성인이면 누구나 지원 가능
대여료: 월 백만원
문의 및 지원: xxxx@xxxx.com

701동 1003호 입주자 올림

공고를 보는 순간 가슴이 콩닥콩닥 뛰었다. 이 정도면 도전해볼 만하다는 생각이 머릿속을 빠르게 스쳐지나갔다. 왜냐하면 일단 저런 이상한 구직 공고를 보고 덤빌 경쟁자가 누가 있겠냐는 생각이 들었기 때문이었다. 궁둥이라면 둔부 전문 모델, 피부과나 치질 전문 의사를 제외하고는 딱히 전문가가 없을 텐데, 모델이나 의사는 당연히 이 공고와 급여를 보면 코웃음을 칠 것 같았다. 게다가 내 엉덩이에 백만원이면 손해보는 장사는 아니라는 생각도 들었다. 동시에 여러 가지 의문이 떠올랐다. 그런데 궁둥이를 왜, 어떤 연유로 빌린다는 거지? 그건 그렇고 어떻게 빌린다는 거지? 칼로 베어내겠다는 건가? 아니면 가죽을 벗겨서 뭘 하겠다는 건가? 그것도 아니면 이식수술이라도 받으려는 건가? 나는 나도 모르는 사이 엉덩이 살 사이에 패티를 끼운 햄버거를 앙 깨무는 장면을 상상하다가 고개를 절레절레 젓고 이성을 되찾으려고 노력했다. 맞아…… 대여라는 단어에는 원상 복구라는 의미가 내포되어 있는 건데 말이지. 그럼 내 엉덩이를 잘라내는 건 아닐 테고…… 생각을 거듭했지만 솔직히 예상도 되지 않았다. 나는 슬며시 롱 패딩 안으로 손을 넣어서 엉덩이를 만져봤다. 나에게 이 엉덩이 두 짝이 무슨 쓸모가 있을까. 똥을 쌀 때? 의자에 앉을 때? 쿠션 역할을 할 무언가가 필요할 거 같긴 한데…… 그게 꼭 엉덩이일 필요는 없잖아?

나는 주변을 두리번거렸다. 아무도 없었다. 경쟁심과 약육강식 본능이 꿈틀거렸다. 나는 게시판에서 공고문을 떼버렸다. 다행히 본 사람은 아무도 없는 듯했다. 달아나듯 서둘러 집으로 돌아왔다. 그리고 궁둥이를 누군가에게 빌려준 뒤 궁둥이 없는 삶을 살고 있는 사람의 인생에 대해 생각하다가, 궁둥이 구인자에게까지 생각이 미쳤다. 여성? 남성? 나이는? 직업은? 워드에 프린터를 다룰 정도면 컴퓨터는 어느 정도 할 줄 아는 건가? 그런데 엉덩이가 아니라 궁둥이라고 하는 이유는? 나는 검색창에 궁둥이를 타이핑하고 엔터를 눌렀다.

1. 엉덩이의 또다른 말.
2. 볼기의 아랫부분. 앉으면 바닥에 닿는, 근육이 많은 부분.
3. 옷에서 엉덩이의 아래가 닿는 부분.

그러니까 궁둥이가 사전적으로는 엉덩이의 또다른 말이면서도 엉덩이와 구분된다는 거지? 앉을 때 바닥에 닿는, 근육이 많은 부분이라…… 여기에서 어떤 업무인지 유추할 수 있나? 사투리나 속어인 줄 알았더니 표준어였네. 그런데 일반적으로 궁둥이라고 잘 하지 않잖아? 왜 굳이 궁둥이라는 단어를 쓴 거지? 검색하기 전보다 더 알쏭달쏭했고, 의문은 의문을 낳아서 혼란만 가중시켰다. 그때였다. 핸드폰 알람이 울려서 보니 아파트 커뮤니티 앱에 궁둥이를 빌린다는 동일한 공고 글이 올라와 있었다. 이 공고에는 더욱 세밀한 내용이 적혀 있었다. 이력서 양식 자유, 간단한 자기소개서 포함, 근무시간: 9~18시, 공휴일/명절 휴무, 야근/회식 없음, 커피 무제한 제공, 점심 식대 제공, 근로 계약서 준수……

세상에, 점심에 커피라니. 하루 이만원은 족히 아낄 수 있겠다. 게다가 야근과 회식이 없다. 한국에 이런 직장이 어디 있나. 욕심이 배가됐다. 정작 무슨 업무인지는 적혀 있지 않았지만 어차피 어딜 가든 회사에 묶여 있을 시간, 아무래도 좋았다. 나는 노트북에 저장된 이력서들을 뒤적거렸다. 내가 누구고, 어떤 직장을 거쳐왔으며, 어떻게 살아왔는지가 적당히 과장된 채 빼곡히 적혀 있었다. 어떤 걸 제출할까. 살짝 고쳐서 낼까. 이력서를 고르고 있을 때, 문득 이런 의문이 들었다. 내가 아니라 엉덩이를 어필해야 되나? 맞아, 이건 엉덩이에 대한 이력서잖아!

나는 노트북 앞에 각을 잡고 앉은 채 엉덩이에 대해 쓰기 시작했다. 당연히 잘 써지지 않았다. 한참이나 멍하니 빈 문서 창만 바라보고 있어야 했다. 결국 특단의 조치를 내렸다. 바지와 팬티를 벗어 엉덩이 맨살을 의자에 닿게 한 뒤 눈을 감은 것이었다. 시간의 흐름에 몸을, 아니 엉덩이를 내맡기자, 머지않아 엉덩이가 온 세계를 흡수하는 듯한 느낌이 들더니 이윽고 효과가 나타났다. 거대한 황인종의 엉덩이가 머릿속에 스멀스멀 자리잡기 시작한 것이었다. 얼마 지나지 않아 엉덩이에 대한 영감이 조금씩 생겨났다. 알몸으로 태어나 구중궁궐 같은 기저귀를 거쳐 평생 팬티에 싸인 채 살아온 엉덩이…… 유치원 소풍날 팬티에 똥을 쌌는데 말하기 부끄러워서 하루종일 엉덩이에 붙이고 다녔던 기억…… 중학교 때 말뚝박기를 하느라 친구들 허리에 올라탔던 기억……

왜 축구를 하면서 파이팅한답시고 엉덩이를 칠까 존나 싫었는데…… 훈련소 샤워장에서 봤던 수백 개의 엉덩이들…… 그런데 굳이 이런 임팩트 없는 정보를 고용주에게 제공해야 할까…… 어느 순간 나쁜 기억들이 마구잡이로 떠올랐다. 학교에 다닐 때 수도 없이 맞았던 기억. 얄밉게 말한다고 일진들에게 발로 걷어차였던 기억. 오리 궁둥이라며 성희롱의 대상이 된 적도 있고 복학생 선배가 내 엉덩이를 꽉 움켜쥔 적도 있었는데. 개새끼, 잘살고 있냐. 그런데 이런 것들이 엉덩이의 이력이 될 수 있을까?

임팩트 없는 정보나 나쁜 기억은 과감하게 생략하는 게 좋을 것 같다. 모름지기 이력서라 함은 자랑하는 것이다. 자랑하자, 엉덩이를. 내 엉덩이의 장점이 뭐가 있을까. 내 장점도 모르겠는데 말이지. 그런데 나와 엉덩이는 분리될 수 있는 건가. 내가 엉덩이고 엉덩이가 곧 나 아닌가. 도대체 어떤 점을 강조해야 할까. 생각을 하면 할수록 머릿속이 점점 더 어지러워졌다. 그래, 일단 쓰고 보자. 나는 눈을 부릅뜨고 떠오르는 대로 내 엉덩이의 장점을 나열하기 시작했다.

살갗이 부드럽다.
탄력이 좋다.
사고 및 수술 경력이 없다.
말캉말캉하다.

하얗다.

쓰고 보니 나만의 특별한 장점은 아닌 것 같아서 아쉬웠다. 작은 꼬리가 있거나…… 참외 모양으로 생겼거나…… 재스민 향기가 난다거나…… 그렇게 차별성 있는 엉덩이를 갖지 못한 나 자신이 한심하게 여겨질 정도였다. 그렇게 밤새 노트북 앞에 앉아 있었지만 성과는 없었다. 다음날, 엉덩이 장점 찾기를 도와달라고 부탁하자 진진은 황당해하며 이유를 물었다. 나는 무언가 켕겨서 내 엉덩이를 주인공으로 삼은 소설을 쓰고 있다고 얼버무렸다. 진진은 그럴 줄 알았다며, 그럼 너는 네 엉덩이의 장점이 뭐라고 생각하냐고 물었다. 나는 끄적여둔 걸 더듬더듬 읽었다. 진진이 드디어 네가 미쳤구나 하고 혀를 끌끌 찼다. 네 엉덩이에 장점이 있다고? 탄력? 살갗? 내가 봐서 알아, 너는 지극히 평범한 엉덩이를 갖고 있어. 차라리 말이지, 사고를 전환해봐. 오히려 엉덩이에 대한 편견…… 그러니까 추함을 강조하는 거야. 그 추한 무언가가 사실은 사회가 강압한 거라는 거지. 네 엉덩이는 양극화 사회의 희생양이고…… 동아시아 작은 나라의 성장 일변도 시스템이 배출한 괴물이며…… 좌파와 우파가 나눠 먹는 정치 지형의 제물인데다가…… 생각하면 할수록 네 엉덩이가 제격인 것 같아. 내가 아는 얼마 되지 않는 현실 엉덩이 중 가장 지저분하거든. 치질도 있는데다가 여드름이나 두드러기도 많이 나서 시도 때도 없이 긁

어대잖아. 방귀 냄새도 지독하다고!

진진과 통화를 끝낸 뒤 전신 거울 앞에 서서 바지를 내렸다. 당시에는 진진의 힐난이 언짢았지만, 감정을 가라앉히고 보니 어느 정도 수긍이 됐다. 거울 속에 보이는 건 그야말로 볼품없는 엉덩이였다. 스쾃이라도 해둘 걸 그랬어. 이 정도 엉덩이는 널리고 널렸잖아. 차별성이 없어.

나는 고독한 심정으로 노트북 앞에 앉았다. 한글 창을 켜고 내 엉덩이가 차별성을 띨 수 있는 점에 대해 생각하다가 다음과 같은 항목을 생각해냈다.

변비에 걸린 경험이 단 한 번도 없다.
책 여섯 권을 쓴 소설가이며, 오래 앉아 있을 수 있다.
가끔 종기가 나서 긴장감을 유지할 수 있다.
허리 디스크의 영향으로 방사통의 경험이 있다.

그나마 이 정도가 내 엉덩이의 차별점인 것 같았다. 그런데 시간이 흐른 뒤 다시 읽어보니까 조금 이상했다. 변비는 엉덩이보다는 대장이나 직장 같은 내장 기관과 관련되어 있는 것 같았고, 경험상 소설가라는 건 역시 숨기는 게 좋을 것 같았다. 종기, 디스크는 뭔가 지엽적으로 느껴졌다. 큰 줄기가 필요했다. 메인 서사 말이다. 그래, 내 엉덩이에는 메인 서사가 없다! 그때 머릿속을 스쳐

지나가는 생각이 하나 있었다. 드라마가 아니면 어때. 블록버스터 영화가 아니면 어떠냐고. 소설을 쓰듯 쓰는 거야. 엉덩이에 대해 사유하는 여정을 진술하는 거야. 딱히 답이 없어도 되는 거 아닌가. 엉덩이에 대한 솔직한 심정을 담는 거야. 그래, 뭐 특별한 엉덩이를 구하려는 거면 공고문에 밝혀뒀겠지. 그런데 아니잖아. 대부분의 이력서가 그렇듯 성의, 열정, 의지 같은 것만 담고 있으면 되는 것 아닌가. 나는 의자에 엉덩이를 밀착시켰다. 지금은 폐업한 국내 중소기업의 의자가 엉덩이를 콤팩트하게 감싸주었다. 뇌를 비우고 허리와 어깨에 긴장감을 준 뒤 키보드에 손을 얹었다. 십 년간 호흡을 맞춰온 키보드가 저절로 움직이는 듯한 느낌이 들었다. 정신을 차리니 하루가 지나 있었고 놀랍게도 단편소설을 방불케 하는 분량의 이력서가 탄생했다. 합격에 대한 자신감은 사라진 지 오래였지만, 꾸미기에 급급했던 여타 이력서와 비교했을 때 진솔하게 쓴 것 같다는 생각이 들어 나름 뿌듯했다.

메일로 이력서를 보내고 다시 일상의 리듬을 찾았을 무렵 진진의 연락이 끊겼다. 처음에는 야근을 하느라 바쁘겠거니 대수롭지 않게 여겼는데, 사흘 동안 연락이 닿지 않자 불안해졌다. 사랑이 식었나 하는 유치한 발상부터 혹시 납치나 인종차별 폭행을 당한 것 아닌가 하는 같은 끔찍한 상상까지 떠올랐다. 나는 진진의 페이스북에서 찾을 수 있는 모든 외국인 친구에게 DM을 보내 진진의 행방을 물었고, 인스타그램에는 진진의 사진과 함께 이 사람이 행방불명됐으니 찾아달라는 내용의 게시물을 태그를 잔뜩 달아 올렸다. 진진의 임대 스튜디오 근처 상점에 전화를 걸어 Jin Jin is missing, 이라 말하며 울먹이기도 했다. 그래도 진진은 감감무소식이었다. 나는 진진에게 수없이 음성 메시지를 남겼다. 젠장, 내가 지금 당장 돈이 없어서 실리콘밸리로 날아가진 못하는데…… 조금만 기다려…… 전미도서상을 받아 너를 찾으러 갈 거야…… 바로 내가 좆같은 퓰리처상을 차지해서 떼부자가 되겠다고……

그로부터 일주일 뒤였다. 몇 번이나 비행기표를 알아본 뒤 그 가격에 좌절하고 있을 때 궁둥이 구인자로부터 메일이 왔다. 지원자가 예상보다 많아 심사하는 데 오래 걸렸다며, 서류전형에 합격했으니 면접을 보러 오라는 내용이었다. 처음에는 엉덩이를 빌려주고 싶어하는 사람이 그렇게나 많나 의아하면서도 불안했는데 이내 자신감이 붙었다. 서류전형에 합격했다는 건 내 엉덩이가 경쟁력이 있다는 뜻 아니겠는가. 기필코 이 자리를 따내고 말겠다는 다짐이 뒤따랐다. 예상 질문 파일을 열어서 면접을 준비하다가 문득 이 면접은 내가 아니라 내 엉덩이를 평가하는 자리라는 생각이 들었다. 어떻게 하면 엉덩이가 돋보일지 고민한 끝에 내가 할 수 있는 건 단 하나라는 결론을 내렸다. 욕실로 가서 엉덩이를 공들여 씻은 뒤 로션을 꼼꼼하게 발라주는 것 말이다.

면접 시간에 맞춰서 701동 1003호로 갔다. 우리집 구조와 동일한데 어딘지 낯설어서 기분이 이상했다. 안방은 문이 닫혀 있었고, 면접중이라고 적힌 A4 용지가 붙어 있었다. 단출한 이케아 가구가 늘어선 거실에는 열댓 명의 대기자가 서성대고 있었는데, 가관이었다. 정장 차림에 엉덩이 부분만 뚫고 온 남자도 있었고, 〈엉덩이 탐정〉 가면을 쓰고 온 여자도 있었다. 어디에서 구했는지 방귀 냄새가 나는 향수를 뿌리는 외국인도 있었고, 연거푸 입으로 뿡뿡거리는 소리를 내는 노인도 있었다. 캐주얼 차림으로 온 내가 창피하게 느껴질 정도였다. 그때 궁둥이로 삼행시를 외우는 사람이 내 옆에서 중얼거렸다. 뭐랬더라. 궁궐에 들라 둥둥둥둥 이리 오너라, 였나. 나도 삼행시를 준비했어야 됐나 초조해져서 급히 떠올려보다가 아, 이건 너무 비굴하고 치사하잖아, 엉덩이로 승부봐야지, 싶어 그만뒀다.

엉덩이가 득실거리는 밀실에 갇혀 있다는 생각에 불현듯 공황상태가 돼서 식은땀이 흘러내렸다. 나는 발코니로 나가 창문을 열었다. 차가운 바람을 맞으니까 기분이 좀 나아졌다. 그때 창밖으로 이모티콘에서나 볼 법한 거대한 엉덩이 캐릭터가 뒤뚱거리며 701동 로비로 들어오는 게 보였다.

차례가 돼 면접장에 들어섰다. 고용주는 엉덩이 모양의 인간이었다. 얼굴과 팔다리, 몸통까지 모든 게 엉덩이였다. 인간 엉덩이. 아니, 엉덩이 인간인가. 입을 열 때마다 방귀 소리와 똥 냄새가 나서 인상이 절로 찌푸려졌다. 고용주는 나를 보더니 바지와 속옷을 내리라고 지시했다. 나는 두 눈을 질끈 감고 엉덩이를 깠다.

엎드려!

고용주가 외쳤다. 나는 바닥에 납작 엎드렸다. 고용주는 돋보기에 눈을 댄 채 내 엉덩이를 들여다보며 점수를 매기기 시작했다. 손가락으로 살결을 쿡 찍어 맛도 보고 킁킁 냄새도 맡았다. 항문도 벌려보고 볼기짝도 찰싹찰싹 때려봤다.

그런데 종기가 하나 있군요.

평가가 거의 끝났을 때 고용주가 달군 쇠꼬챙이로 내 엉덩이를 찔렀다. 나는 비명을 질렀다. 엉덩이 살려!

맞다. 이건 내 상상에 불과하다. 현실은 잔인하리만치 상상과 정반대였다. 면접장인 안방에 들어서니까 평범한 외모의 현실 고용주가 세상만사 귀찮은 듯한 심드렁한 표정으로 앉아 있었다. 친절하게 자기소개도 해줬다. 대기업 십 년 차 과장. 사십대 미혼 남성. 아무래도 오해를 하고 있었던 것 같다. 엉덩이에 미친 변태 같은 걸 상상했으니.

혹시 현재 하시는 일이……?

고용주가 물었다. 허를 찔렸다. 엉덩이가 아니라 나에 대해 물어볼 줄은 몰랐다. 그것도 첫 질문으로.

소설가입니다만……

나는 말끝을 흐리며 대답했다.

어쩐지 필력이 좋으시더라고요.

고용주가 이력서를 들여다보며 말했다. 그간의 다른 면접과 유사한 시작이었다. 뒤따라붙을 부정적인 언사가 저절로 머릿속에 맴돌았다. 아쉽지만 저희 회사와는 어울리지 않는 것 같군요…… 이 업계보다 다른 직군에 어울릴 것 같은데요…… 그러면 나는 그럼 대체 나를 여기까지 왜 부른 거야, 부글거리는 마음을 억누른 채 바보같이 아, 그런가요, 하며 히죽 웃고 말겠지.

업무에 필력은 딱히 필요 없지만…… 당신의 이력이 마음에 들어요. 너무 길기도 하고 평소에 책을 많이 안 읽어서 그런지 뭐라고 쓰셨는지 이해는 잘 가지 않지만…… 이력서에서 당신의 진정성만큼은 엿볼 수 있었어요.

그런데 고용주의 입에서 나오는 말은 예상과 달랐다. 나는 당황해서 어떤 반응을 보여야 하나 머리를 굴렸다.

소설가라면 오래 앉아 있을 수 있겠네요?

고용주가 말을 이었다.

네?

내가 되물었다.

하루에 여덟 시간 정도는 무리 없으시죠?

그건 그렇죠.

내가 답했다. 참고로 『의인법』에 수록된 소설들은 한 번도 일어나지 않고 모조리 앉은 자리에서 완성한 것이다. 마음만 먹으면 내 엉덩이는 그럴 역량이 있다, 분명히. 그러고 보니 이건 지레 겁먹고 썼다 지웠던 내용인데…… 드디어 인정받는 건가. 인생을 담보 잡은 쓸데없는 이력이? 이거 봐, 나도 팔린다고. 내 소설도 팔린다니까!

제가 찾던 분일지도 모르겠네요.

그때 고용주가 희미하게 웃었다. 그뒤 고용주는 질문이 있냐고 물었다. 나는 그토록 묻고 싶어 마지않던 걸 물었다. 만약 합격하게 되면 무슨 일을 하는 거냐고 말이다. 고용주는 직무에 대해 설명하기 시작했다. 요약하면 다음과 같다. 코로나로 인해 재택근무 중인데 대리할 사람이 필요하다. 대출을 받아서 암호 화폐에 투자하고 있는데 이자를 갚기 위해서는 배달 알바를 병행해야 한다. 그러나 직장은 투잡 금지이며 상사가 유별나서 시도 때도 없이 자리에 있는지 체크한다. 하루치 업무는 밤새 다 해놓았으니 걱정 말고 자리에 앉아서, 상사가 자리에 있나? 라고 물으면 착석중이라고 답하기만 하면 된다. 이게 전부다. 자리를 뜨지 않은 채 대답만 충실히 한다면 뭘 해도 상관없다. 듣자마자 나에게 안성맞춤이라는 생각이 들었다. 하루에 여덟 시간 죽도록 소설을 쓰는 거야. 돈도 벌고 소설도 쓰고 미국 문학상도 타고!

마지막 질문이 있어요.

고용주가 무게를 잡고 물었다. 나는 침을 꿀꺽 삼키며 고개를 끄덕였다. 고용주는 엉덩이를 오래 붙이고 앉아 있기 위한 전략이 있냐고 물었다. 문득 머리가 새하얘졌다. 나를 뚫어져라 바라보는 고용주를 만족시키기 위해 어떤 말이라도 꺼내야 했다. 맞다. 내 입에서 흘러나온 건 미국 문학상 수상 계획에 대한 이야기였다.

그쪽 세계를 잘은 모르지만…… 언뜻 듣기에도 쉽게 이룰 수 있을 것 같지는 않은…… 그러나 꿈과 희망에 의해 눌러앉아 있을 수밖에 없는…… 확실히 승산 있는 전략이네요.

고용주가 고개를 끄덕였다. 불현듯 왜 취업 공고에 엉덩이가 아니라 궁둥이라고 표현했는지 알 것 같았다. 고용주에게 필요한 건 엉덩이가 아니라, 사전적 의미대로 의자에 닿는 엉덩이 아래 근육이었다. 장시간 앉은 채 버틸 수 있을 만큼 엉덩이 밑 근육이 튼튼한 노동자를 구하고 있는 것이었다. 잔인하리만치 적확한 사람. 갑자기 저 평범한 인상의 고용주가 나를 손바닥 위에 올려놓은 채 당근과 채찍을 번갈아 주며 악의 구렁텅이로 몰아가는 악마처럼 느껴졌다. 피도 눈물도 없는 고용주 밑에서 일하다가는 내 엉덩이가 뼈만 남고 금세 홀쭉해지겠는걸. 그런데 왜 저 작자가 나를 좋아하는 것 같은 느낌이 들지. 오싹했다. 날 바라보는 고용주의 그윽한 눈길. 이제 한식구라는 듯 한결 부드러워진 말투. 느낌만으로는 합격인 것 같았다. 한편으로는 시시하기도 했다. 뭐야, 이거. 대단한 엉덩이를 구하던 게 아니잖아.

얼떨떨했다. 이렇게 호의적인 면접은 처음이었으니까. 혹시나 떨어진다고 해도 별 불만이 없을 정도로 후회 없이 면접을 봤다는 느낌이 들었다. 집에 돌아와서 핸드폰을 확인했더니 진진에게서 메시지가 도착해 있었다. 나는 곧바로 진진에게 전화를 걸었다.

진진의 목소리가 들렸다. 걱정시켜서 미안하다. 그동안 최악이었다. 베타버전 오류로 인해 정신이 없었다. 핸드폰 액정도 깨졌는데 수리할 틈조차 없었다. 게다가 월세 보증금 사기를 당해서 직장 동료한테 얹혀사는 실정이다. 네가 하도 동료들한테 메시지를 보내대서 당황했다. 창피하니까 인스타그램 사진 좀 지워달라. 엎친 데 덮친 격인 상황들. 한국이나 실리콘밸리나 다를 게 없구나. 나는 약간 우울해졌다. 그때 진진은 음성 메시지를 들었다며 숨넘어갈 듯 웃어댔다. 문학상을 받아서 미국에 올 생각을 어떻게 했냐는 질문이 이어졌다. 내가 어디에서부터 설명해야 할까 고민하는 사이, 진진이 이제 나가봐야 한다며 전화를 끊었다. 잠시 뒤 진진에게서 문자 메시지가 왔다. 역시 나를 웃겨주는 건 너뿐이라니까.

마음이 놓였다. 비록 상황은 녹록지 않았지만 진진은 별 탈 없이 생존해 있으며, 미국 문학상에 대해 얼떨결에 털어놓게 됐지만 나름 호의적인 반응을 보였다는 것.

일상으로 되돌아왔다. 나는 면접 결과를 기다리는 동안 도서관에 출근 도장을 찍었고, 하루에 한 번 진진과 통화를 하며 수다를 떨었다. 혼자만의 착각일지도 모르지만 우리는 그 어느 때보다 서로에게 사랑을 느끼고 있었다. 더할 나위 없이 평화로운 나날들이 이어졌다. 어쩌면 미국 문학상 같은 건 타지 않는 게 더 좋을지도 모른다는 생각이 들 정도로.

- 뉴욕 브롱크스 갱단 보스가 된 한국전쟁 탈영병 이야기
- 서대문형무소 광복절 행사 참석 도중 일제강점기로 타임 워프한 대통령의 탈출기

시간이 흘러 위 로그라인 두 가지를 최종 후보로 두고 고민하고 있을 무렵이었다. 면접 결과를 안내해드립니다, 라는 제목의 메일이 날아왔다. 예상대로 합격이었다. 내일부터 당장 출근해달라는 내용을 보고 한숨이 새어나왔는데, 안도의 한숨인지 출근에 대한 걱정인지 나조차도 짐작할 수 없었다.

다음날, 아홉시 십 분 전에 출근했다. 고용주는 오토바이 헬멧을 쓰더니 계약서를 내밀며 읽어보고 서명하라고 했다. 인터넷을 떠도는 흔하디흔한 용역 계약서였다. 계약서를 읽는 내내 고용주의 핸드폰으로 배달 요청이 줄지어 도착했다. 계약서에 서명을 하자, 고용주는 업무 매뉴얼을 노트북 바탕화면에 띄워놨다고 말한 뒤 서둘러 밖으로 나갔다. 나는 노트북을 켜고 업무 매뉴얼 파일을 클릭했다. 상사가 대답을 요구할 경우 삼 분 내 착석하여 업무 중입니다, 라고 대답할 것, 새로운 업무 오더시 즉시 연락 바람, 같은 실질적인 규칙부터 화장실 사용 시간, 점심 식대, 휴가 규정 같은 디테일한 부분까지 빽빽하게 적혀 있었다. 규정을 세 번 연속 어기면 해고 조치된다는 문장은 붉은색으로 굵게 강조돼 있었

다. 나는 매뉴얼을 숙지한 뒤 인터넷 서핑을 하며 어떤 소설을 쓸지 따져보기 시작했다. 어느 순간 사내 메신저로 출근을 체크하는 상사의 메시지가 왔다. 착석하여 업무중입니다. 나는 곧바로 답장을 보냈다.

대담 | 오한기X황예인

친구의 친구는 친구

친구의 친구는 친구. 소설가 오한기는 나에게 그렇게 정의된다. 내가 그를 처음 알게 된 건 2015년 여름 『analrealism』(서울생활, 2015) 1호를 만들면서였다. 친구인 금정연과 정지돈을 타고 오한기는 내 관계망 안으로 들어왔다. 친구의 친구인 그를 직접 만난 것은 손에 꼽는다. 금정연과 정지돈이 전하는 이야기를 통해서, 또 그들이 쓰는 글을 통해서 접한 게 전부다. 그 속에서 오한기는 종잡을 수 없을 만큼 엉뚱하고, 종종 알아들을 수 없는 말을 해서 통역이 필요한 사람이었다. 지금도 그렇지만 그 당시 나는 작가와 작품을 잘 구별하지 못했는데, 자신이 홍학으로 변해간다고 믿는 '나'가 등장하는 『홍학이 된 사나이』(문학동네, 2016)까지 읽었을 때 오한기는 내 안에서 결코 이해할 수 없는, 아주 이상한 매력을 가진 사람으로 자리매김했다.

친구의 친구에서 그냥 친구가 되었을 때 오한기는 매우 상식적이고 예의바른 사람이었다. 나는 지금도 가끔 2017년 겨울 서소문청사의 정동 전망대에서 그와 함께 내려다봤던 덕수궁과 성공회성당의 풍경을 떠올려본다. 앞으로 뭘 쓸 건지, 내가 차린 출판사인 스위밍꿀에서 책을 낼 마음은 없는지 묻는 나에게 그는 한없이 차분하게 가까운 미래의 계획을 전했다. 거기엔 종이를 접듯 분명한 거절도 있었고 또 약속도 있었다. 그 모습과 그가 쓰는 소설 사이가 너무 멀어서, 나는 그후 오한기를 떠올릴 때면 정말 잘 모를 사람이라고 중얼거리게 되었다.

2022년 여름, 나는 은은한 광기와 평범한 상식 사이에서 여전히 혼란스러움을 느끼면서 오한기와 마주앉았다.

*

먼저 상식적인 이야기부터 시작하기.

황예인(이하 황) 2012년 『현대문학』에 단편소설 「파라솔이 접힌 오후」로 신인추천을 받으며 작품활동을 시작했으니, 이제 꼭 십 년째가 되었네요. 소감이 어떠세요?

오한기(이하 오) 얼마 전에 공모전 심사 청탁을 받았어요. 전화

주신 편집자 분이, 이제 오한기씨도 중견작가가 되었으니 마냥 거절할 수만은 없다고 하더라고요. 그 말을 듣고 뭔가 이상하다, 내가 중견작가라니, 그런 생각을 했습니다.

황 그래서 수락했나요?

오 아뇨. 일단 다른 일과 육아로 바쁘기도 하고, 남는 시간에 제 소설 쓰기도 빠듯한 상황이라서요. 그리고 심사라는 게, 응모작 중에서 제 마음에 드는 작품을 고르는 데서 끝나는 게 아니라 여러 사람을 설득해야 되는 일이잖아요. 그런 일을 제가 잘할 수 있을까 싶더라고요. 토론에는 익숙하지가 않아서요. 만약 원하지 않는 작품이 뽑히면 가만히 있기 어려울 텐데, 그 상황에서 제가 어떤 말을 해야 할지 상상하는 것만으로 스트레스를 받아요.

황 어쨌든 데뷔 십 년을 맞이하는 해에 두번째 소설집이 나오네요. 준비하면서 어땠어요?

오 2015년에 첫 소설집이 나오고 너무 오랜만이라 설렘 반 두려움 반? 장편과는 달리 소설집만의 무게감이랄까, 그런 게 느껴지더라고요. 교정지 보는데 긴장도 되고. 쓴 지 오래된 작품들은 특히 오래 들여다보고 고쳤어요. 문장이나 사유가 뜬금없게 느껴지는 부분들도 있어서 당시에는 왜 이 상황에서 이렇게 썼을까 생각해보기도 했는데, 고민이 되면 굳이 고치지 않고 그냥 뒀어요. 기념비를 세운달까, 그런 기분으로.

황 2016년에서 2018년 사이에 발표한 「바게트 소년병」 「사랑하는 토끼 머리에게」「곰 사냥」 등을 말하는 거죠? 읽는 입장에서도 최근에 발표한 「팽 사부와 거북이 진진」「펜팔」「세일즈맨」 등과 나뉘는 느낌이 들더라고요.

오 「곰 사냥」이 쓴 지 가장 오래된 작품인데, 지금 감각으로는 무언가 난삽해서 전체적으로 손봤어요. 당시 쓴 작품과 최근 쓴 작품을 비교해보니 그때는 뭔가 진지한 느낌이었다면, 요즘은 좀 더 가볍고 재밌는 느낌이 드는 것 같아요.

황 네, 재밌어요! 본인도 느끼고 있었군요?

오 네, 실제로 소설을 쓰면서도 예전처럼 심각해지지 않아요. 쓰는 속도도 훨씬 빨라졌고요. 생각해보면 『인간만세』(작가정신, 2021)를 쓰면서부터 좀 달라진 것 같아요.

황 이번 소설집 안에서도 언급되고 있는 것처럼, 그간 출간된 책들 가운데 반응이 가장 좋았던 작품이죠?("『인간만세』는 판매량을 제외한 모든 부분에서 생각보다 반응이 좋았다. 서두에 언급했던 것처럼 출간 후 인터뷰가 줄지어 잡혔다."(「펜팔」, 219쪽))

오 맞아요. 놀랐어요. 왜 나한테 갑자기 관심을 보이지? 왜 생전 없던 인터뷰 제안을?

황 일간지와의 인터뷰나 독자들의 리뷰뿐만 아니라, 편집자들의 관심도 높아졌다는 생각이 들었어요. 이미 잘 알고 있다고 생각했던 한 작가를 다시 눈에 들어오게 하는 작품 같았거든요.

오 한 청소년 월간지에서 『인간만세』와 비슷한 소설을 써달라며 연재를 제안하기도 했어요. 허리 디스크 때문에 거절했지만, 썼다면 어땠을까 아쉬움도 남아요. 청소년 소설이라니. 아마 괴로웠겠죠? 에세이집 출간 제안도 받았고요.

황 한기씨의 에세이를 기대하는 독자들이 은근히 있을 것 같은데요? 저만 해도 그렇고요. 예전에 『GQ』에 '젊은 작가들이 사랑하는 연애 시'라는 주제로 짧은 글을 썼잖아요. 그 글이나 '작가의 말' 같은 걸 보면 에세이가 궁금해져요.

오 처음 제안을 받았을 때에는 별생각 없이 받아들였는데, 생각할수록 자신이 없어지더라고요. 그래서 번복했어요.

황 허구가 아니라는 점 때문에요?

오 네, 쓰다보면 와이프와 아이 이름도 나오게 될 테고, 또 제 삶의 바운더리가 좁다보니 친구들 이야기도 하게 될 텐데 그런 것들이 부담스러웠어요. 나를 노출하는 게 무슨 의미가 있을까…… 싶기도 했고요. 그래도 블로그에 꾸준히 글을 써볼까 하는 생각은 들어요. 나중에 누군가 그 글들을 엮어 에세이집을 내자고 제안한다면 그건 가능할 것 같아요. 하지만 에세이집을 위해 따로 글을 쓰는 건 왠지 어렵게 느껴져요.

황 『산책하기 좋은 날』(현대문학, 2022)의 '작가의 말'에 산책기를 기록하기 위해 블로그를 개설했다는 이야기*가 나오는데, 한기씨의 블로그에 들어가보니 정말 자기소개와 제목이 책에 나온 그대로더라고요. 블로그에는 편하게 쓸 수 있어요?

오 그것도 아닌 것 같아요. '작가의 말'을 읽고 블로그에 찾아오는 독자 분들이 비공개로 응원 메시지를 남겨주세요. 어떤 분은 『산책하기 좋은 날』에 등장하는 산책로를 구글 맵에 표시해서 남겨주기도 했어요. 그런 걸 보면 의식이 되더라고요. 맞춤법도 틀려서는 안 될 것 같고요.

*

황 이제 이번 소설집에 실린 작품 이야기를 해야 하는데, 그전에 할말이 있어요. 혹시 상수역 근처 카페에서 지돈씨와 함께 만났던 것 기억해요? 2017년 초여름쯤이었는데.

오 네, 기억나요.

황 그때 무슨 말을 했는지도 기억해요?

오 아뇨, 전혀 기억 안 나요. 그냥 모여서 커피 마셨던 것 같은데. 그런데 제가 그 자리에 왜 껴 있었죠……

---

* "소설가
목표 1조 자산가
중장거리 산책자
디저트 매니아

블로그 타이틀은 인간만만세, 닉네임은 보존지구이며, 프로필은 위와 같다."(『산책하기 좋은 날』, 143쪽)

황 어떤 소설에 대해 이야기를 나눴죠. 소설이 전형적인 이야기일 필요도 없고, 또 지돈씨나 한기씨 모두 자유로운 작가들이니까 저는 약간 느슨한 마음으로 그 자리에 앉아 있었는데, 한기씨가 굉장히 진지하게 소설을 비평하더라고요.

오 제가 그랬다고요?

황 자세한 내용은 저도 희미해졌는데 아마 이런 식이었던 것 같아요. 후반부에서 이야기가 어떤 목표를 향해 가야 되는데 그러지 않고 있다는.

오 이상하다, 내가 그렇게 평한 적이 없을 텐데……

황 그걸 들으면서 저는 조금 놀라고 좀 웃기기도 했던 것 같아요. 어라, 이 사람 봐라? 그럼 자기 소설에 대해서도 그렇게 생각하고 쓰고 있다는 걸까, 하면서요.

오 아마 비판을 하라고 멍석을 깔아주셨던 것 같은데…… 이런 이야기이지 않았을까요? 그 소설이 영상화를 목표로 한다면 그런 점이 보강돼야 한다는. 진짜 기억이 나지 않아요. 예인씨가 꾸며낸 거 아닌가요?

황 어라, 이 사람 봐라? 그럼 당신은? 당신의 소설은? 저는 계속 그런 마음이었죠.

오 저는 제 모든 작품을 그렇게 쓰고 있다고 생각합니다.

황 그래서 바로 그 이야길 해보고 싶었어요!

오 특히 『나는 자급자족한다』(현대문학, 2018)를 마음먹고 그렇게 썼어요.

황 영상화에 적합하도록 뚜렷한 설정과 굴곡 있는 캐릭터를 염두에 두고요?

오 네, 그런데 주변에 그런 의도로 쓴 소설이라고 이야길 했더니 다들 웃으면서 이건 전형적인 오한기 작품이라고 말하더라고요. 진짜? 아닌데? 라고 반발했다가, 시간이 흐르고 어디에서도 연락이 없어서 맞구나…… 이게 내 한계야…… 난 완전 고리타분한 문학적 인간이야……라고 생각했어요.

황 전 충분히 의도대로 느껴졌는데요? 이런 이야기잖아요. 아무데나 입사 지원서를 넣던 남자가 우연히 CIA 한국 지부 모니터링 요원으로 뽑히면서 비밀리에 활동을 이어가던 중 아내의 숨겨진 모습을 발견하게 된다는. 아이러니와 유머가 살아 있는 이야기라서 잘 정리해 영화 제작사에 보내고 싶네요!

오 신기하네요. 지금껏 제 작품의 영상화를 이야기한 건 예인씨뿐이고, 지금 저는 상당히 흥미진진한 상태입니다.

황 이번 소설집에 실린 「25」는 어떻게 쓰게 됐어요? 소설만 놓고 본다면 아무도 오한기가 쓴지 모를 것 같다는 생각이 들었거든요. 같은 맥락으로 영상화되어도 흥미로울 이야기다 싶었고요.

오 소설가가 주인공인 이야기에 질려버려서, 보는 것도 쓰는 것도 너무 지겹다고 느끼던 참이었어요. 「25」도 나름 영상화에 대한 야심을 가지고 쓴 중편이에요. 혼자 드라마로 각색해서 1화까지 대본 작업도 해봤고요. 공모전에 내려고 준비했는데, 마침 소설 마감이 있어서 그만뒀죠.

황 주인공 이오가 일하는 데가 신분 세탁 기업이라는 설정이 되게 재밌었어요. 대외적으로는 세탁 전문 업체인데, 실상은 사람의 신분 세탁을 돕는 곳이잖아요. 혹시라도 누군가 의심해서 찾아가보면 “평생을 세탁업에 종사한 바지사장이 상주”해 있고 “인부들이 산더미처럼 쌓여 있는 세탁물을 수십 대의 대형 세탁기에 끊임없이 집어넣는 광경”(52쪽)을 만나게 되는데, 그런 장면들이 훤히 그려지면서 웃기더라고요. 그리고 한때 야구 선수였던 이오에게는 드라마가 있잖아요. 게임을 통해 다른 인생을 살아보고자 백번 가까이 시도해보지만 매번 현실에서와 같이 약물중독으로 귀결되니까, 아주 멀리서 우리의 삶을 바라보았을 때의 슬픔 같은 것도 느껴지고요.

오 혹시 〈브레이킹 배드〉라는 드라마 보셨어요? 조연 중 하나로 사울이라는 삼류 변호사가 나오는데, 나중에 주인공의 신분을 세탁해주는 업무를 담당해요. 거기에서 아이디어를 얻어 「25」를 쓰게 됐죠. 『현대문학』에 발표했었는데 담당 편집자가 재미있게 읽었다고, 야구 팬이라 더 재밌었다면서 긴 메일을 보내주셔서, 아, 뭔가 되려나보다 했는데……

황 소설로서도 굉장히 좋았어요. 제가 특히 좋아하는 장면은 60~61쪽에 나오는데, 누군가 친 장외 홈런이 이오의 발치로 떨어지고, 그걸 이오가 주워 다시 구장 내로 던지죠. 별안간 함성이 커지고, 야구 선수였다가 이제는 신분 세탁 업체에서 일하는 이오는 오랜만에 짜릿한 감각을 느끼는. 그리고 시간 차를 잠시 두고 다음 장면에서 이오에게 다시 야구공이 굴러오잖아요. 마치 이오가 다른 삶을 살 수 있을 것 같은 느낌을 주는 장면이라 기억에 오래 남더라고요.

이번 소설집에서 재미있게 읽은 작품에 대한 이야기를 계속 이어가보고 싶은데요. 아마 다들 「펜팔」을 손에 꼽지 않을까 싶어요. 얼마 전에 뉴스를 보는데, 윤석열 정부의 광복절 특별사면과 관련해 이명박 전 대통령이 '대통령도 다 생각이 있지 않겠냐. 그래도 내가 대통령을 했던 사람인데, 국가와 당의 안정을 위해 내 사면이 제외되어야 한다면 그것을 나는 받아들이겠다는 입장이다'라고 말했다는 소식을 듣고 저도 모르게 소설 속 편지를 떠올리게 되었어요.

오 이건 예인씨가 편집자이기도 하니까 물어보는 건데…… 이 소설 때문에 이명박이 저를 고소하진 않을까요? 물론 그가 문학에 관심이 있을 것 같지는 않지만요.

황 한기씨가 그런 걱정을 했다고요? 전혀 안 할 것 같은데요.

오 그럼요. 우리 가족한테 미행 붙는 거 아니야? 그럼 난 어떡하지? 그런 걱정까지 했는데요.

황 아니, 한기씨가 생각하는 이명박은 어떤 캐릭터예요? 어떻게 이 소설을 처음 구상하게 된 거예요?

오 본가에 가려면 동부간선도로를 지나야 하는데, 운전하고 가다보면 동부구치소가 보이거든요. 그때마다 아이한테 저기 이명박이 있다고 말했어요.

황 그러니까 왜요? 이명박에겐 언제부터 관심을 가지게 된 거예요?

오 대학교 다닐 때 어떤 선생님께서 얘기해준 건데, 이명박이 서울 시장이던 시절에 악수를 한 적이 있었대요. 근데 손이 되게 따뜻했다고. 그래서 이명박에게서 인간미를 느꼈다나? 정확하진 않은데, 이런 비슷한 얘기였어요. 그 얘기를 듣고 난 뒤부터 이명박을 볼 때마다 손이 따뜻한 사람이라는 생각이 들더라고요. 또 인상적이었던 게, 다른 정치인들과 달리 초연하게 옥고를 치르고 있다더라고요. 편지를 보내오는 학생들에게 답장도 해주면서요. 잘 자라야 한다, 뭐 이렇게? 한국의 큰 어른으로서 연기를 하는 느낌이랄까요? 쇼맨십도 느껴지고. 이 사람에게는 뭔가 더 큰 그림이 있을 수 있겠다는 상상을 이어가게 되는 거죠.

황 너무 재미있네요! 계속 이야기해주세요.

오 이 사람이 일단 건강에는 자신이 있는 것 같고, 그래서 감옥에서 나온 후의 그림을 그리고 있다고 생각했어요. 문재인 전 대통령 같은 경우에는 임기가 끝나면 정계를 완전히 떠나고 싶다고 말하기도 했고, 실제로도 고향으로 돌아갔잖아요. 그러면 서사 속

캐릭터로서는 재미가 없는 느낌인데, 그런 점에서 이명박은 캐릭터로서 매력이 있다고 생각했죠.

황 이 소설을 읽고 나면 예상치 못하게 이명박이라는 인물에 대해 매력을 느끼게 돼요. 작가가 현실 속에서 이 인물에게 매력을 느끼지 않았다면 이 정도로 그려내지는 못했을 것이란 생각도 들었고요. 한 인물을 정치적으로 비판하는 것도 아니고, 또 비아냥거리는 것도 아니고, 아주 독특한 맥락으로 소설 속에 데려와 새로운 캐릭터로 만들어냈다는 생각을 하게 됐어요.

오 맞아요. 비판하거나 비아냥거리려는 의도 없이 썼어요. 다만 이 소설을 읽게 될 독자들은 대부분 이 인물을 좋아하지 않을 텐데, 어떻게 읽힐지 걱정은 됐어요.

황 저 역시 한기씨가 생각하는 그런 독자의 범주에 들어갈 텐데요. 저한테는 다른 차원의 이야기로 읽혔고, 특히 B가 쓰는 편지의 문장들이 매우 재밌었습니다. 이 소설을 읽고 정치적 견해가 바뀌지도 않았고요. (웃음)

오 저도 그 부분은 특히 즐겁게 썼어요. 건조한 문장들 속에서 유일하게 따뜻한 느낌이랄까. 소설을 쓰다보면 이렇게 부분 부분이 마음에 들 때가 있더라고요. 「바게트 소년병」의 수진이 떠올리는 단어들, 「25」의 이오가 au와 캐치볼을 하면서 나누는 대화, 「팽사부와 거북이 진진」에서 '나'와 간병인과의 전화통화 같은 부분들 말이죠.

황 소설 속 문장의 힘 덕분인지 저도 한번 편지를 보내보고 싶다는 생각이 들더라고요. 실제로 편지를 써서 보낸 사람들의 이야기도 찾아봤고요. 정말로 이명박 전 대통령이 보낸 답장인지는 확인되지 않았다고 하지만, 그래도 흥미롭더라고요. 특히 '인싸'라는 말이 유행할 때 그 단어의 뜻을 알려준 학생에게 답장을 보내면서 날짜 밑에 마치 호처럼 '인싸 이명박'이라고 쓴 편지가 웃겼어요. 다시 한번 이 사람의 캐릭터에 대해 생각해보게 되었고요. 용례를 짐작하지 못하고 쓴 건지, 아니면 알면서 그렇게 활용한 건지.

오 알고 쓴 것 아닐까요?

황 그럴까요? 저에게 또 흥미로웠던 포인트는, 항상 너그럽게 회신을 해오던 B가 '나'의 소설 「마름모 브라우니」에 대해 쓴소리를 하는 부분이었어요. 그간 별다른 의견 대립 없이 지내며 우애를 나누던 두 사람이 이 때문에 갈라서게 되잖아요. B가 굳이 그렇게까지 반응한 이유가 무엇이었을지, 이 장면에 대해서도 이야기를 나눠보고 싶었어요.

오 그 장면은 그냥 쓴 거라 별 의미는 없어요.

황 그렇게 말할 것 같아서 바로 다른 질문도 준비했어요. 소설에 대한 이유나 의미를 물어보는 독자에게 대답을 하는 건 작가들에게 참 어려운 일이죠. 「마름모 브라우니」는 실제로는 아직 쓰이지 않은 소설이잖아요. 혹시 한기씨가 현실에서 편지와 함께 소설을 보낸다면 뭘 보낼 것 같아요?

오 글쎄요, 아마 『나는 자급자족한다』 혹은 「25」? 혹시 아는 피디가 있으면 소개 좀 부탁드립니다, 하면서……? 농담처럼 말하는 거지만, 진짜 이런 부탁이 아니면 연락할 일은 없겠죠. 낭만으로 뭘 하던 시기는 지난 것 같아요.

황 옥중에서 읽는 「25」는 어쩐지 더 잘 와닿을 것 같아요. 한기씨의 소설을 놓고 삶에 대해 이야기하는 일은 좀 뜬금없게 느껴지지만요. 보통 독자들은 소설을 읽으며 작가의 삶의 태도나 인생관을 느낄 수 있을 때 안심하게 되는데, 그런 점에서 다른 삶을 살아보려고 백 번 가까이 시도하지만 전부 실패해버리는 인물의 이야기인 이 소설은 삶을 돌아보고 내다보려는 사람에게 잘 맞을 것 같아요.

*

황 십 년이라는 시간을 계속 의식하고서 대화를 나누려 했던 건 아니지만, 어떤 시기를 지나갔다는 이야기가 마음에 남아서요. 이제 오한기의 소설세계에서 한상경이라는 인물이 사라진 것에 대한 이야기를 좀 해볼까요?

오 한상경이 언제부터 사라지게 되었는지 기억은 잘 안 나요. 이런 방면으로는 비계획인이라…… 소설을 쓸 때 그런 걸 의도하지는 않거든요. 뒤늦게 생각해보면…… 한상경은 좀 엉뚱한 인물이죠. 문학적으로 야심이 있는 사람이고요. 제 이십대 때의 분신이라고 할 수도 있을 것 같아요. 이번 소설집에서는 유일하게 「곰사냥」에 그 이름이 남아 있네요. 물론 한상경이 직접 등장하지는 않고, 사람들의 이야기 속에서 언제부턴가 사라져버렸다고 회상되는 식이지만요.

황 한상경 대신 진진이 나타난 건가요?

오 의식적으로 등장시킨 건 아니에요. 어디선가 '진진'이라는 단어를 봤고 그게 기억에 남아 있었어요. 와이프의 이름이 '진'으로 끝나기도 해서 진진이라는 인물을 만들어보게 된 것도 같아요. 진진은 한상경보다는 좀더 철이 든 느낌이죠.

황 맞아요. 하지만 광기라고 해야 하나, 그런 게 완전히 사라진 것은 아니고요.

오 결혼하면서 현실적인 시각이 생겼어요. 와이프가 해주는 조언들도 있고요. 예전의 저라면 진짜 못하겠다, 하며 팽개쳤을 일들, 끝까지 알아봐서 행정 처리를 해야 하는 종류의 일들을 이제는 하게 되었죠. 이런 변화가 캐릭터에 반영된 것 같아요.

황 캐릭터의 성격은 전혀 다르지만 『가정법』(은행나무, 2019)에 처음 진진이 등장했던 것 같아요. 비슷한 시기, 『인간만세』에 수록된 「상담」에도 등장하고요.

오 원래 『가정법』의 진진은 연재할 당시에는 유리라는 이름이었어요. 출간을 준비하며 바꿨고요. 『인간만세』의 진진은 문학에 미친 엉뚱한 캐릭터라서 사실 한상경이라고 이름 붙여도 어울리죠.

황 그렇다면 한상경은 어디로 갔다고 생각해요? 이런 질문에 답할 수 있을까요?

오 볼라뇨의 소설 같은 데로 사라지지 않았을까요. 제게 남아 있는 문학의 마지막 낭만이랄까, 한상경이 등장하던 시기의 소설들은 제가 생각하는 소설의 모든 것을 담아 쓴 작품이에요. 지금은 그렇게까지 생각하며 쓰지는 않거든요. 샤워하면서도 젖든 말든 책을 읽는 인물이 있는 볼라뇨의 소설 속으로 갔을 것 같아요.

황 듣다보니, 『홍학이 된 사나이』를 출간한 걸 후회한다고 말했던 북토크가 생각나네요. 만나면 이 이야기를 꼭 해보고 싶었어요.

오 어느 순간 소설이 나한테 밥벌이 이상은 아니라고 느껴졌던 때가 있었어요. 『나는 자급자족한다』를 쓸 때 즈음이었던 것 같아요. 『나는 자급자족한다』의 가장 반대편에 있는 소설이 『홍학이 된 사나이』니까, 이걸로 인해 나에 대한 선입견이 굳어진 건 아닐까 싶었어요. 그때 상품으로서의 소설을 생각하며 문학적 야심을 많이 내려놨어요. 그런데 지금은 또 달라졌어요.

황 지금은 어떤 상태인 거예요?

오 상품이 안 되는 것도 이제 알겠고, 이유가 어찌됐건 문학적인 평가라고 해야 되나, 그런 걸 받기 힘든 작가라는 것도 알겠고. 그럼에도 계속 청탁이 오고 출간 계약도 있으니, 너무 얽힌 게 많아서 절교하려야 할 수 없는 친구라고 해야 할까요.

황 친구, 헤어질 순 없고 계속 함께 가야 하는?

오 헤어지기엔 너무 멀리 왔고, 살살 달래서 가야죠. 이런 마음으로 쓴 작품들이 「펜팔」이랑 「세일즈맨」인데 정말 즐겁게 썼거든요.

황 메일을 찾아보니 제가 『홍학이 된 사나이』 계약 제안을 2015년 12월 31일에 했더라고요. 문학동네에서 일할 때였죠. 그해 여름에서 가을까지 『analrealism』 1호를 만들면서 잡지에 실린 「홍학이 된 사나이」를 읽고 꼭 출간하고 싶다고 생각했었는데. 이때로 돌아간다고 생각해봐요. 제가 한기씨한테 문학동네에서 이 소설을 정식으로 출간하고 싶다는 제안을 해요. 어떡할 거예요?

오 하겠죠. 사실 그냥 찡찡대는 거예요. 당시는 목돈이 많이 필요하기도 했고, 계약 안 할 이유가 어디 있겠어요.

황 그 당시에 저는 이 소설이 진짜 좋으면서도 이상했거든요. 그런데 지금은 별로 이상하게 느껴지지 않아요. 요즘 장르 소설 붐에 따라 다양한 판타지 소설들이 참 많이 발표되고 있는데, 이런 흐름 속에서 이 소설이 출간된다면 어떨까 싶기도 하고요. 말이 나온 김에, 제가 생각하는 이 소설의 포인트는 여기에 있어요. 자신이 홍학으로 변해가고 있음을 느끼는 '나'가 펜션 앞의 원자력발전소를 좋아한다는 것. 마치 둥지처럼. 왜냐하면 그것 때문에 사람들이 펜션을 찾지 않으니까. 어쨌든 다시 그때로 돌아간다면 저 역시 그대로 계약 제안을 할 것 같네요.

표제작인 「바게트 소년병」에 대해서도 이야기를 좀 해볼까요? 저는 왜인지 모르게 「새해」(『의인법』, 현대문학, 2015)가 생각나더라고요. 우선 수진과 지안이 「새해」 속 부부와 닮아 있다고 느꼈고, 「새해」에서 소설이 잘 풀리지 않을 때 아이를 떠맡게 되는 상황이 「바게트 소년병」에서 '나'가 수진에게 이야기로만 들었던 소년을 직접 만나게 되는 상황과 닮아 있다고 느꼈어요. 혹시 「새해」에 대한 신형철 평론가의 칼럼을 기억하나요? 납치란 자신에게 책임감을 부여하는 결단일 수 있다고, 그래서 '내가 아이를 납치하는 일은 아이가 나를 납치하는 일'이라고 말하는 소설이라던.

오 기억나죠. 처음으로 지면에 실린 제 소설에 대한 평이었거든요. 그렇게 읽힐 수도 있구나 생각했어요. 「새해」를 쓸 땐 이야기는 그냥 제 본능에 맡기고, 머리로는 어떻게 하면 문단과 문단 사이를 재밌게 넘길 수 있을까, 하는 생각만 했던 것 같아요.

황 주제를 생각하며 쓰는 작가는 아니잖아요. 그렇기 때문에 이러한 분석에 대해 당사자는 어떻게 생각했을까 궁금했어요.

오 별생각 없었어요. 책임감이라는 단어랑 제 소설이 잘 어울리지 않는다는 생각은 들었죠. 그냥 와이프한테 자랑했던 것 같은데, 신문에 내 소설 얘기가 실렸다고.

황 저에게는 「새해」(2015)와 「바게트 소년병」(2017)의 닮은 점과 차이점이 인상적으로 다가왔거든요. 한상경(「새해」)이나 수진(「바게트 소년병」)의 광기와 거리를 두는 듯했던 「바게트 소년병」

의 '나'가 소설의 후반부로 가면 결국 전염된 것처럼 그들과 같이 행동하거나 그들이 겪었던 걸 체험하게 되는 점이요. 다만 「새해」가 좀더 안정적이고 다행스러운 결말을 맞이하고, 부부에게 아이가 찾아온 상황 때문에 맞춤하게 해석되기에 좋기는 하죠. 그런데 좀 과도하게 말하자면, 저는 이 때문에 한기씨가 다른 버전으로 「바게트 소년병」을 쓰게 된 것은 아닐까 하는 생각이 들었어요. 그러니까 덜 해석되도록. 수영장에서 처음 소년을 맞닥뜨렸을 때, 이런저런 분석을 해보는 수진에게 아이가 말하잖아요. "어려운 말 하지 마세요. 저는 단지 수영장에 살고 있을 뿐이라고요."(21쪽) 그런 것처럼요.

오 오, 그렇게 해석될 수도 있구나. 「새해」와 「바게트 소년병」을 묶어서 해석하니까 신선하네요. 그런데 재미있는 건, 사실은 「바게트 소년병」이 좀더 명확한 주제를 갖고 쓰기 시작한 소설이라는 겁니다. 「새해」가 좀더 일필휘지에 가까운 소설이죠.

황 이런 감상도 한기씨에게는 함께 이야기 나누기 어려운 주제이겠지만 그래도 해보고 싶네요. 이 두 작품에 더해 시기적으로 그 사이에 있는 「곰 사냥」(2016)까지 전부, '작은 인간'이라는 모티프가 눈에 띄어요. 아기, 바게트 소년병, 난쟁이 잭.

오 제가 작은 걸 좋아하긴 해요.

황 그런 식으로 말할 줄 알았어요. (웃음)

오 작은 사람이 좋아요.

황 이유는 뭔 것 같아요?

오 잘 모르겠어요. 아이가 12월생이라 또래에 비해 체구가 작은 편인데, 친구들이 놀리나봐요. 그러면 저는 스트레스 받지 말라고, 키가 다가 아니라고, 작아도 좋다고 말해줘요. 이렇게 그냥 작은 것, 작은 사람에 대한 호감이 있어요.

황 위협적이지 않은 데서 오는 심리적 편안함 같은 것 아닐까요? 듣고 보니 저도 작은 사람을 좋아하는 것 같네요.

오 그런 것 같아요. 이게 못된 생각은 아닐까요?

황 왜요, 몸이 그냥 그렇게 느끼는 건데.

오 이게 다예요. 소설에 대해서는 정말 할말이 없어요.

황 괜찮아요. 그냥 저의 감상만 남길게요. 이건 무슨 의미냐, 저건 왜 쓴 거냐 하는 질문들에 작가들이 답하기 곤란해한다는 걸 아는데, 한기씨는 특히 더 그럴 것 같고요.

*

오한기와 헤어져 돌아오는 길, 어쩐지 후련하면서도 알 수 없는 기분에 사로잡혔다. 묻고 싶었던 걸 다 물어보았고 들을 수 있는 답변은 전부 들었음에도 그랬다. 뭔가 뒤바뀐 것 같았다. 그러니까 내가 그로부터 답을 받은 자리가 아니라, 그가 나로부터 질문들을, 어떤 이야기들을 받아간 자리 같았달까. 순간, 그가 굉장히 잘 듣는 사람, 그래서 상대방으로부터 어떤 이야기든 거리낌없이 계속해서 들려주게 만드는 사람이라는 생각이 들었다. 그렇게 생각하고 나니 소설 속 '나'가 은은한 광기에 사로잡힌 수진을, 좀 더 강렬한 광기를 뿜어내는 진진을, 그렇게 무질서로 자신을 끌어들이는 인물들을 끊어내지 않고 곁에 두었다가 휘말리고 감염되는 이 이야기들이 너무나 자연스럽게 느껴졌다.

작가의 말

내가 이렇게 충동적인 인간이라니…… 작가의 말을 쓸 때마다 이런 생각이 든다. 갑자기 이런 생각도 드네. 올해 여름 유독 선선한 바람이 불었는데 이 날씨는 진짜일까. 곤충을 좋아한다고 말하곤 하지만, 심지어 바퀴벌레를 만지는 데도 거리낌이 없지만 꼽등이를 보면 헛구역질이 올라오는데 나는 거짓말쟁이일까. 핵폭탄에 내 육신이 산산조각나는 꿈을 꿨는데 길몽일까. 좋은 일이 하나도 일어나지 않았는데도? 섬유 유연제 향이 밴 베갯잇 냄새를 맡곤 아 행복하다 중얼거리며 잠드는데 행복이 맞을까. 이거 하나는 확실하다. 페르난도 타티스 주니어가 십사 년 삼억 사천만 달러의 장기 계약을 맺고 클로스테볼을 복용한 뒤 나는 완전히 희망을 버렸다. 이 책은 내 두번째 단편집이고, 멋있고 쿨하고 기나긴 제목을 짓고 싶었지만 좀처럼 떠오르지 않았다. 「곰 사냥」을 내 사랑 로베르토 볼라뇨에게 바친다. 「사랑하는 토끼 머리에게」는 왜 썼을까. 교수형에 대한 공포, 혹은 동물 소설에 대한 반감이 동력이었을까. 「바게트 소년병」은 대학생 때 희곡으로 썼던 바게트 소년병 모티프와 무질서라는 개념을 결합한 소설이다. 「팽 사부와 거북이 진진」은 전세 사기를 겪은 뒤 분노가 극에 달했을 때 썼고, 「25」는 어떻게 소설가 소설에서 벗어나볼까 나름대로 몸부림쳤던 것의 결과물이다. 「펜팔」은 감옥에 갇힌 전직 대통령과 펜팔 친구가 된다는 로그라인에서 시작했고, 「세일즈맨」은 음…… 왜 썼는지 도무지 모르겠다. 희망을 버렸지만 나는 여전히 소설을 쓰고 있고, 비공식적으로는 전 세계 백 등 안에 든다고 확신한다. 착각일까. 언제나처럼, 아마도 그렇겠지? 데뷔할 때 '나의 마지막 장편소설'이라는 제목의 수상 소감을 썼던 게 기억난다. 수상 소감 속에서 나는 볼링장에서 일하는 포르노 작가였고, 시상식장에서 한 원로 작가에게 수상 소감이 허구여서는 안 된다고 꾸지람을 들었다. 왜 안 될까. 글쎄. 도무지 모르겠네.

2022년 9월

오한기

| 수록 작품 발표 지면 |

바게트 소년병 …… 『문학과사회』 2017년 가을호

25 …… 『현대문학』 2019년 6월호

팽 사부와 거북이 진진 …… 『자음과모음』 2020년 여름호

사랑하는 토끼 머리에게 …… 『현대문학』 2017년 1월호

곰 사냥 …… 『쓺』 2016년 하반기호

펜팔 …… 문장 웹진 2021년 9월호

세일즈맨 …… 『문학사상』 2022년 5월호

문학동네 소설집
바게트 소년병

초판 인쇄 2022년 9월 2일
초판 발행 2022년 9월 19일

지은이 오한기
책임편집 오윤 | 편집 서유선 한인선 김내리
디자인 김이정 최미영
마케팅 정민호 이숙재 박치우 한민아 이민경 안남영 김수현 정경주
브랜딩 함유지 함근아 김희숙 박민재 박진희 정승민
제작 강신은 김동욱 임현식 | 제작처 한영문화사

펴낸곳 (주)문학동네 | 펴낸이 김소영
출판등록 1993년 10월 22일 제2003-000045호
주소 10881 경기도 파주시 회동길 210
전자우편 editor@munhak.com | 대표전화 031) 955-8888 | 팩스 031) 955-8855
문의전화 031) 955-3578(마케팅) 031) 955-8864(편집)
문학동네카페 http://cafe.naver.com/mhdn
인스타그램 @munhakdongne | 트위터 @munhakdongne
북클럽문학동네 http://bookclubmunhak.com

ISBN 978-89-546-9925-9 03810

www.munhak.com